周一良：

毕竟是书生

周一良 著

天津出版传媒集团

天津人民出版社

图书在版编目(CIP)数据

周一良：毕竟是书生 / 周一良著. -- 天津：天津
人民出版社, 2016.5(2024.1 重印)
ISBN 978-7-201-10141-5

Ⅰ. ①周… Ⅱ. ①周… Ⅲ. ①散文集−中国−当代
Ⅳ. ①I267

中国版本图书馆 CIP 数据核字(2016)第 040756 号

周一良：毕竟是书生
ZHOU YILIANG BIJING SHI SHUSHENG

周一良 著

出　　版	天津人民出版社	
出 版 人	刘　庆	
地　　址	天津市和平区西康路 35 号康岳大厦	
邮政编码	300051	
邮购电话	(022)23332469	
电子信箱	reader@tjrmcbs.com	

策　　划	任　洁
责任编辑	金晓芸
装帧设计	王　烨

印　　刷	高教社(天津)印务有限公司
经　　销	新华书店
开　　本	880 毫米×1230 毫米　1/32
印　　张	10.125
字　　数	220 千字
版次印次	2016 年 5 月第 1 版　2024 年 1 月第 4 次印刷
定　　价	38.00 元

目录

毕竟是书生

毕竟是书生 / 3

扶桑四周 / 96

我的"《我的前半生》" / 115

纪念陈寅恪先生 / 122

我所了解的陈寅恪先生 / 140

从《陈寅恪诗集》看陈寅恪先生 / 149

回忆两件事纪念吴晗同志 / 156

纪念杨联陞教授 / 160

平生读史叹无边

——纪念老友吴于廑 / 172

钻石婚杂忆

从专修科到正途出身的历史系 / 179

燕京岁月 / 187

史语所：非常愉快的一年 / 195

结婚生子 / 201

哈佛生活 / 212

奉养岳母 / 221

风风雨雨 / 226

邓懿调离中文专修班 / 241

目录

郊叟曝言

  追忆胡适之先生 / 251

  哈佛大学中国留学生的"三杰" / 256

  纪念丁声树先生 / 287

  纪念邓先生 / 291

  悼念王岷源同志 / 296

  学术自述 / 299

  我和魏晋南北朝史 / 311

毕竟是书生

1995 年 8 月摄于燕东园寓所

毕竟是书生

这篇自传是在纽约布朗克司执笔的。1989 年 6 月完成初稿，1990 年 4 月修订。其中"毕竟是书生"一节曾被日本友人译载于 1991 年 6 月号《世界》杂志。现对全文再略作订补。下限仍在 1990 年告一段落，因感觉自己这趟车距到达终点还有一段时间也。

1993 年 8 月　　周一良记于北大

清代桐城派古文家曾说过，为人一生总要做几件有趣味、能引人入胜的事，否则死后墓志铭都写不精彩。我现在提笔写自传，也正有此感。觉得一生平平凡凡，没有什么特立独行值得记述，只是希望为以后编写我国 20 世纪中期文化、学术以至社会史的人提供一点资料。

一、家 世

我于1913年1月19日(旧历壬子年12月13日)出生于山东青岛，我名中的"良"字是大家族的排行字，"一"字是我父亲取自《说文解字》"一"字下的解说："唯初太极，道立于一。"因而曾字太初，后废不用。虽在天津长大，而籍贯却一直按照以家庭来源地为据的传统方式，填为安徽。到外国填履历一般要出生地，因此有时不免纠缠不清。我原籍的县清代称建德，因浙江有县同名，民国后改为秋浦，又改至德。近年与东流县合并，称东至。

建德县周氏家族，据说是唐代"大历十才子"之一的周繇之后裔。我曾祖父周馥(1837—1921)字玉山，由李鸿章的幕府起家。他青年时流亡他乡，祖父怕他不得归，改名为"复"。后因李鸿章手书褒奖单误写为"馥"字，遂因而未改，大约是因为已经呈报皇帝、"上达天听"了吧。《安徽文史资料》总第15辑载陈钧成撰《周馥轶事》称："玉山老人在〔安庆〕八卦门正街摆测字摊，兼为人代写书信、呈文、对联等。后又迁马王坡涌兴德杂货店门口。李鸿章亦居马王坡。老人有老表在李府伙房挑水，因而认识伙房采买。其人识字不多，就近乞老人代记。李偶阅账簿，见字迹端正清秀，大加赞赏。延为幕宾，办理文牍。"李伯元《南亭笔记》也说："周每与人谈，辄道其生平事实，谓少时曾

曾祖父周馥(玉山老人)

在某省垂帘卖卜。"他的自订年谱大约讳言其事,只在咸丰十二年(1861)二十五岁那年记载:"十月,余至安庆。十一月,入李相国营。相国初不识余,因见余文字,招往办文案。"周馥做到署两江总督,又调任两广总督。《清史稿》有传。著作收入《周悫慎公全集》。它是以溥仪小朝廷给的所谓"谥法"取名的。据陈寅恪先生《寒柳堂记梦》所说,清末中枢大臣和封疆大吏中,分所谓清流和浊流。京官如奕劻、袁世凯、徐世昌等,外官如周馥、杨士骧等,都属浊流。可惜陈先生这部著作散佚不全,看不到他对当时流行的这两类人物具体区别的说明。所举清流有陈宝琛、张之洞等,可能指在文化学术上有造诣修养的大官;而浊流则是以吏事见长的干练的大官。周馥治河有一套办法,留有著作。甲午中日战争时,他任"总理前敌营务处",负责供应前线兵器粮饷。据他自订年谱云:"军械粮饷,转运取买,萃于一身。艰困百折,掣肘万分。然自始至终,余未尝缺乏军需一事,故战事虽败,而将官无可推诿、卸过于余也。"大约他是按规定完成了自己的任务,所以言下不无自负,虽然并无补于战争的失败。他受李鸿章重用,自然也由于办事得力。辛亥革命后,遗老群集于青岛,周馥也在其中。我父亲当时父母双亡,和祖父住在一起,这就是我出生在青岛的缘由。在我记忆中,只记得曾祖父是瘦高个儿的白发老人。因为我是在天津时他跟前最大的曾孙,每逢年节聚会,他总叫我站到他面前双膝之间。他写过一个条幅,末尾说:"生日放歌一首,唯遄孙(指我父亲)尚知此意。他日一良能解文意,可为解说宝藏之。"诗中有句云:"天有时而倾,地有时而缺,大道千古万古永不灭。"显然是遗老对清室灭亡的哀叹。我父亲从未给我解说过,而"宝藏"也就到1966年史无前例时为止了。

父亲周叔弢(1891—1984)

我的祖父周学海(1856—1906)，字澄之，光绪十八年(1892)壬辰进士。他曾拜李慈铭为师，见《越缦堂日记》光绪十年及十三年，说："周氏兄弟友爱恂恂，其兄澄之尤谨笃，近日所难得也。"他长期在扬州做候补道，但兴趣似不在仕宦，而把精力用于研究医学以及撰著和校刻医书上。《清史稿·艺术传》有他的附传，说他著书"引申旧说，参以实验，多心得之言。博览群籍，实事求是，不取依托附会"，"时为人疗治，常病不异人，遇疑难，较有奇效。刻古医书十二种，所据多宋元旧椠藏家秘笈，校勘精审，世称善本云"。近年扬州根据木版重新印刷了周学海校印的《周氏医学丛书》。

曾祖父去世时我还很小，祖父更是根本不及见。若说家庭影响，主要来自父亲。我父亲周叔弢(1891—1984)，原名暹字，是实业家、藏书家，去世时任全国政协副主席。父亲律己甚严。如他五兄弟当中，四个有侧室，甚至不止一人，他却对嫖赌鸦片丝毫不沾。对子女要求因而也比较严格，同时思想又比较开明，能随时代前进。他对我的教导，有两件事至今我印象很深。我十六七岁时，天津的时髦女子开始流行烫头发。两个来自上海的堂姐置办了火剪自己烫着玩，也给我烫了一脑袋卷毛儿。当时父亲在唐山工作，大约每月回津一次。他不知怎么得知此事，在给我的信中并未提及烫发，却插进了八个字："人能笃实，自有辉光。"这两句话使我深受教育，至今不忘。以后一生恬憺无华，比较朴素，与这样的家教分不开。我的九个弟妹，也都没有富家子女恶习，显然是父亲良好家教的结果。

另一件事是在我到燕京大学读书之后。我选了容庚教授的"《说文解字》研究"一课。原来对这门课期望甚殷，而容先生的教学方式却不涉及许书内容。每堂课由他在黑板上陆续写出楷体字，轮流唤学生上去写出篆书。实际上成为练习篆字，而不是研究《说文》。我心里很不满足，回津时向父亲谈及，不免慷慨激昂，表示要向老师提意见。父亲告诫我对老师要谦虚，老师的教法必自有其道理，不宜鲁莽从事。这件事教导了我谦虚谨慎，注意涵养，以后立身处世似乎没有违反这种精神。

父亲藏书丰富，不少善本，又喜欢搜集文物字画等等。这种嗜好与修养，使子女无形中耳濡目染，提高了文化素质。他对于子女的专业选择一概不加干涉。所以虽然"南张(謇)北周(学熙)"蜚声于旧中国实业界，父亲后来又成为他的叔父周学熙"北周"系统的重要代表人物，而他的十个子女却都从事于文史、科学、技术、教育等方面，没有一个去搞实业。我应当坦白自己的无知，在家里从未

生母萧琬

见过股票什么样。这种情况，在旧中国一些资产阶级的大家族中，也是颇为罕见的。

我的母亲姓萧名琬，祖籍云南昆明。外曾祖父萧培元，号质

斋，咸丰二年(1852)进士，入翰林。曾任山东臬司，遂落户济南。外祖父萧应椿，字绍庭，清末在东北和山东做官，善书法，精鉴藏。家庭教育大约比较开明，我曾见到母亲结婚前学习英文的练习本，中文小楷和英文字体都很秀丽端正。我出生后母亲即患急病逝世。外祖父写了一副挽联："三千里外为尔归来，到底有汤难续命；

半岁时的周一良，身着洋装，在德国人家中

十四年前触吾旧痛，者番垂老更伤心。"旧痛当指我大姨之死。这副对联是1989年我在华盛顿郊区谒见年逾九旬的从叔志辅先生，他告诉我的。据他说，外祖父李北海体的漂亮书法，七十多年前给他的印象至今记忆犹新。关于亡母我所知太少，了无印象，记此鸿爪，以寄孺慕哀思。

当时父亲年轻，悲痛之余，不知所措。他的朋友德国卫(当时用尉字，后因嫌尉字与军事有关而改)礼贤牧师(Richard Wilhelm, 1873—1930)夫妇见义勇为，把无人照看、嗷嗷待哺的新生幼婴抱回自己家，由卫夫人用牛奶喂养了一年，再送回来。卫夫人晚年随长子在南京住过，我曾与她欢晤。她告诉我，在她为卫礼贤所写传记中提及此事。书名《卫礼贤——中国与欧洲之间的精神中介》(Der Geistige Mittler Zwischen China und Europa)。卫礼贤来华是为传播基督教，却被中国文化尤其

德国牧师卫礼贤(1873—1930)

儒家经典所感动。他取字希圣,毕生致力于翻译中国典籍,向西方宣传介绍。他译《易经》为德文,得到中国学者劳乃宣(1843—1921)的指点,理解较为确切而透彻。后又译为英文,至今为西方国家所利用,近年还曾重印。卫礼贤与瑞士著名心理学家荣格(C.G.Jung)相友善,德译本《易经》曾对荣格的心理学说起过深远影响。卫礼贤回国后,20年代在美茵河畔的法兰克福设立了中国学院,出版刊物《中国学》(Sinica),介绍中国文化。而在山东几十年,却没有一个中国人经过他受洗信教。卫礼贤逝世后,吴宓先生主编的《大公报·文学副刊》曾有悼念文章。他的儿子卫德明(Hellmut Wilhelm)也是汉学家,曾在北大教德文,编过德华字典。我在燕京读书时有过往来。他后赴美国,在西雅图的华盛顿大学讲授中国文化、思想、历史等,颇受爱戴,不少美国著名学者出其门下。1982年我访问西雅图,幡然二叟,共话沧桑。卫德明教授还记得,约在七十年前,他七岁那年,妈妈告诉他,接来了一个中国小弟弟。这也算中德友好历史上的小小佳话吧。

兄弟姐妹六人。右起后排:一良、珏良、杲良;前排:艮良、珣良、以良

父亲续娶杭州许和之,有名"许氏八乃"(许乃普、许乃钊等)之后,生了五弟:珏良(北京外国

语学院英语系教授)、艮良(天津建筑设计院副院长)、杲良(美国斯坦福大学神经学系教授)、以良(哈尔滨东北林业大学教授)、治良(北京建筑设计院副院长)；三妹：珣良(铁道部教育处干部)、与良(天津南开大学生物系教授)、耦良(高中英语教师)。1925年继母许氏逝世后，又娶继母阳湖左道腴，清代名臣左辅之后，生一弟景良(中国科学院地质研究所研究员)。我是十个兄弟姊妹中的大哥，这个表率地位与我以后"一生唯谨慎"和循规蹈矩的作风不无关系。

二、私塾教育

第一次世界大战爆发后，我家迁居天津。我八岁在天津人家塾读书，总共十年，1930年才赴北平求学。"五四"以后的青少年还这样长期读私塾，我想是和父亲当时的思想分不开的。因为他最初对新式学校似乎不太信任。等到小我四五岁的二弟三弟等，便进了初中，更小的弟妹则被送进幼稚园，再由小学而中学了。20年代有些所谓"旧家"，为了让子弟在进"洋学堂"之前打下"旧学"和古文的根底，都重视私塾教育。例如北大历史系我的同事邵循正教授和张芝联教授，都是以私塾代替小学和初中教育，然后直接进入高级中学的。不过我的例子更为极端，连高级中学都没能上，因而对以后进大学造成

孤独寂寞一小孩儿

毕竟是书生

了局限。我的弟妹们虽然按正规进了中学，家里仍然一直聘有给他们补习中国古典文献的老师。

十年私塾可以分为三个阶段。头三年是三位来自扬州的职业塾师，其中有一位老先生还曾教过我的父亲、叔父、姑母等。我启蒙所读不是《三字经》《千字文》以及《龙文鞭影》之类一般私塾的开蒙课本，而首先是《孝经》，接着是《论语》《孟子》《诗经》。现在回想起来，这不是一般家馆老师安排的教学计划，而是按照父亲的见解制定的。以《孝经》《论语》开蒙，这还是汉代

恩师张潞雪先生（1924 年）

以来的旧制呢。第二阶段四年，是跟一位年轻而我们弟兄都非常爱戴的老师学习。这位老师姓张名悫字潞雪，是杀害秋瑾的浙江巡抚张曾敭的次子，来教我们时只二十四岁。我跟张老师读了两部大经《礼记》和《左传》，以及姚鼐编选的《古文辞类纂》等，绝大部分所读皆能成诵。张老师循循善诱，不仅要求学生背诵，而且注意给学生讲解，亲自把《皇清经解》所收一些《左传》的注解用蝇头小字摘要抄在我的读本上。同时也给我讲《史记》《韩非子》等，教我作桐城派古文。我对于先生讲书，总是全神贯注，非常爱听。不幸的是，在我十四岁时张先生暴病逝世，我们非常悲痛。回顾十年私塾教育，跟张先生这四年获益最多，长进最快，为以后我学习中国古典文献打下了坚固的基础。

先生的"束脩"，最初每月五十元，后来增加到八十元，并供应早点和午饭。张先生教书认真负责，却绝无旧日私塾中严师的架

11

子,我们弟兄从未受过任何形式的体罚。相反,先生有时还带我们出去游玩。1993年5月,偶读《大成》杂志(第232期),载有署名"渠后人"的文章《堂会忆旧》,叙述20年代天津"某公"家为其母祝寿的一次堂会戏,北京名伶毕集,戏码精彩异常。自上午十一点开始,直演到深夜一点多钟,"当时几日内,自北京驰天津的列车乘客,几乎非演员即观众。识与不识,莫不以一睹此堂会为莫大耳目之福"。文中不仅详列当天剧目,还加以说明,如称"某公精选而认为系名伶之擅长者,并坚约已退休说戏之王瑶卿出山,串演其独具特色的《得意缘》二夫人。老旦龚云甫被点演《沙桥饯别》的唐僧,此为某公示威之得意利器,因极少人知此戏系老旦应工也"。我读此文后,不禁感慨系之。原来张先生是"某公"即山西富商渠铁衣的朋友,他带了我与二弟珏良一同去看了渠家这次堂会。我那时十三四岁,《沙桥饯别》等戏至今记忆犹新,特别是筱翠花、程继先和王瑶卿合演的《得意缘》。饰二夫人的王瑶卿戏不多,但"放你们去吧"这一句五个字的念白中所包含的复杂矛盾感情,将近七十年后的今天,我的印象迄未磨灭。因追忆恩师,牵连及之,亦以见20年代我家私塾中的"师生关系"也。

1993年,我发现父亲手写题为"一良日课"的一份课程表,大约是1922年张先生初来时所订。以后张先生基本上照此执行。也有未照办的,如抄《说文》。现将课程表抄录如下:

一良日课

读生书　礼记　左传

温熟书　孝经　诗经　论语　孟子

讲　书　仪礼(每星期二次)

看　书　资治通鉴(每星期二四六点十页)

　　　　朱子小学(每星期一三五点五页)

　　　　同用红笔点句读如有不懂解处可问先生

写　字　汉碑额十字(每日写)

　　　　说文五十字(每星期一三五)须请先生略为讲音训

　　　　黄庭经(每星期二四六)先用油纸景写二月

　　张先生逝世之后,家塾换了几位老师:义和团起义时被杀的毓贤之弟毓廉(字清臣)、曾做溥仪南书房行走的温肃(字毅夫)和一位河北省人喜欢作诗的张玉裁先生。可惜的是这位张先生不曾教我作诗,所以至今不会运用这"可以怨的武器"。两位遗老给我留下的印象更淡漠。只记得两位先生都拖着小辫子,温先生广东口音,身材高大,衣着整齐,黑缎子马褂闪闪发亮。毓先生矮胖,说到溥仪必称"皇上"。有旗人朋友来访问时,先蹲身"打千",然后两人拱手相拥,动作敏捷利落,颇为美观。我从这两位先生读了《尚书》《周易》,但真正学到什么,则了无印象了。从这些家塾老师的背景,可以看出我父亲当时思想的保守倾向;而与以后对比,更可以看出他与时俱进的变化。

　　张先生逝世后,父亲聘请了唐兰(立庵)先生来家塾给我讲《说文解字》,使我在学问上特别是小学方面开了眼界。当时唐先生在我一位叔祖家里教家馆,每周来我家一次。他在家馆任教之余,还给天津《商报》办过学术性副刊。稿件全部由他一人包办,用不同笔名发表,内容涉及经学、小学、诸子、金石、校勘以及诗词等等。唐先生后来曾告诉我,吴其昌先生曾对他壮语:"当今学人中,博极群书者有四个人:梁任公、陈寅恪、一个你、一个我!"我对唐先生的才华横溢和博洽多识深深钦服。家塾的最后几年，自己也开始读一些朴学书籍，尤其喜欢王引之《经义述闻》和王国维的著作，曾在《观堂集林》上题下了"一良爱读之书"六个字，以示景仰。

家塾还有一门功课——习字。我的习字课与一般不同，不是从写楷书入手，而是按照字体的发展顺序，先练小篆——《泰山二十九字》《峄山碑》《汉碑篆额》。然后隶书——《礼器碑》《乙瑛碑》《史晨碑》等。最后练楷书，写过欧阳询、颜真卿、智永《千字文》等。这也是父亲设计的方案，他还请他的好友劳笃文先生（劳乃宣之子）不时评阅我临写的隶书，加以指点。可惜的是，我在书法方面太缺乏天资，辜负了这种打破常规的习字程序，功夫尽管下了不少，却没有学好任何一种体。只在年逾七旬以后，"倚老卖老"，我才敢偶尔应人之邀写个书签，其实心里还是惴惴不安的。平生憾事除此外还有一件，自幼喜欢京剧，却由于天赋"五音不全"，张口即"荒腔走板"，成为终生遗憾。而我学习各种外语的发音，却从未感到困难。

在家塾读古书以外，我从十四岁以后开始了外文的学习，首先是日文。这里又要提到我的父亲的卓识。当时他认为，日本与苏俄是

十四岁的周一良

我国紧邻,关系必将日益密切,这两国的语言很重要。所以他计划让我学日文,我的二弟珏良学俄文。珏良后入南开中学,外语为英文。当时情况下,俄文出版物不易见到,家塾补习也不易进展。他不久放弃俄文,多年后当了英文教授。我的日文则坚持下来。起初请的家庭教师是日本外国语学校中文科毕业的公司职员山内恭雄先生,他没有什么语言教学的经验和方法,让我死记硬背地读日本寻常小学的国语课本,以后接着读中学课本。从长远讲,这种笨方法却也收到良好效果。第二位教师牧野田彦松先生,号真木,京都帝国大学国文科毕业。清末来华在保定担任教习,就留在中国,在天津开了一家小书店真木堂。父亲的意见,读外文也要通古典,所以请他教了一些古典文学作品如《保元物语》《源平盛衰记》,当然只是初窥日本古典文学门径,远谈不到系统学习。以后,又从英国中学的英语老师学了英文。

三、求学北平

20 年代后期,我的大伯父周达(号梅泉,数学家、诗人,著有《今觉庵诗抄》)家的两位堂兄(震良,工程师;煦良,翻译家及文艺评论家)和两位堂姐(叔昭,作家;叔娴,律师及诗人)从上海移居天津。他们之中的三人都喜爱中英文学,购藏不少新文艺书籍,都是我前所未睹的。我在私塾的课外读物,只限于《三国演义》等旧小说,不肖生等的武侠小说,程小青等的侦探小说,我佛山人的《廿年目睹之怪现状》和李涵秋、程瞻庐等的鸳鸯蝴蝶派小说。当时最喜欢的是《水浒传》与侦探小说,而读时更受感动为之泪下的,记得两次:《说岳全传》中岳飞被害一段和我佛山人《恨海》中女主人沦为妓女后与旧日未婚夫相见一段。接触鲁迅等人"五四"以后的新文艺作品,不止是扩大课外阅读,还不啻是对我来得太晚的新思想启蒙。同时我也广泛涉猎了北平几所大学出版的"国学"刊物,如清华国学研究院的《国学论丛》、北京大学的《国学季刊》、燕京大学的《燕京学报》之类,对北平的文史学界有所了解,因而有志于到北平的大学去读书。

这时我父亲大约也看到私塾没有出路,同意我去北平上学的要求。但我一无数理化知识,二无高中文凭,不能投考正规大学本科。夙所向往的清华大学国学研究院已经停办,而燕京大学设有训练中学国文教员的两年制国文专修科,不需任何文凭与资历,只考中文和史地。我于是在1930年夏报考了燕大的国文专修科,以第一名录取。离津前,唐兰先生给我写了两封介绍信,一致燕大国文系任教的容庚(希白)先生,一致在燕大图书馆工作的侯堮(芸圻)先生。我还记得给容先生信中有云:"其人少年,学有根柢。"这时我十八岁。

国文专修科的学生自由选修国文系课程,没有限制,我选了容庚先生的"《说文》研究",顾随(羡季)先生的"词选""诗选",钱玄同先生的"音韵学",马鉴(季明,当时北平教育界中有名的五马中最年幼的一位,其他四马是马裕藻、马衡、马太玄、马廉)先生的"笔记研究"以及高级日文等。因为过去对诗词接触甚少,而顾先生讲课特别有风趣,引人入胜,所以在专修科这一年,他的课最为满意。顾先生要求习作,因而也练习填过词,但未坚持深入下去。日文由傅仲涛先生讲授,读志贺直哉的小说,对我来讲,是所谓白拿学分的课程了。因为在家塾中点读过《通鉴》,所以想选历史系洪业(煨莲)先生的"历史方法",但被国文系主任兼专修科主任马鉴

先生劝阻,听他的口气,似乎洪先生的课门槛特别高,一般学生不易达到要求。没有想到,两年之后我终于又投到洪先生门下。

国文专修科的学生年龄都比较大。我入学后,新生成立班会,选出的主席是一位来自河北省的中学老师和泰(字培元)。听说他两年毕业后去了解放区。1970年后我才从郭化若老将军得知,和培元在延安担任过毛主席的哲学秘书,在延河游泳时不幸逝世。同班还有瞿润缗,协助容庚先生编过燕大所藏甲骨卜辞。他的论文《释壹》在中山大学学报发表,附载了我的一篇补充性跋文,这是我附骥尾发表的第一篇学术文字。王重民先生的夫人刘修业、于道泉先生之弟为道源,都在这班。上一班的同学往来很少。同在容先生班上的有吴元俊(吴鼎昌之女,后嫁刘廷蔚教授),颇善篆书。还有徐文珊,跟顾颉刚先生治古代史,后任教台湾师范大学。近来读时人传记,知道作家萧乾在入新闻系之前曾读过国文专修科,而作家沈从文则自湘来北平之初考而未取。

到北平熟悉了大学情况以后,我感到国文专修科非旧日所谓的"正途出身",不是长远之计。所以不想等到毕业,即急于另谋出路,设法进入大学本科。当时北平流行制造假文凭,琉璃厂的刻字铺兼营这个生意。我家乡秋浦县有一所周氏家族办的宏毅中学,我就假借此名,并未与学校打任何招呼,请刻字铺伪造一张私立宏毅中学高中毕业的假证书。一般情况下,北平的大学是不会费事去核实的,但是比较知名的五大学(北大、清华、师大、燕京、辅仁)情况有所不同。其中只有辅仁大学当时刚成立不久,制度很不严密,文凭蒙混过关的可能性较大。果然1931年夏天我在辅仁报上了名,放弃国文而改入历史系,这样就定了我的终身。缴验中学文凭一关通过之后,更重要的一关是入学考试。虽然辅仁比其他四所大学都省事,自然科学课程只考数学,对我仍然是不可逾越的鸿沟。北平学界又有绝招儿:找人替考。照相馆可以把准考证上的相片修版,使它看来既像是甲,又像是乙,你中有我,我中有你,辨认不出捉刀人。我就是用这种方法,请当时在清华大学主持发电厂的工程师表兄孙师白替我进了数学考场,当然以高分及格。这位表兄现已年近九旬,成为硫酸制造工艺方面有创造性成就、在化工界与侯德榜齐名的专家。代人考大学当时司空见惯,我的爱人也曾替朋友去考过中国大学。

辅仁大学创办不久,对于一年级课程不够重视,著名学者如陈垣(援庵)先生、余嘉锡(季豫)先生都不担任低年级课程。中西交通史专家张星烺(亮尘)先生是系主任,却为一年级学生开先秦史,用非所长。柯昌泗(燕龄)先生是柯绍忞长子,金石学家,却担任中国近百年史。他在堂上主要讲一些晚清掌故和典章制度,虽也娓娓动听,却与近百年史主流无关。英文与西洋史由外国神父讲授,西洋史的神父以带有南欧口音的英语,照本宣科地读海司与穆恩的教本。回忆起来,只有英千里(戏剧家英若诚之父)先生所授逻辑学一课最能吸引我,无论内容、口才、教法与风度,都给我留下深刻印象。

辅仁历史系这一年中,过从较密的同班有两人。一位名袁永熹,新中国成立以后从他姐姐(清华心理系教授孙国华夫人)得知,袁报考辅仁时中学尚未毕业,冒名顶替用了姐姐(叶公超夫人)的高中文凭,与我的情况可谓无独有偶。一年以后两人都离开辅仁,失去联系。据说他转学清华,又去了解放区,全国解放后迄无音息,大约已经牺牲。另一位名杨德铨,是西北军将领薛笃弼的女婿,辅仁毕业后到美国哥伦比亚大学从海司教授研究欧洲近代史，我 1940 年到纽约还曾相聚，以后也断了消息。在辅仁还有一件事应当提到。我在燕大国文专修科时，因同住一个宿舍，认识了暨南大学毕业来燕大历史系作研究生的谭其骧(季龙)先生。两人年龄相近，意气相投，很快成为莫逆。谭其骧英年力学，思想敏锐，地理沿革方面造诣尤深，受知于顾颉刚和邓之诚两先生。五十余年后的今天，谭先生已成为世所崇仰的中国历史地理学的权威，他主编的《中国历史地图集》成为不朽之作。1932 年春季，辅仁历史系因柯昌泗先生离校，高年级的"中国地理沿革史"课没有人能讲。当时年仅二十一岁、研究院还未毕业的谭其骧，便由邓先生推荐去担任此课。我感到地理沿革对研究历史重要，他也希望我去听课，作为他初出茅庐在大学讲课的"坐探"，在学生中收集反映，改进教学。我那时是一年级第二学期学生，一年级在这两课时应当听谌亚达先生的"中国地理概论"，而辅仁制度是由注册课派人每堂点名的。我于是同注册课老先生商定，我坐在"地理沿革"课堂听课，但点名簿上照样给我记成出席隔壁课堂的"地理概论"。这样听了一学期，我和谭先生也算某种意义上的"风谊生平师友间"吧？

辅仁历史系不能满足我的求知欲与功名心，又想再次"跳槽"。只是国立大学插班转学必须先考一年级入学考试各门课程，我当然无望，而燕京大学转学只考中文英文，于是决定卷土重来，1932 年顺利插入历史系二年级。在燕京，还解决了我的终身大事。1933 年春假，学生团体到泰山、曲阜旅行。在玉皇岭夜宿遇盗，我的冬大衣与钱包被抢走。我次日清晨只得裹着棉被下山，向来自天津的国文系一年级女生邓懿借钱，回津后开始来往。1937 年春间订婚，顾随先生曾赠联："臣曰期期扶汉祚，将称艾艾渡阴平"，

周一良：毕竟是书生

柳荫下

嵌入周昌邓艾两姓故事。1938 年春在津结婚。燕京同学在校刊上报道，戏称我们为"泰山情侣"。这是当时流行的美国电影片名。"泰山"是片中的力士。十年之后，在《大公报·图书副刊》上我们合写一文评论赵夫人杨步伟口述、赵元任先生笔录的《一个中国女人的自传》(*Autobiography of A Chinese Woman*)，使用了笔名"岱侣"，即由于此。邓懿之父名镕(1872—1932)，字守瑕，四川成都人，清末留日学法律。回国考试以骈文答卷，一时轰动，著有《荃察余斋诗文存》。《花随人圣庵摭忆》中有对他诗作的评价。他的职业是律师。可惜我与其女相识时，他早已去世了。

在燕京，我主要从学的教授是邓之诚(文如，1889—1960)先生和洪业(煨莲，1893—1980)先生。听过一门到几门课程的教授，历史系有顾颉刚、钱穆、张星烺、李德(西洋中古史，美国人)、贝特(世界古代史，英国人)等；国文系有顾随、郑振铎、马太玄；英文系有包贵思、柯荪喜(皆美国人)；哲学系有张东荪、黄子通；社会学系有雷洁琼；法律系有李祖荫；经济系有崔敬伯等先生。

插班入燕京后，首先补听了一年级必修的邓先生的中国通

毕竟是书生

史。断代史除宋辽金元部分归张星烺先生之外，也都由邓先生讲授，我都选过，其中对魏晋南北朝一段最感兴趣。邓先生早年对南北朝史下过功夫，编纂过有关这时期风俗习惯的书，据传曾受其尊人影响。他讲这门课颇见精彩，引人入胜，虽然他后来的兴趣和功力都不在于此而在明清方面。邓先生从不闭卷考试，总是要求写论文。我修完魏晋南北朝史之后，写了一篇《魏收之史学》。这是我头一次写历史论文，也是头一次从事这一断代的研究。以后几十年搞这一段，永远应当感谢引进门的师傅邓先生。当时学生常去老师家，邓先生之门也是我们经常出入的。先生的教诲很多，我记忆最深的，是先生常说："研究学问每年都要有所长进。"这句话和陈垣先生要求自己"每年要写一两篇有分量的文章"，都成为我以后念念不忘而始终未能完全达到的标准，也推动我在学业上不断有所前进。邓先生性情狷介，对同辈人多所臧否，如在

恩师邓文如先生

课堂上经常说"城里头有个胡适"云云。有人甚至戏言，说他印行汪梅村的日记，正是因为日记里不止一处骂了安徽绩溪人。对于当代学者一部极见功力、十分有用的目录学巨著，他目为"沾沾自喜，刺刺不休"。但他对青年人则是古道热肠，多方扶持鼓励，从未听说哪位同学遭过训斥。抗日战争爆发后，邓先生被捕。在日本宪兵监狱中和出狱以后，邓先生与洪先生都大义凛然，坚持民族气节，是我国知识分子的表率。

　　洪先生讲授三门课：初级历史方法、高级历史方法、远东史，前两门为历史系学生必修。初级方法讲写论文如何搜集资料和做

周一良:毕竟是书生

恩师洪业先生

卡片,论文格式上如何安排脚注和参考书等等。对我这样于考据之学初入门径的学生来说,自然感到"卑之无甚高论"。但洪先生思想敏锐,口才锋利,讲课时充满机智与风趣,能把这些简单枯燥的内容讲得引人入胜。特别是贯穿于两门方法课中的科学精神和严格训练一丝不苟的要求,对我影响很深,一生受用。以后写论文以及工作中严格谨慎的作风,就是洪先生这两门课训练出来的。洪先生常说,掌握住五个 W,就掌握了历史。所谓五个 W 者,WHO(何人)、WHEN(何时)、WHERE(何地)、WHAT(何事)、HOW(如何)也。近来读到程毓贤女士根据洪先生口述所写传记,才知道这五个 W 渊源有自,原是洪先生的老师美国教授的话。新中国成立以后,我也常给学生讲这五个 W,但补充说,应当增加一个更大的 W—WHY(何故)。高级方法班实际是指导学生作专题研究,洪先生让我搞《新唐书·宰相世系表》。这篇习作后收入《新唐书宰相世系表引得》,作为序言。文中所论,几十年无人注意。美国伊佩霞(Patricia B.Ebrey)教授著书论清河崔氏,提及此文,使我有空谷足音之感。远东史课是用英文讲授,从英国使臣马戛尔尼来华见乾隆讲起。现在还记得,洪先生说经过许多交涉,英使不允下跪。但据时人管世铭所作《韫山堂集》中诗句"一到殿廷齐屈膝,天威能使万心降",可见英使终于屈服。诗中所记是否属实不可知,但洪先生在课堂朗诵此诗,确使学生们大感振奋,也是我五十余年之后还清楚记得的原因。我大学毕业的论文题目"《大日

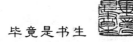

本史》之史学"，是洪先生指定的。他担任指导教授，实际一切放手。论文发表后，国内没有反应。几年后，日本加藤繁教授在他论述日本史学的论文中，引述了我赞扬《大日本史》的一些话，而对于我指出的不足之处，却一字未提。

洪先生经常西服革履，一手执手杖，一手端烟斗，完全西方绅士派头。邓先生则是灰布长袍，头戴红顶瓜皮小帽，不仅永远穿布鞋，而且永远扎起裤腿。如果单从表面来看，两位教授在一起可谓象征着半殖民地与半封建的结合。但如果深入考察一下，就知两人不仅交情很深，而且和衷共济，各自发挥所长，把历史系办得很有生气。一个系单独出版刊物——《史学年报》，刊登同学论文，继续了十年之久。洪邓两先生的关系，是蔡元培先生办北大的"兼容并包"精神在燕京的具体体现，也是抗战前北平一些较好的大学的共同优点。当然，当时各大学又各有其特点。像顺口溜所说"北大老师太穷，清华燕京好通融"之类，只是指女生择偶条件，远远不足以概括各大学的全面。就燕大历史系而言，在洪邓以及其他先生指导熏陶之下，培养出不少人才，对史学界以后的发展做出了贡献，这决不是由于我出身燕京的个人偏爱之词。

如果承认燕京历史系以及其他不少系的贡献，就不能不联系到办燕大的司徒雷登。他的悲剧，是最后担任了与新中国为敌的美国政府的大使，从而不幸充当了毛泽东《别了，司徒雷登》名文的主题。尽管有我这样"两耳不闻窗外事"的死读书的学生，但燕京大学在"五四"以来的历次学生运动中，始终居于前列。新中国成立以后，不少燕京毕业生在各方面做出了贡献，尤其是在外交界。有趣的是，一度海峡两岸的外交部长都是燕京校友。司徒对于进步学生，也始终采取支持保护态度。南京解放后他所以迟迟不走,据说是幻想调停于杜鲁门政府与中国新政权之间。最后两面不是人,恐怕是他始料所不及的。被撤销的燕京大学,在中国教育史上会占其应有地位,司徒雷登也会占其应有地位。

燕京大学的学生人数不多,约八百人,历史系又是比较小的系。我上一班只有女生一人,毕业后到天津的中学任教。比我低一班的人也很少,历史地理专家侯仁之先生是其中之一。我们1935年毕业的共三人,一位张家驹先生,后在上海师范学院任教,是宋史专家,已逝世。一位刘选民先生,后返香港。研究生中与我最熟悉的是邓嗣禹先生。男生宿舍一楼楼上有间俯瞰未名湖的好屋子,由于前一学期住的同学(周诒春之子)在屋中吊死,大家都不愿去住,不信鬼的邓嗣禹与我自告奋勇,两人在此同屋两年,成为名符其实的同窗。他具有湖南人倔强硬干的精神,学习极为刻苦。当时学生宿舍十点熄灯,他几乎每晚点洋油灯开夜车。关于邓嗣禹先生,我记起一副他写的对联。他的同班翁独健先生跛一足,吴世昌先生眇一目,三人是好朋友,而翁吴两人住同屋,邓先生戏赠一联:“只眼观天下,独脚跳龙门”,外加横幅云,“盲跛相助”。我写此文时,三位老学长都已在近年先后逝世了。邓先生1937年赴美,后在印第安那大学历史系任“大学教授”,这是美国大学中少数被认为学术水平很高的教授的特殊荣誉称号。邓先生以研究中国考试制度史、秘密社会史和中国近代史著称于世,1988年不幸因车祸去世。他年逾八十,依旧精神矍铄,腰杆笔直,退休十多年,仍然每天早晨九点准时到办公室从事研究。这种孜孜不倦的好学精神,五十余年一贯不变,在同学中是很罕见的。另一个研究生朋友,是国文系的顾廷龙(起潜)先生,由于古文字的共同爱好而熟识起来。顾先生精于甲骨钟鼎文,以后扩展到版本目录之学,新中国成立前为筹办及主持上海合众图书馆出了大力。新中国成立后主持上海图书馆，领导全国善本书目的编纂，做出巨大贡献。1989年美国组织编纂国际中国善本总目，以备输入电脑。顾先生和我一同应邀参加其顾问委员会。五十余年老友，分别年过八十和七十，南北暌违已久，竟得联袂远飞，亦足称快事了。

1935 年夏季在燕京大学毕业。燕京仿效美国办法，有斐陶斐荣誉学会组织。名称取自三个希腊字母，分

1935 年，邓懿存周一良照

别代表德、智、体之意。毕业生中品学兼优者可被选上，购买一枚所谓"金钥匙"为标志。我与爱人邓懿都曾当选。可惜"金钥匙"都在"文革"作为"四旧"扫掉了。毕业后，我通过伯父找同乡许世英，试图在中国驻日本大使馆找工作，没有成功。当时哈佛燕京学社有发给燕京研究生的奖学金，我申请当了历史系研究生。燕京规定，第一年研究生按中英文书目完成阅读任务，不必上课，生活悠闲自在，轰轰烈烈的"一二·九"学生运动，我都置身于事外。但这一年我开始到清华旁听了陈寅恪先生的课，这成为我学术道路上一个新的转折。

四、历史语言研究所一年

燕京历史系研究生中，有一位来自光华大学的俞大纲先生，为俞大维、俞大绂、俞大纲的幼弟，聪颖过人，多才多艺。先研究太平天国，后治唐史，并不特别用功，而识见卓越，在朋辈中颇有威信。研究院未毕业，即入中央研究院历史语言研究所工作(后放弃历史研究，成为台湾著名戏曲评论家，已逝世，在台湾出版了全集)。他常常称道他的表兄陈寅恪先生研究魏晋隋唐史精深独到，于是引起我的兴趣。1935年秋季开学后，我就到清华三院去偷听陈先生讲魏晋南北朝史。听完第一次，就佩服得五体投地。这堂两小时的课讲五胡中的羯族，论证羯族来源及石氏出自昭武九姓的石国，谨严周密，步步深入，尤其涉及中亚各族问题，为我闻所未闻。记得还有史语所的余逊(让之)、劳干(贞一)两先生从城里赶来听课。我们几个青年都是京剧爱好者，听完课不约而同地赞叹说：真过瘾，就像听了一出杨小楼的拿手好戏！在听课同时，我又搜求陈先生发表的论文来阅读，虽然有些篇读后不甚了了，而崇敬之心却随之俱增。当时心里有种感觉：别位先生的学问，如果我努力以赴，似乎还不是达不到；而陈先生见解之敏锐，功力之深厚，知识之广博，通晓语言之众多，我是无法企及的。以后几十年的实践，证明也确实如此。1936年秋我离北平后，还委托当时考入清华中国文学研究所的邓懿代替我去听课记笔记，因为陈先生每年都是讲他新的研究心得，不相重复的。

1936年暑假之前，俞大纲向陈先生推荐我到史语所历史组工作(陈先生是组长)，然后告诉我已获所里通过。我权衡轻重，认为跟随陈先生学习工作是难得的好机会，决定放弃燕京硕士学位，到已迁南京的历史语言研究所工作。恰巧此时洪煨莲先生不在北京，如果他在学校，很可能会设法把我留下。去南京之前，先到清华谒见了陈先生，这是课堂之外第一次见他。虽然我是他的偷听

生,由于我父亲和他大哥名画家衡恪(师曾)先生和七弟诗人方恪
(彦通)先生都是至交,所以我给陈先生写信总以"仁丈"和"晚"为
称,不敢冒充受业的学生。

到所以后,所长傅斯年(孟真)先生和我谈话,说本聘我为助理
员,但暂时没有名额。所以给我图书员名义,担任助理员工作,月
薪八十元。陈先生在清华园遥领组长,历史组实由傅先生兼管。给
我的任务范围是魏晋南北朝,但他并未指定题目或限期要求成
果。我用这一年时间仔细点读了八书二史,并且采用笨方法,遇人
名即查本传,遇地名就翻地理志,遇官名即检百官志,同时对照
《通鉴》的记载,参考清代钱大昕等人的考证。这样阅读速度较慢,
但自己感到较为踏实。虽然事先未定题目,一年积累下来,水到渠
成,写了《南朝境内的各种人及政府对待之政策》《宇文周的种族》
《领民酋长与六州都督》三篇文章,与在燕京所写《魏收之史学》路
子有所不同,是陈先生影响之下的成果。在研究南朝各种人过程
中,曾与陈先生通信讨论。陈先生喜欢用明信片,有时想起一个问
题或想法即提笔,往往一日数片,常说自己"无定见""可笑",实际
是思想活跃的表现。后来陈先生在《论司马睿传》一文中,曾深情
地忆及这时情景,奖励有加。我在美国读到,深受感动。新中国成
立后陈先生编全集时删去此段,我也完全理解。可惜这些宝贵手
迹都在史无前例的大劫中化为灰烬了。傅先生不时找我个别谈
谈,关于宇文周种族问题,就同他讨论过。我觉得所里这种培养和
使用方式很好,比出题目作文章效果强得多。所以后来指导学生,
也总是希望他们在广泛自由阅读的基础上自己定题目,不太喜欢
那种貌似计划性强的出题作文方式。

史语所研究环境很好,尤其同事交谈切磋,获益良多。 历史

组同事有劳干、陈槃(槃庵)、全汉升、陈述(玉书)、张政烺(苑峰)、傅乐焕等先生。语言组有丁声树(梧梓)、周祖谟(燕孙)等先生。丁、周两位新中国成立后,在北京,往来较多。执笔写到此时,已传来丁先生噩耗,卧病十年的植物人终得解脱。可惜的是,拨乱反正之后他未能与大家一起共迎科学的春天,他要做该做的多少事等待着他,竟赍志以殁,令人痛心。在南京时常过往的另一位朋友,是来自暨南大学的燕大历史系研究生陈沅远先生。他的硕士论文《唐代驿制考》,至今仍是这个问题的权威之作。他在南京机关(水利委员会)工作,而不废读书,继续钻研唐史。我经常从所里替他借《册府元龟》。抗战以后失去联系,我至今珍藏一本有他亲笔题字的他的老师杨筠如先生所赠《九品中正与六朝门阀》。90年代通过南京的燕京校友会和他联系上,他已年迈多病,不能亲笔写信了。

1937年夏,我返天津探亲,抗战军兴,遂滞留北方,住在英租界家中。1938年春结婚,1939年长子启乾出生。在家读书较杂,如

1938年4月3日,结婚照

通读了李慈铭的《越缦堂日记》,而研究成果很少,只写过短短一篇《读书杂识》。我留在北极阁下史语所的书籍,都在傅孟真先生关怀下,随同所里藏书运入内地。抗战胜利后,又一同运回南京。我由美归国,才全部寄回北京。应当感谢傅先生此举,他体会到读书人对自己藏书的爱护心情;而我这些书在四川也为所里同人提供了方便,发挥了作用。如周法高先生在他的《颜氏家训汇注》中就提到,在李庄曾利用过"周乙量"校读本。

1938 年夏,我的姐夫严景珊(严景耀之弟。原在南开大学经济研究所工作,抗战胜利后赴台湾,已逝世)与南大教授、著名书法家吴玉如先生(吴小如教授之父),在日本侵略势力尚未达到的英租界的女青年会办了一期为中学生补习国(文)英(文)算(术)的暑期补习班。吴先生担任高中国文,我担任初中国文。补习班时间不长,对我却是终身从事的教书生涯的开始。补习班结束后师生各自东西,但初中一年级班上成绩最好的一个男孩和一个女孩,给我留下极深印象,两人的名字始终不忘。五十年后,发现男孩赵复三成为社会科学院副院长,女孩卞琬新的踪迹,也由 1988 年在广州陈寅恪先生学术纪念会上偶遇卞慧新先生问起来,才知是他胞妹。卞先生当即给她去信。这位五十年前的女学生以端正秀丽的楷书给我来了信。她回忆我当时讲课给她的深刻印象:"犹记先生讲授《桃花扇》一课,生动透彻,引人入胜,聆者无一稍息,至今仍萦乎脑际。"她又说,我记得学生是教师的本能。确是如此,亦即古人所谓"得天下英才而教育之,一乐也"的道理。1982 年再度访美,在柏克利加州大学遇见一位女教授。她谈到她教日本史的丈夫 Donald Shively 在东部,我立即反应:我知道他,他是四十年前我在哈佛大学教日文时班上最好的学生!中美外交上隔绝几十年,这期间我对美国大学情况了无所知，但几十年前的文化渊源和联系，却是永远割不断的！

五、哈佛七年

史语所迁四川以后，我与所里联系，准备去内地。就在这时，洪煨莲先生提出给我哈佛燕京学社奖学金赴美留学的建议。任务

1941年，哈佛大学图书馆前。左起：杨联陞、任华、雷乐民、周一良

是学比较文学，条件是回国后到燕京服务。洪先生的安排，看来包含三方面用意：一、他是哈佛燕京学社中国方面的总负责人，对于为燕京以及其他美国教会大学培养后进，办好文科各系，筹划有素，时刻关心。各教会大学历次派赴哈佛的人选，基本上都经过他选择推荐。1938年底，燕京历史系第二次派去的翁独健先生已在哈佛毕业(第一届是齐思和先生)，可以再派一名去。二、由于燕京校内的派系斗争，以资助文史哲三系为主的哈佛燕京学社，不仅关心历史系，还要抓国文系和哲学系。因为我日文修养较好，而哈佛燕京社总社主任叶理绥恰恰是研究日本文学的。所以派我学比较文学，正是准备回校后安插到国文系。我回国后的安排也正是如此。三、还有很重要的一点，是涉及当时北平学术界(至少文史方面)的

派系斗争。北大清华之间虽不无门户之见，但大体上这两所国立大学和史语所关系较近。而燕京是教会大学，自成格局与体系，与这三个机构关系都比较疏远。近年我才听说，洪先生与傅先生这两位都具有"霸气"的"学阀"，彼此间的关系也不融洽。所以，像我这样燕京毕业的学生，被史语所吸收过去，洪先生定是于心不甘的。因此趁派人去哈佛学习的机会，把我重新拉回燕京。洪先生推荐我去哈佛，可称一举三得。而我自己，只有过赴日本的念头，从来没有想到会赴美留学，当然求之不得，决定不去内地。同时，私心认为赴美也有利于我魏晋南北朝史的研究。当时崇拜陈寅恪先生的学问，以为他的脑筋以及深厚的文史修养虽非努力所能办到，但学习梵文等文字，肯定有助于走他的道路，而去哈佛可能多少达到此一目的。事实上，我只部分地达到了目的，距离陈先生的语言训练还远得很。但哈佛七年的学习与工作，对我以后各方面的教学与研究起了很大作用，这是应当始终感谢洪先生的厚爱与提携的。上述个人打算当然没有对洪先生说过，对陈先生也只报告他哈佛的导师是叶理绥。陈先生看来不知其人，回信给我说："彼处俄人当从公问日本文史之学也。"

1939 年秋，从天津到上海，乘大来公司塔夫脱总统号邮船赴美，二等舱一屋四人，每人美金 200 元。同船熟人有燕京教育系毕业生戢亚昭(后嫁康乃尔大学经济学教授刘大中，一度在清华同过事。以后刘对台湾税制改革做过贡献，前些年因患癌症，夫妇双双自杀)。到达旧金山时，正值纳粹德国侵占波兰，欧洲战争爆发。由旧金山乘火车东行，到达哈佛大学所在的马萨诸塞州剑桥市。哈佛燕京学社的基金，用于资助东方研究，分为几种途径：一、资助美国学生到东方学习，头一个领这个奖金来华的，是 1930 年来北京的卜德(Derk Bodde)教授。回国后任教于宾夕法尼亚大学，以翻译冯友兰先生的《中国哲学史》而知名。他1948—1949年又来中国，著有《北京日记——革命的一年，1948—1949》(*Peking Diary, 1948—1949：A Year of Revolution*)。他同情中国革命，是宾大左派教授。1989年我重过费城时曾再次相晤。二、资助中国学生到美国学习，头一个是得哈佛大学历史系博士学位的齐思和(致中)先生。三、在哈佛和中国各教会大学颁发研究生奖学金。四、支付中国各教会大学文史哲等系某些知名教授的薪金。五、资助燕京大学图书馆和哈佛燕京学社总社图书馆购置图书。在裘开明先生长期经营下，哈燕社的有关东亚藏书现在美国仅次于国会图书馆。我到哈佛时，已成立远东语言系，还规定领取哈燕社奖金的学生，都在这系注册，因此当时有些中国同学不无讽刺地称之为"学中文的"。我见到导师叶理绥教授，谈学习计划，表示自己文学基础太差，燕京指定我研究比较文学不太对路，而我对日本语言文学及

叶理绥（英利世夫）教授
(Serge Elisséeff，1889—1975)

梵文有兴趣。看来燕京方面对我在哈佛的学习安排没有与叶理绥具体确定，恰巧叶理绥自己又是语言学家，对我酷好语言和有志于梵文深表赞同，欣然允诺，我来美以前的盘算得以实现。在哈佛的五年学习，便以日文为主，梵文为辅。而时间的分配上，由于日文根柢较好，充分利用哈佛的条件提高，所用时间反不如梵文之繁重。由于最后两年兼任陆军特别训练班的日语教员，所以到

1944 年夏才完成博士论文毕业。

　　叶理绥教授(Serge Elisséeff, 日本名英利世夫, 1889—1975)是俄裔法国人，早年先在德国柏林大学学语言, 1908—1914 年在日本, 是东京帝国大学国文学科第一个外国毕业生。他毕业成绩优异, 本应与日本优秀生同样获得天皇给与的奖品。教授芳贺矢一认为, 外国人不应受此殊荣, 因而作罢。不知是否与日俄战争后日本仇俄心态有关。近年日本仓田保雄写了他的传记。新村出《广辞苑》第三版有他的条目, 有的书称他为西方日本学的奠基人。我原对到哈佛学日本语言文学不抱太大希望, 接触了叶理绥教授以后改变了看法。他不仅口语纯熟(法、英、德等语亦流利), 关于日本语言学、文学、艺术的知识都很丰富。在只有我一个学生的习明那尔班上, 指导我读过一些历代文学名著如《竹取物语》《今昔物语》《心中天网岛》等, 口讲指划, 触类旁通, 发挥尽致, 使我感到是一种享受, 大为折服。我读的作品, 有些大概是他早年在东京帝大读过的, 他讲的内容, 一定也有当年他的老师如芳贺矢一、藤村作等人讲的, 再加以他对日本戏剧、音乐、美术的修养和深入社会各阶层获得的了解, 对我而言, 都有不少为书本所无, 极富启发性内容。两三年后, 通过精读原作, 听课和浏览相配合, 我感到日本语言及文学知识面和水平确实扩大、提高了。以后能在哈佛教日语, 固然依靠自己早年基础, 更应当归功于叶理绥教授的教导与熏陶。

　　1930 年初进燕京国文专修科时, 看见宗教学院课程表上有许地山先生讲授的梵文, 兴致勃勃去签名选修。谁知选修的学生太少, 没有开成。想不到九年以后, 竟在哈佛敲开梵文之门。梵文教授柯拉克(Walter Clark), 是哈佛第一任梵文讲座兰曼教授的弟子,

剑桥麦伦街33号斗室中苦攻梵文

留学德国。与叶理绥教授之滑稽幽默、玩世不恭不同，柯拉克教授是一位说话都慢条斯理的严肃长者。我当时虽通日、英语并略解法语，但像梵文这样在"性""数""格"和"时"上都如此变化多端的文字，却从未接触过。初级梵文的教学方法，又非一般当代语言那样，由浅入深，学语法，做练习，而是一上来就以文法为拐棍来读书——《罗摩衍那》大史诗中那位王子的故事。与叶理绥教授的日文课游刃有余大不相同，我简直晕头转向。梵文班上另外两个研究生，一个是主修希腊拉丁文的，当然不太吃力。另一个是主修阿拉伯语文历史的，即后来哈佛大学近东研究所的费耐生(Richard N.Frye)教授，也有古典语言的基础。我与他们竞争，显处劣势。但心想机会难得，当初唐朝玄奘和尚都学通了梵语，我不能不咬牙。而且，为了保证继续领奖学金，也不得不努力，主要课程得 B 等是无法交代的，何况选修梵文又是自己的请求！第一学期结束，成绩得了 A 等，才松口气。不久，柯拉克教授在一次宴会上遇见同学黄延毓，问及我的情况，说我"必然是拼了命"。柯拉克教授对佛教有兴趣，第二年以后，友人陈观胜先生从加州大学来哈佛。他在那里跟德人雷兴教授学了西藏文，专攻佛教史。梵文班只有我们两人，改为每周一个晚上在教授家上课。我们陆续读了

《佛所行赞》《妙法莲华经》和 *Divyaavadana*，直到 1946 年我离开哈佛，这每周一晚的梵文阅读没有中断。当然，这时已享受从容研讨的乐趣，不为分数而发愁了。字典是学语言必需工具，而在第二次世界大战中无法从欧洲买书。我父亲早年为准备翻译康德著作，购备了不少外文字典，我记得其中有莫尼·威廉斯的《梵英大字典》。在珍珠港事变之前由天津寄到剑桥，藏于《自庄严堪善本书影》三十年的工具书终得其用。陈观胜先生后在普林斯顿大学及洛杉矶加州大学教佛教史，著有《中国佛教简史》《中国佛教之变化》，皆有英、日文本，广泛流行。

叶理绥教授主张，学梵文必须略通希腊拉丁文，这是西方学术界的传统。哈佛大学的初级拉丁文已达一定水平，我无法选修，于是到剑桥的中学和孩子们一起读了一学期启蒙的拉丁文，然后选修大学本科的初级拉丁文。结束之后，又选修了大学一年级的希腊文。此外，为了应付博士学位的规定，利用平时选课(此种工具课程不算学分) 再加暑期补习方式，1944 年秋季开学前通过了法语和德语的考试。所以在哈佛的头几年，主要精力都用了学语言——死的和活的。可惜的是，回国以后不久新中国成立，梵文与佛教史固然束之高阁，德文也还了老师，只有法文还偶尔用上。拉丁文只记得恺撒的三句名言："Veni, vidi, vinci." 希腊文则只记得杰克森老教授在课堂上活灵活现地描述希波战争时，希腊士兵归途看到大海如见亲人，大叫："Thalata thalata."清人说，不为无益之事，何以遣有涯之生，我正是如此了。

开始写论文之前，必须通过一次口试，包括四门课。我考的是日本文学、日本历史、中国历史、印度佛教史。博士论文题目没有选自日本，而是利用梵文知识，研究了唐代天竺来华的三个密宗僧人——善无畏、金刚智、不空金刚。内容为三家传记的翻译，配以详细注释和专题附录。取了一个堂而皇之的题目《中国的密教》(Tantrism in China)，是魏鲁男教授(James R.Ware)的建议。论文呈交后，又有一次口试，1945年在《哈佛亚洲学报》发表。1982年及1989年两次重访美国，从一些研究佛教史的外国同行得知，因为关于印度本土密宗的史料很少，这篇论文四十年来颇受重视，有的佛教史参考书目中列为必读，对我可谓"不虞之誉"了。

哈佛燕京学社奖学金除第一年因包括路费稍多以外，每年1200美元。交学费400美元后，所余基本够用。当时物价较低，学校附近小饭馆午饭二角五分，晚饭四至五角。周末看一场电影四角，中国城打一次牙祭也不过一元左右。学校宿舍昂贵，中国学生一般住民房。谈到住房，不能不揭露美国那时的种族歧视。房东太太往往对东方人偏见很深，不肯把房间租给中国学生。有时外边贴着"出租"，开门看见黄皮肤，立即说已租出，甚至更恶劣到一言不发，享以闭门羹。租公寓尤其如此，我碰到多次，最后租到的公寓房东为犹太人。80年代的今天，华人地位据说已大不相同，但黑人住房问题仍然严重。当年中国留学生的住房常常是由中国人"世袭"下去，如我的房由赵理海先生(哈佛同年毕业，北大法律系教授)继承，而40年代吴保安先生的房东老太太，还是30年代初齐思和先生的房东。我的学生生活极为单调，读书之外还是读书。工作地点两处：一是博义思同楼中哈燕社的汉和图书馆，那里中日文藏书之富可以比美国会图书馆。一是魏德纳图书馆亦即哈佛的总图书馆，研究生可占一张用格子隔开的小桌，自由取阅库中书籍，还可留置桌上长期使用，方便异常。那时书籍没有磁性报警设备，大图书馆门口有位白发老人，检查每个出门者的书包，有无未办出借手续的书籍。这位老人对中国学生特别友好，每次总是把手一挥，让我们免检过关，而中国学生也从未听说有人辜负老人的厚爱。尽管有人检查，柯拉克教授指导的一个美国研究生还是盗运出了不少珍贵的佛教考古书籍，后被查获。1941年我爱人来美后，开始家庭生活，主要内容仍不外学习与工作。假期中去过华盛顿、纽约以及英国移民最早登陆之地普利茅斯、南特克岛、马瑟葡萄园岛等不远的名胜。周末看电影是最为价廉物美的娱乐，大约四五角钱。而且那时影院不分早中晚场，开门以后一遍又一遍地放映。进去不出来，可以看几遍，对于初到时语言未过关的人有很大好处。

当时领取哈佛燕京学社奖学金的同学，毕业后都回国内几所教会大学任教，计有比我早的齐思和(历史、燕京)、翁独健(历史、燕京)、黄延毓(历史、岭南)、郑德坤(考古、华西)、林耀华(人类学、燕京)。约与我同时的有陈观胜(佛教史、燕京)，较我稍晚的有蒙思明(历史、华西)、王伊同(历史、金陵)、王钟翰(历史、燕京)。其中除黄、蒙两人外，都是燕京毕业的。就文史哲三系而言，燕京显然是教

在波士顿附近"为你不杀鸡"湖边过暑假

在英国移民船"五月花"到达的口岸普利茅斯

会大学中的首脑，而这首脑的中枢，是洪煨莲先生。洪先生关于哈燕社的擘画，随着新中国成立和院系调整后所有教会大学的撤销而瓦解，这些学生的下落也各自东西。黄延毓是诗人黄遵宪之孙，后到"美国之音"工作，对人民政府修葺他祖父在梅县家乡的人境庐故居异常兴奋喜悦。郑德坤由英国剑桥大学回到香港中文大学，筹办了东方文化研究所，并任所长。陈观胜、王伊同留在美国，分别从洛杉矶加州大学和匹茨堡大学退休，颐养天年。王伊同出版了中英文著作两大册。林耀华、王钟翰回国，现在民族学院任教。蒙思明由华西调整到川大，"文革"中受迫害而死。

"文革"中红卫兵对新中国成立前的组织最为敏感，以为所有组织必与反动政治相联系，往往使人哭笑不得。这里我不妨把在哈佛时一些有关的组织做个交代，以正视听，兼留鸿爪。哈佛大学有中国学生会的组织，属于联谊性质，每学年送旧迎新，逢节日搞些联欢活动。设有主席、文书、会计，推选产生。大都是学习和群众关系都较好的人当选，而且往往是上届的文书被选为下届的主席。1939年我到校时，主席蒋默掀(政治系)、文书刘毓棠(政治系)。1940—1941年刘当选主席，我被推为文书。刘毓棠一度任教清华政治系，现在台北文化大学美国研究所任所长。1941—1942年我任主席,文书是冯秉铨(无线电系)。1942—1943年主席冯秉铨,文书吴保安(历史系)。1943—1944年主席吴保安,文书高振衡(化学系)。以后高任主席,文书杨联陞(远东语言系),次年好像杨继任主席。冯秉铨新中国成立后任华南工学院副院长,对中国无线电工程的研究和教学做出了突出贡献(见姚树华著《冯秉铨教授的道路》)。高振衡回国后任南开大学教授、系主任、中国科学院学部委员。吴保安(回国后改名吴于廑)和杨联陞,是当时文科同学中最有才华的两位,以后分别蜚声中美学术界。我与杨联陞1938年夏订交之初,即相器重。他赴美工作,也与我有些因缘。1939年春,我在北平,曾协助哈佛大学贾德纳教授(美国人)查阅日文杂志中关于中国历史的论文。后来我将赴美,就推荐了杨联陞代替我。我到哈佛不久,贾德纳教授也回国,又约我去帮忙。我由于领取了哈佛燕京学社全时奖学金,不能兼职工作。于是贾德纳教授出资从北京约请杨联陞到美国,做他的私人助手。后来杨联陞也得到哈佛燕京学社奖金,入研究院获得博士学位。三十多年以后,听到一位熟悉内情的朋友说,我回国后叶理绥教授本想重新邀我到哈佛教书,燕京方面不肯放,于是邀请了杨联陞去。我平常自诩有“知人之明”,杨联陞亦曾在信中叙述平生际遇,戏称我为“恩友”,两人交谊极深。杨联陞在哈佛获得“哈佛燕京学社教授”称号,治中国社会经济史兼及语言文字,博闻强记,学术上多有创获,著作多种,不少美国汉学人才出其门下。吴于廑回国曾任武汉大学历史系主任、副校长,开创15、16世纪世界史研究,卓有建树。我与他合作编《世界通史》,深受其教益。此外当时熟悉的同学,哲学系有任华(北大教授),英文系有王岷源(北大教授),经济系较多——谢强(后去日内瓦,在联合国工作,已逝世)、张培刚(华中工学院教授)、严仁赓(北大教授)、关淑庄(社科院经济所研究员)、王念祖(哥伦比亚大学教授)等。我爱人到剑桥后，每逢年过节，有家庭的人总邀约一些单身同学来家吃饭欢聚。饭后打桥牌或搞节目，以慰乡思。记得平时不苟言笑的赵理海出了一个谜：大笑几声，然后席地盘腿，合十而坐。打"哈佛"二字。谜语不艰深，但本地风光，因而始终不忘。大诗人杜甫有"同学少年多不贱"诗句，如果不把"贱"字解释为贵贱贫富，而理解为学术地位，我倒是大可引老杜之句以自豪的。

还有一个组织应当提到——成志学社，简称CCH。当时美国男女大学生各有一种全国性组织，以联络感情、毕业后互通声气为宗旨，称为兄弟会或姊妹会。中国学生有两个兄弟会，成志学社是其一，据说最早是王正廷、孔祥熙等在美留学时发起组成的。我由老社员王念祖介绍加入，据他说，考虑人选的条件有三：学习成绩、群众关系、领导才能。记得当时冯秉铨、杨联陞和波士顿总领事王恭守都是成员。隔些时聚餐一次，偶有社员来自国内则聚会欢迎。记得平民教育专家晏阳初过波士顿时，就有欢迎聚餐。我回国后，只收到过一份国内社员名单，没有任何活动。当然不排除有人利用这个组织去拉关系，谋求政治利益，但留学生的兄弟会肯定不能算反动政治组织。

还有一个与我有关的组织，即哈佛所办美国陆军特别训练班(Army Special Training Program)，简称ASTP。美日开战后，为了训练美国士兵掌握中日语言，陆军战略服务处在若干大学中开办了特别训练班，哈佛是其中之一。中文班由赵元任先生主持，他在大课里讲语法及课文，找了不少北京口音的留学生分小组辅导训练，我爱人也在内。以后美国研究中国文史的专家，如牟复礼、柯迁儒教授等，都曾是 ASTP 的学员。日文班由叶理绥教授主持，帮助他辅导训练的青年,有日裔美国人松方(松方正义的后代)、美日混血的麦金侬女士 (后嫁汉学家丹策尔·卡尔) 和我。日文方面,后来又办过海军军官培训班，我也参加教学。以后在美国日本史研究方面声名仅次于赖肖尔的莫

二战期间在美国为陆军特别训练班教汉语和日语时所照

理尤斯·詹森(Maurius Jansen)教授和柏克利加州大学教日本史的史密斯教授,都曾是这个训练班的学员。

回忆 40 年代中期哈佛的学生生活，谁都不会忘记剑桥行者街赵元任先生家。赵先生 1941 年从耶鲁来到哈佛，先主持编纂汉英大字典,后来字典计划中辍。ASTP 开办以后,赵先生全力以赴,实现了他多年来关于汉语语音语法教学的设想,推广了他创造的汉语拼音法。对于美国的汉语教学和研究起了重要促进作用。这位年高德劭的知名学者,平时总是面带微笑而沉默寡言。赵太太杨步伟却恰恰相反,心直口快,热情好客,因而赵家成为中国留学

生的一个中心。赵太太的祖父、著名佛学家杨仁山先生,与我曾祖是好友,她的自传中提到了两家的友谊。当时剑桥凡有爱国活动,如义卖、表演、街头募捐等,她都带头出力,并号召大家踊跃参加。同学有困难,她无不竭诚相助,三楼上有间空房,不少同学都在那里住过。每逢节日,她必然做许多菜,邀请同学到家里欢聚,有时多达几十人。我们1946年回国后的头几年,每逢节日,还常常怀念在赵家过节的情景。由于赵先生国内外的学术地位,过剑桥的学者往往都是他家的座上客。胡适之先生大使卸任后,到哈佛短期讲学,虽住旅馆中,而在赵家吃饭。我因此而和他熟识,1946年回国后,在北平时时有所请益。他对我关于《牟子》的论文提出商榷意见,并且同意我想步杨守敬后尘的请求,跟随他出访日本。但他未成行,我则是到了1973年,以花甲之龄才初访东瀛。法国著名汉学家伯希和教授,我也是在赵家宴会上得识。老教授颇为朴素,晚宴后搭电车由剑桥回波士顿,我陪同引导一段路,记得在车上曾就阿拉伯人 Marvazi 游记请教。陈寅恪先生由英返国,路经纽约,没有下船。我与杨联陞搭赵先生亲自驾驶的汽车从剑桥赶赴纽约码头,登舟谒见陈先生。陈先生垂询甚详,还谈及季羡林先生。同时又讲到某人,已忘其名,说他"连 Hoti Clause 都不懂",透露陈先生对古典文字的修养。1937年陈先生离北京时,虽已开始患视网膜脱落,还能看书写字。几年间经过四川和英国手术失败,这时视力已几乎完全丧失,在纽约船停数日,竟毫无弃舟登陆旧地重游之意了。

　　1944年毕业之前,因参加 ASTP 工作,推迟了论文的写作。毕业后,系里聘我为教员,又在哈佛教了两年日文。叶理绥教授这样安排,与赖肖尔先生(E.O.Reis-chauer,他在日本的汉字译名为赖世和)的离开哈佛有关。他原协助叶理绥教授教日文,珍珠港事变后,他被调入军队,迄未复员,所以我毕业后把我留下。ASTP三位日文助手中聘任我,想来是由于美国大学教师人选注重学位的原故。赖肖尔教授后回哈佛,在美国的日本史界蔚为长老。据其自传,他主张承认新中国,反对越南战争,对中国是很友好的。

1945年夏,次子在波士顿出生。我父亲给他取名启博,因我得了博士。为了避免学生签证多纳税,我出美国境到加拿大蒙特利尔,重新入境,改换身份为永久居留。实际上并不永久,1946年合同届满,去国已经八个年头的我,怀着"漫卷诗书喜欲狂"的心情,经过大瀑布、安阿柏、芝加哥,偕妻挈子奔返祖国了。

六、回国与新中国成立

第二次世界大战结束不久,去中国的船只很紧张,我们从东部到旧金山后,又等待了许久,到10月才登上了一只去上海的原运兵船"山猫号"。都是统舱,男女分隔,与来美时的"总统"号邮船迥不相侔。但中国学生们归心似箭,个个兴高采烈,情绪很高。记得在太平洋过双十节,中国乘客在甲板上集会,燕大梅贻宝教授讲了话。从上海到天津与陈寅恪先生全家同船,得以照料他。

返国前夕,接到傅孟真先生长函,说计划请赵元任先生回去任史语所所长,约我任历史组组长。我已与燕京有约,当然婉言谢绝。我回到燕京时,洪煨莲先生已赴夏威夷。学校领导聘我为国文系副教授。到国文系原是出国前早已规定,除开初、高级两门日文外,我还开了一门"佛教翻译文学",因为教授必须开三门课。我觉得教课不忙,尽有时间用于研究。但副教授名义对于当时自视甚高的我,未免颇不惬意。几十年之后,看到傅孟真先生给胡适之先生信,有推荐北大去邀请的名单,其中有周一良,说:"恐怕要给他教授名义,给教授也值得。"可见当时客观上果有此"行情"了。但更使我不愉快的,是住房问题。学校有空闲洋楼多处,不分给我,却只给我镜春园平房的一小间厢房。1947年3月开学返校,弄得无处栖身。3月3日家信中说:"结果这几天还得另想办法。今晚拟去老二处,就住在那儿,明天到翁或林家去住。"这时三子启锐已在津出生,母子四人长期不能迁来,显系校方有意与我为难。我当时尚未明确意识到校内派系之争的影响,只觉得在美国教书时,作为客卿并未受歧视;回到自己国家,何以受到的待遇反不如校内洋人,因而忿忿不平,萌生去意。家属在天津,我每隔一两周回去一次。国民党收复了的北平天津,远非在大洋彼岸时所想象的那种战胜日本以后应有的兴旺景象。物价飞涨,生活艰苦,民众怨声载道。我当时对共产党毫无了解,但由于平津火车三天两头被切断不能回家,而有抱怨情绪。对国民党则现实已经教育了我,大为失望。这种低沉心情,表现于1947年末家书中所附一首诗里:

> 独裁民主两悠悠(指国共两党),
> 扒路断桥未肯休。
> 小民何日免饥色(反饥饿运动),
> 细君几夜怯空楼。
> 凄凉最是教化界(教育文化,谐"叫化"),
> 书卷难作稻粱谋。
> 祸乱十年殊未已,
> 炮声今又逼卢沟。

诗中总的思想是国共双方各打五十板，与当时想走第三条道路的人一脉相通。但把内战与抗日战争相提并论，目为"祸乱"，显然又是极端错误的了。

1947年暑假前，北大与清华都以教授名义相约，我决定应清华之聘。原因有二：一、陈寅老在清华，可以随时请益。同时，自1946年回北平后，我即成为陈先生听读外文(主要是日文)杂志的义务助手，到清华更有利于完成这个任务。二、清华供给胜因院小洋楼一幢。燕京方面对我的去留无动于衷，如果洪先生在学校，情况定然大不相同。我到清华

1948年，清华胜因院22号门前

固未入国文系，却也未进历史系，而是进了外文系，仍教日文。外文系主任陈福田先生，夏威夷华侨，学问有限，政治上亲国民党。他之所以解聘留日归来的日文教师，而延揽我，新中国成立后我才悟出，不止是美国留学生符合清华需要，更关键的是用我来排挤他不愿留在系里的进步教师关世雄。清华当教师也须开三门课，我仍提出在国文系开"佛教翻译文学"。事后据国文系主任朱自清(佩弦)先生见告，关于我是否适合开这门课，他是问过陈寅恪先生，而经寅老认可的，足见朱先生办事谨慎而严格。日文班上有

一位经济系的朝鲜族同学，日文本已很好，选此课不过为了"凑学分"。我曾请他来家教我谚文字母，这是我接触朝文之始，可惜没有继续学下去。50年代又开始学，因教师离去而作罢，始终未能入门。多年以后，才知这位同学投身革命，改名丁民。1985年访日，他在驻日使馆任参赞，幸有机会叙旧。

进入1948年后，内战日趋激烈，反蒋民主运动也日益高涨。8月间，清华园有一次军警进校大搜捕，增加了我对国民党的反感。拒绝美国救济面粉及其他反蒋民主运动，我都签了名。但自回国到新中国成立前后，我的时间精力仍放在研究方面，主要写了关于魏晋南北朝和翻译佛典方面的一些论文，与胡适、向达(觉明)、王重民(有三)诸先生时有商榷。对于胡先生，当然仍很尊敬。我父亲听说他研究《水经》，叫我把他自己所藏一册抄本送给他，供他鉴定。但进步舆论对他的批判，对我不能没有影响，如在家信中就用过"文化买办"的称呼，也还是中间路线的隐约表现。新中国成立前夕，我与北大季羡林、金克木、马坚、王森，清华邵循正，燕大翁独健等先生组织过一个"中国东方学会"，举行过几次报告，我谈过《牟子》。还曾计划出个刊物，与国外学术团体交换。"文化大革命"中，这个组织又成为我的交代重点之一。

1948年12月间，国民党专机"抢运"知名教授，其中当然没有我。进步同学暗地工作进行挽留的，我也不在内，但我也收到了《大江流日夜》等小册子。1948年秋冬之际，局面颇为紧张时，我写信给父亲征求意见。这时大约已有地下党和他打了招呼，所以他主张我不要考虑离开，并汇给我一笔应变费。国民党崩溃前夕，物价一日数涨，民不聊生。除去我在清华和爱人在燕京的薪水之外，我还须到北大(日本史)、燕京(魏晋南北朝史)兼课，生活仍很拮据，不时要卖东西换钱。偶尔到椿树胡同买几本日侨走后留下的日文书籍,都靠兼课的一点钱。12月下旬,最紧张的几天,教师和家属夜间都到图书馆底层各系办公室及研究室打地铺过夜,记得我家是和新来外语系的曹靖华先生全家合用了一间。

清华园和平解放了。新中国成立之初,在大礼堂演过多次解放区来的歌剧,如《赤叶河》《血泪仇》等。表演虽然粗糙,但都是揭露封建地主的题材,对我们比较新鲜,感到富于吸引力,颇受教育。1949 年10 月1 日,在天安门广场听毛主席宣布"中国人民站起来了",感到万分激动。除听社会发展史之类大课之外,思想改造的又一途径,是参加土地改革,我先在北京郊区搞了一期所谓"和平土改",1950 年秋末,又参加西南土改团,去了四川,在眉山县太和乡搞土改工作,直到1951 年春间。土改团成员主要为北京大专院校的中青年教师,总团长为陈垣(援庵)先生。我负责眉山县分队,队员中有北大、清华、外语学院、铁道学院、林学院、协和医学院等校教师。分队主要管的是到四川以前路途上的学习和土改结束后总结思想收获。下乡之后,分队即打散,分别在地方干部领导下工作。由于自己并非地主家庭出身,土改工作中思想触动不大,只是对贫下中农的贫苦生活有所体会。1951 年春回到北京,听周总理关于知识分子思想改造的报告,开始参加思想改造运动。周总理指出,知识分子除去过几道关(如家庭等等),要通过本门业务的学习来改造立场和观点,对我很有启发。

1949 年秋我转入历史系,讲授魏晋南北朝史,并与丁则良先生合开中国通史。1951 年,代替邵循正先生担任历史系主任。1952年秋院系调整之前,我加入民盟。清华党委反复进行了服从分配的教育。知识分子对于地位、待遇固然不能忘情,更重要的还是要求良好工作条件下能发挥作用。我当时思想，就是怕分配到图书条件差的边远地区，无法从事研究。经过学习、讨论、检查，终于树立起服从需要、任何地方任何工作都是干革命的思想。这样想通以后，我坚决信奉不变，始终如一，实际上指导了我以后几十年的行动：服从需要，不讲价钱。我与爱人都被分配到调整后的新北大工作，我到历史系，爱人到外国留学生中国语文专修班。院系调整是学习苏联的产物，从理工分家之体制到各系课程之设置，其不良后果，三十年之后才大为显露。而我在三校教师大会上，还曾就学习苏联历史系教学计划发言，列举其"长处"。新北大历史系全学苏联办法，所谓优点无大成问题。实际上，也只有1953年入学的年级基本上按教学计划完成学业，1957年以后，政治运动不断，教学与研究受到严重冲击，根本连从苏联学来的计划都被打乱，不可能遵照执行。院系调整的次年，得一女孩，从此子女品种齐全，取名启盈，盈者满也。

我调整到新北大后，先任中国史教研室主任。古代与近代分家后，担任中国古代史教研室主任，与邓广铭(恭三)先生合讲中国通史。约在1954年，按照苏联教学计划，历史系高年级应开设亚洲史。系里考虑我教过日本史，通几门外语，是建设亚洲史课并主持这个教研室比较合适的人选。当动员我改行时，我本着服从需要的信念，决心放弃多年积累，同意从头做起，去创建亚洲史教研室及课程。而且，由于自己思想单纯，考虑片面，认为既然接受新任务，对于旧业务不应再有任何留恋，毅然决然放弃了中国古代史。当然，在当时任务异常繁重、政治运动不断的情况下，即使想二者兼顾也势不可能。这样，直到70年代中期"梁效"成员受政治审查，我才坠欢重拾，又接触魏晋南北朝史。巧的是当时奉支部之命来动员我改行的书记田余庆教授,后来也专治这段历史。他好学深思,成就卓然,成为我的同行畏友。80 年代以后,我回系重理旧业。我们与比我后来而为我钦服的同行祝总斌教授三人,形成系内魏晋南北朝史方面松散而亲密的联盟。

到 1966 年"文化大革命"时,在亚洲史方面我做了以下三方面的事:一、开始讲授亚洲各国史。名为各国,实际只限于若干主要国家。而且是国别史的拼盘,并未能融会综合,形成体系。起初由我一人通下来,后来我只讲古代,近代现代由青年教师李克珍、夏应元二人分担。教育部组织人力,在苏联教学大纲基础上编写自己的大纲时,我主持了亚洲各国史大纲的编写。教育部又要求分工编写亚洲各国史教材。只有何肇发先生与夏应元先生合作,完成了现代部分。我负责的古代一段,由班上听课的同学整理了部分笔记,在高教出版社出版。近代部分归丁则良先生负责。他完成了几篇颇有水平、当时很受重视的亚洲近代史论文,但由于他在"反右"运动中被迫害含冤而死,未及成书。二、教研室培养了校内和校外一些青年教师和研究生,他们听课之后自己进一步钻研,然后回到各自学校开亚洲史课,初步满足了教学计划的要求。三、我个人亚洲史研究工作主要在日本史方面。我 1956 年春入党,夏间开始任历史系副主任,分管研究生、进修教师和留学生工作,直到"文化大革命"。当时党总支总揽一切,以党代政,系行政只有翦伯赞先生作为主任不时从思想、理论角度对大政方针提出意见。我作为他的助手,抓些具体事务,会议奇多,经常开会到夜间 12 点以后才散,我所住宿舍燕东园的大门早已锁上,必须叫醒门房的老师傅,心里非常不安。日本史的研究可说是若断若续,不绝如缕。1956 年写了一篇明治维新前夕农民运动的论文,1962 年又写了一篇论明治维新性质的论文。从这两个年份可以看出，前一篇是 1956 年"向科学进军"号召下的成果。但紧接着 1957 年反右，1958 年"大跃进"、拔白旗等等一系列运动，研究工作不得不停顿。到 1962 年来了所谓"右倾回潮"，趁回潮时机我完成了后一篇。然而不久就"千万不要忘记阶级斗争"，开始了社会主义教育、"四清"等运动，直到"文化大革命"，迄无宁日。我准备纪念 1968 年明治维新一百周年的关于维新前夕对外关系的文章，仅仅开了个头，"文革"一来就夭折了。"回潮"期间，中华书局为我出了一本《魏晋南北朝史论集》，所收都是新中国成立以前论文，我戏称它为我的《我的前半生》。新中国成立以后，我写过一些中国与某国友好关系的文章，大多是奉命或应邀之作。虽满足一时需要，起过作用，但除少数荜路蓝缕、略见功力(如关于朝鲜)之外，多数不足以言研究也。

1955 年"肃反"运动，是新中国成立后思想改造以外我第一次正式参加政治运动。现在记忆所及，系里有一位同学跳楼自杀，四五位同学未经任何司法手续被隔离。他们出入有同学跟随监视，不断开会批判斗争。这些人反革命的罪名早已不复记忆，但他们今天都成为大学教师或研究人员，有的还是领导骨干。

1957 年开始反右派斗争。我生性小心谨慎，加之新中国成立后"原罪"思想沉重，认为自己出身剥削阶级，又在举国抗战期间置身国外，对不起人民，鸣放期间确没有什么不满，运动开展后则诚心实意努力紧跟，以后历次政治运动无不如此。但当涉及自己亲近的人时，不免真情流露。在批判亚洲史教研室青年教师夏应元的会上，我发言说他"辜负了党的培养和我的期望"，随之落泪。好友丁则良在北大含冤自杀，我因须开会不能送葬，在他停灵处绕棺一周，以示告别。作为北大民盟支部负责人，我主持批判他的大会。丁则良到苏联开会，根本未参加整风鸣放，毫无可抓辫子的言论。是原单位欲加之罪，故意捏造出"三人反党集团"。我在大会上只能批判他"辜负党的信任与重用"。这些以后都在全系大会上受到"温情"与"立场不坚定"的批评。只有翦老，在会上听到我绕棺一周的事，意味深长地对我说了一句话："你对丁则良是真有感情啊！"当时心想翦老还有人情味。事实证明，丁、夏两人皆属冤案，最后终于平反。

1958年以后的"大跃进"、人民公社、拔白旗、师生合作编教材、诗画满墙等等活动，我都跟着滚过来。现在记得的，曾与学生一起到豆店农村"深翻"，以后生产结果如何，不得而知。徐水县是当时公社化食堂化的典型，后来知道以浮夸得名。我在参观徐水所谓"敬老院"时，看见一个六七岁的小男孩无可奈何地拉着一个老人的衣襟在说："爷爷回家去！"我心想，这个敬老院定是假装的，但没料到还有更大规模的假装。我没有作为白旗被拔，也没有拔别人的白旗，只是在会上被附带"烧"了一下而已。我真正领略批判斗争的滋味，是在"文化大革命"中。

1960年秋，为了反对所谓"赫鲁晓夫修正主义"，北京市委组织各校世界现代史教师编写世界现代史教材，要求在有关章节贯彻与他针锋相对的观点。我并不搞现代史，却调我去主持，我当然服从政治需要。当时有些问题，如有关南斯拉夫问题、匈牙利事件问题等，弄不清如何写才算"正确"，曾请时任市委文教书记的邓拓同志解答。他对解答这些，似很不感兴趣，总是说："暂时弄不清的，可以回避不写嘛。"我心里颇不满足，这部教材也不了了之。1961年，在中宣部教育部领导下成立文科教材办公室，周扬同志负责。历史组翦老任组长，郑天挺(毅生)先生和我任副组长，责成我抓世界史教材。我们先集中了各校以群众运动方式集体编写的稿子，准备组织人力修改。不料水平参差过甚，体例五花八门，不能做修改基础。于是教材办公室另组织少数专家分段主编：上古齐思和，中古朱寰，近代张芝联、杨生茂、程秋原。我名为主编，实际除极个别章节外，绝大部分都是他们五人自己执笔，最后集体通读，由吴于廑和我总其成。这部四卷本《世界通史》注意破除西方中心论的倾向，加强亚非拉部分，材料比较翔实可靠，采用一般接受的观点。虽然尚未彻底摆脱苏联教材窠臼，但较为合用，所以不少大学历史系采为教本。"文化大革命"后，又在吴于廑先生主持下，出过修订版。1961年，我曾在自己所用年表上留下几句"书以自勉"的话，可见当时真心实意跟着党走，努力工作的心情：

　　三窟狡兔(党校、华北、民族、前门等饭店，数不止三，举其成数)，

　　四面受敌(东坡言读书当八面受敌。此四面谓上古、中古、近代、现代)，

　　一心向上(鼓足干劲，力争上游)，

　　百倍努力(仅通东方各国史事，总领全书，力所弗逮。唯有依靠群众，贯彻领导意图，黾勉从事)。

　　"大跃进"以后，学校运动不断，时时处处乱糟糟，可以说无一块安静地能放下书桌。因此，凡是领导布置编书或写文章，都安排躲到学校以外的地方去，甚至成年累月在外，这就是"三窟"的由来，恐怕也是以后做学问的人不可能想象的。

毕竟是书生

　　新中国成立后到"文化大革命"前,我出国六次:1955 年与翦老一起参加荷兰莱登的第七次青年汉学家会议;1956 年与翦伯赞、夏鼐、张芝联一起参加巴黎的第八次青年汉学家会议;1960 年与阿拉伯文翻译邬玉池一起参加摩洛哥最古老的卡洛因大学校庆;1962 年到巴基斯坦参加巴基斯坦史学会;1964 年到加纳首都阿克拉的恩克鲁玛学院讲中国史;1965 年到坦桑尼亚参加坦桑史学会。

　　这时期的一些外事活动,尽管名义上有时是进行文化学术交流,实际以政治考虑为主。目的在于通过学术会议在国际上争取朋友,学术交流本身并未受重视。当时注意在第三世界寻求朋友,所以我出访六次中,四次是亚非国家。在莱登和巴黎开会时,翦老运用他在国统区进行活动的经验,灵活机智,争取对新中国友好与可能友好的人,取得很好成果,也使我学到不少知识,对以后外事活动起了作用。但由于政治这根弦绷得特别紧,我们也因此做了一些蠢事,失去了一些朋友。如对于来自美国及港台的学者,都表现出壁垒森严,拒人于千里之外,极不明智,如对美国费正清教授、牟复礼教授(当时还是青年),香港的罗香林教授、饶宗颐教授和在巴黎求学的台湾青年陈荆和教授等。牟复礼是哈佛陆军特别训练班学员,他在莱登约我联名给在美国的赵元任先生寄一张风景画片致敬,被我婉言拒绝。几十年之后,除

1956 年与翦伯赞先生泛舟塞纳河上

罗香林教授早已逝世外，我与上述诸学人都有机会重晤，或重温旧谊，或切磋学术，同时不免深有感慨：早知今日，何必当初。莫斯科大学安东诺娃教授在北大几年，与历史系教师们很熟识友好。我1960年过莫斯科只能寄一张明信片致意，不能去拜访她，使老太太大为遗憾。至于苏联与南斯拉夫学者，1960年去摩洛哥开会之前，领导已明白交代，不相交谈了。1965年坦桑的史学会，我到达累斯撒拉姆以后才发现，联合国是资助者之一。我国当时是与联合国不打任何交道的，于是未参加而回国。新中国成立初期出国必二人同行，60年代以后较为放松。我去巴基斯坦、加纳、坦桑都是独自一人，这表明领导对我的"信任"，也是我以后"要革命"思想的动力之一。

七、毕竟是书生

1965年秋，我随系里到北京东郊星火公社参加"四清"运动。1966年春，史哨兵批翦伯赞，姚文元批《海瑞罢官》等等，史无前例的"文化大革命"的前哨战已经打响。我在农村，也从报纸上感到山雨欲来之势。春节休假回北大，曾去看翦老。我们谈到《海瑞罢官》问题，对于姚文元硬把剧本往政治上拉扯都感到牵强，当然远未明了其恶毒用意。这时翦老处境已很困难，对于我去看望，似乎特别敏感，临别时特意和我握手，连说谢谢，两人都不免黯然。这是我同翦伯赞同志最后一次交谈。"六一"以后，我和他只有在斗争会上碰面，当然再也不可能谈话了。

"六一"大字报在《人民日报》发表后不久，"四清"工作队撤回学校，参加"文化大革命"。我一到历史系所在的三院门口，就看见贴着对联:"庙小神灵大,池浅王八多。"据说这两句话来头大,我当时只觉其庸俗,而且对恶毒攻击知识分子,颇为反感。以后这句名言竟发展成为什么"王八多得腿碰腿"之类,益发令人恶心。回校后一天晚间,历史系在体育馆开全体大会。革命群众把总支书记、副书记、支部书记等依次"揪"上台,叫他们低头"认罪"。然后轮到行政人员。系主任翦老不在场,接着"揪"副主任,把我推上台。这时会场气氛极为紧张,大家新中国成立后历次运动中都还没经过这样的场面,有人甚至报错自己的姓名。我心里想:自己一向兢兢业业,努力改造思想;从来循规蹈矩,按照党的指示办事,何罪之有?因此不肯低头。群众在后面用力按,我仍不为所动。后来又"揪"出几个人,工作组不知如何掌握,出面圆场,稀里糊涂宣布散会。这一开场就说明,"文化大革命"是怎么回事,群众根本不理解。所以后来才有林彪的鬼话:"理解的要执行,不理解的也要执行,在执行中加深理解。"整个"文化大革命"的过程,就是玩弄愚民政策,运动群众来斗群众。

我不是系里党政最主要负责人,平日群众关系又不太坏,所以虽未能"混入"革命群众队伍中,也还不算主要敌人,只是靠边站而已。这种人的任务是,每天上午到系里集体学习——语录或报纸杂志的社论,此外的时间是看大字报——校内和校外,替革命群众抄大字报,但是不准自己写大字报。我曾与教研室另一位靠边站的教师李克珍用"惊回首"名义共同写了一份大字报,内容已不记得,不外乎自我批评之类。在校园张贴时,被认识我的红卫兵发现,立即被粗暴制止:"你不配贴大字报!"

这时我在运动初期自以为是的心情早已烟消云散,负罪感又占主导。我那时思想很单纯:过去几十年远离革命。如今虽非战争，不应再失时机，而应积极投身革命，接受锻炼与考验。写大字报的动机，也就是出于这种要革命的思想。后来中华书局组织人力标点《廿四史》，我在被调之列。由于同样思想，我表示：如在学校边搞标点边参加革命，我愿意干；如果进城住在书局，完全脱离运动，我不愿意去。现在看来，当时若去中华，以后几十年的生活道路会大不相同，不但早日重理旧业，而且避免许多侮辱与坎坷，可以多做十几年有益于人民的工作，而免得浪费那么多有用的光阴！

在要革命的思想基础上，又听信一句最高指示：共产党人不隐瞒自己的观点。因此，1967年夏间，我在五四广场的群众大会上发言，反对当时不可一世的北大"老佛爷"聂元梓，指摘她的种种不民主。北大革命群众不久就被挑动分成两派："新北大公社"与"井冈山"。我错误地介入派性斗争，参加了"井冈山"。这时周培源先生也加入了"井冈山"，并被推为头头之一。因两人俱已满头白发，对立面因而诋毁他和我为大小"周白毛"。不过周先生由于有领导同志及时打招呼，退出派性斗争，并且被保护起来。而小"周白毛"呢，无此运气，结果一意孤行，勇往直前，最后头破血流。对于"新北大公社"的游说与表示好感，我丝毫不为所动；对于依违于两派之间者，目为变节；而自己却加入了反聂的静坐示威。这一下惹恼了"老佛爷"，我由无足重轻的靠边站，变成了她的死敌，招来了一系列灾难，定要把我弄臭而后已。

1967年秋天，一个萧瑟的夜晚，"新北大公社"的红卫兵来抄家了。来了几十个人，开了几辆大卡车。先把我们全家人(包括只剩一条腿的残废岳母)关进厕所，然后翻箱倒柜，大事搜索，达三小时之久。等他们走后，发现存折和我爱人仅有的几件首饰都被抄走，

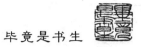

毕竟是书生

不仅抄剩下的书籍衣物等狼藉满地,撕的撕,砸的砸,而且在客厅墙上挖了个大洞。事后听说是寻找秘密向外发报的无线电台,可谓想入非非!抄家过程中我在清华读书的次子启博恰巧来燕东园,被红卫兵逼到墙角树下,打了一顿。客厅墙上,涂满了墨笔大字的口号"打倒周一良"等等。这些题壁的墨宝,一直和我们朝夕相对。后来客厅让给进住的教师("文革"期间不少教授家都有人进住),她也不得不在这些大字口号威胁之下栖身。数年之后,到1972年我兄弟从美国回来探亲,学校才给粉刷掩盖。抄走的几卡车书籍衣物,大约因校内无处存放,集中送进城里。幸而未分散处置,除书籍有零星遗失外,绝大部分没有散逸,几年之后又捆载归还了。不致像篯老的藏书,包括一些昂贵的珍本,被分散抄走,落在少数红卫兵手中。我在1949年5月,曾以人民币120元在东安市场买了一本旧书——缩印本平凡社的《世界历史大年表》,以后一直使用,出去始终随身携带。这里抄录我在这本年表上的题识,以见一个读书人的心情:"此书1967年抄家时抄走。十年来读史时手头无年表供翻检,极感不便。1977年8月21日,整理捆载归还之图书,无意发现此册,如睹故人,喜可知也!时值华主席宣布,第一次无产阶级文化大革命以粉碎'四人帮'为标志而胜利结束。"(当然,这时对我的审查并未结束)

这样大规模的抄家,据说在北大还很少见,究竟抄出了一些什么罪证呢?早在1966年运动一开始"扫四旧"阶段,我已经把有"四旧"之嫌的东西烧的烧,砸的砸,一扫而光,如保存多年的师友信札(包括陈寅老给我的明信卡)、哈佛大学拉丁文写的博士文凭、"斐陶斐"荣誉学会的金钥匙、印有哈佛校徽的玻璃杯等等以及我左手无名指上戴了二十八年的结婚戒指。戒指已无法自己取下,是到海淀找铁匠师傅给锯断的。做这些事，一方面是主动要跟着革命，一方面也是被动怕惹麻烦。尽管如此，红卫兵居然仍旧搜查出所谓"罪证"，从而作为给我戴帽子的依据：一、前面提到的1947年家信中所附的"寄内诗"和我大儿子启乾所存国民党统治时期印有青天白日旗的旧邮票，尤其是我爱人邓懿在清华做研究生时，戏登大礼堂站在讲台后装作演讲的照片，背景是两面挺大的国民党党旗与青天白日满地红国旗。二、"斐陶斐"学会在司徒雷登的住宅临湖轩召开迎新会，我们新旧会员与司徒合拍的二寸小照片；哈佛大学陆军特别训练班结业时与全体学员合影。我原有两顶帽子本是铁定逃不脱的：反动学术权威和走资本主义道路当权派(系副主任、总支委员)。根据抄家搜出的第一条罪证，又加了第三顶帽子："反共老手。"根据第二条罪证，我的第四顶帽子为"美国特务"(此点下面还要谈到)。因为领导号召干部亮相，自己解放自己，我参加了北大一些干部组织的串连会。而适逢江青大喊干部们要"老保翻天"，于是我又戴上第五顶帽子——"老保翻天急先锋"。"文革"中知识分子几乎无不挨整，但全国像我这样"五毒俱全"者，恐怕尚不多见。有一段时期，在吃饭以前要在毛主席像前"请罪"，请罪时必须自报家门，把自己的帽子交代清楚。红卫兵有时抽查，问你是什么人，也得如实交代。所以我对自己的五顶头衔背得滚瓜烂熟了。

罪状既定，接着当然就有借口大肆批斗，并在全校园内贴大字报揭露我的"罪行"，校内小报上还有专门报道。大会小会我经历了不少，受够了人身侮辱。一般是"喷气式"。在参加反聂静坐之后，有一次深夜我从家里被揪到俄文楼一间小屋中，接受少数红卫兵的批斗，硬是几个人把我按住跪倒在地上听他们咆哮。这次夜审是对参加静坐者每人个别批斗，记得排在我后面的有张芝联和荣天琳两人，他们是否也曾罚跪，就不得而知了。罚跪这形式，"文革"中并不稀罕，校医院孙宗鲁大夫被扣上"杀人犯"罪名，就曾在全校几千人大会上跪在台前。现在回想起来，也许比喷气式还少受点苦。对我最大规模的一次批斗会，是在办公楼礼堂，与另一反聂的老教授侯仁之同台，还荣幸地有党委书记陆平陪斗。我还在东操场斗争陆平的大会上陪过绑。那次在台后体育馆楼下等候开会时，红卫兵揪住我把头往墙上撞，反复多次，撞得我眼冒金星，天旋地转，跄跄踉踉站立不稳。当时心想，恰似打斗电影片中挨打角色的狼狈相，没料自己年逾知命还亲身体验这般滋味。

至于批斗内容，其离奇荒唐与歪曲牵强，更匪可言喻，暴露出"文化大革命"之既非革命，又无文化。在容纳千人的大礼堂内批斗时，揭发我是"吃德国纳粹分子的奶长大的"！这是把卫礼贤教授当成纳粹分子，其实纳粹党的兴起远在我出生二十年之后！又如揭发我是"宋子文的亲信"，因为太平洋战争爆发后为留学生服兵役问题，我作为哈佛中国学生会主席，曾去华盛顿找过国民党政府的特使宋子文。揭发我在吴晗主编的《中国历史小丛书》中写过《明代援朝抗倭战争》，是为彭德怀树碑立传。在乘喷气式飞机时，头半个小时左右还能听得进批判的发言，在此以后便全身从头到脚根本麻木，什么也听不到。只有这些奇谈怪论，偶尔钻进我的耳朵，使我啼笑皆非。

大会批斗一般是迅雷烈风似的轰炸，罪行务求耸人听闻，反动得越尖端越好。小会批斗则另是一景，深文周纳，锻炼冤狱。批斗我的小会，集中在寄内诗和论文《乞活考》两桩文字狱。红卫兵只抓住"扒路断桥未肯休"及"祸乱十年"字句，批我反对共产党；

但不顾"两悠悠""反饥饿"等不满国民党统治的字句。历次会上我都坦白承认前者，但申明是中间路线各打五十板思想为主导，仍属人民内部问题。有一次红卫兵问我，敢不敢白纸黑字写下，我当即坦然具结："我的问题属于人民内部。"不过这并不起任何作用，照旧劳改和批斗。

《乞活考》是我的一篇考据论文，讲西晋末年五胡进入中原，建立政权，司马氏南渡在江南建立东晋。当时称为乞活的流民集团在黄河两岸屯聚几十年，心向南方，与北伐军时通声气，抗击北方胡族政权。此文发表在学术刊物《燕京学报》，红卫兵硬说是替蒋政权"出谋划策"的反动透顶大毒草。他们的理由是：一、此文写成于1948年末1949年初，正配合蒋政权在北方节节败退、退守南方之时，与西晋王朝失守洛阳、在江南建立东晋政权若合符节。胡族政权正是指新建立的共产党政权。二、文中所分析的乞活军的活动，正是建议蒋政权在黄河两岸留下隐蔽的游击兵力，伺机进攻占据北方的共产党。此外歪曲附会的细节还有不少。其实，运动刚开始，大家贴大字报揭发问题，系内就有教师和同学对《乞活考》提出类似质问，我也用大字报形式做了答复。不过等我介入派性斗争，被对立面揪斗以后，他们旧事重提，进一步深文周纳，罗织罪名而已。尽管他们疾言厉色，批得振振有词，我始终据理反驳，坚不承认。我说："文章是我写的，不管你们解释得如何头头是道，无奈我本来无此想法！即使要为蒋政权出谋划策，也不会把它登在只发行几百份的学术刊物上！"仅从我个人这一件事，就可以知道"文革"中如何歪曲捏造、附会牵强来锻炼文字狱了！

抄家还搜到另一件"反共老手"的罪证。30年代我旧历新年在厂甸买到过两本日记，是北洋政府时代天津一个姓陈的官僚的手迹。此人注意时局,对政府南迁后北方的衰落甚感不满,对国民党政府时加讥讽,同时也骂共产党,日记中不断出现"共匪"字样。红卫兵如获至宝,多次找我单独谈话,要把这两册日记落实到我头上。这个"罪证"当然比《乞活考》容易澄清:日记的年份,日记主人的家庭(一妻一妾),日记的内容等等,都与我对不上号,红卫兵只得废然作罢。(前些年我查出日记作者姓名,写小文《关于陈鸿鑫的日记》,载《中国历史文献研究》新第3辑)

除去口头上的人身侮辱和肉体上的人身伤害以外,"文革"中还有普遍流行的一着,就是不经过任何司法手续,随意剥夺人身自由。1967年底,在大礼堂批斗大会之前,一天夜间我从家里被揪走,放在小汽车里足足转了三小时,我甚至以为要开到郊外加害。结果深夜回到临湖轩,拘禁了几天,显然是预防性措施,怕我逃走而开不成会。1968年春节刚过,又被拘到昌平县北太平庄北大分校历史系所在地,与系里其他所谓"有问题的人"一起劳动,直到"五一"之后。新中国成立后我体力劳动增多,已经习惯,而且诚心诚意要求通过劳动锻炼改造思想。太平庄只有历史系几名红卫兵"监改"人员,不大开什么批斗会。劳动如背着农药箱上山为小松树喷药、给树剪枝、给果树翻地挖土、到渗坑中淘粪灌菜地,等等,都不算太繁重,倒也心安理得,好像置身于"文化大革命"之外。我听说校内郭罗基给"老佛爷"贴大字报"北大要整风,聂元梓首先要整风",曾戏作联语"佛爷整人不整己,老保翻地又翻天"。淘粪的伙伴是高望之同志,他在劳动中经常照顾我,抢着干脏活累活,我至今不忘。那时分校大楼没人住,厕所无人使用,渗坑内容当然也就不丰富。我们常常转悠多处而无所获,还当真着急呢。校内的"阶级斗争"消息,偶尔也传进我们耳里,知道两派武斗激烈,"老佛爷"采取断水断电措施，在44楼刑讯残酷打人之类。关于最后一点，我们倒亲自体会到。历史系同学杨绍明，杨尚昆同志之子，不知何故被抓进44楼毒打得半死。他被送到太平庄来，不是劳改，而是养伤。他起不了床，饮食便溺都有困难。"监改"人员指定"有问题"的考古教授阎文儒做杨绍明的特别护士，直到几个礼拜后杨生活能够自理为止。

1968年4月下旬，"老佛爷"抓了几十名所谓有问题的教授，先到煤厂子集合，然后押解到太平庄劳动一周。记得看见来的有王力、季羡林、侯仁之等。王力先生和我一起背起沉重药箱爬上小山坡打药，使我既感且佩。我爱人邓懿第一次以"周一良的臭婆娘"名义被揪斗，在煤厂子背语录，就遭拳打脚踢。到太平庄也被个别处理，我们夫妇当然更无会晤交谈之可能了。到5月初，校内成立了"劳改大院"（即今天赛克勒考古艺术博物馆所在地），集中劳改的男女老少二百多人，是北京市当时最大的牛棚。我于"五四"前后从太平庄被揪回本校，先是"游斗"，然后是送进"大院"。我爱人早已进去，我们都成了"劳改大院"的"院士"。夫妇双双成为"院士"的似乎不多。

太平庄分校距离长途汽车站相当远，为了乘早起的班车赶回北大，"新北大公社"派来"押解"我返校的两名历史系红卫兵头一天就来到太平庄，第二天天还没亮就"解"我上路。山区夜间很冷，那时虽是"五四"前后，我不得不穿棉袄。分校地处一道干涸河道旁边，河道中净是大鹅卵石。这时"新北大公社"与"井冈山"两派武斗正酣，双方各以宿舍楼为据点，用强力弹弓互相射击，大鹅卵石正是绝好的子弹。于是红卫兵命令我沿着河边一面走一面捡石头，很快就装满一书包，足有几十斤重。我一直背着这几十斤重的子弹袋,走到汽车站。站在拥挤不堪的汽车中,书包还压在我肩上。一名姓魏的红卫兵居然发恻隐之心,叫我把他们视同宝贝的"子弹"卸下来放在地上。此人此事我永远不忘。对在极端困难情况之下的人,给与稍微一点点同情,其分量都会远远超过给与者本人所能想象,所谓"饥者易为食,渴者易为饮"也。

到沙河(?)下汽车,又走相当久才到北大,已是烈日当空的过午时分。而等待着我的,不是休息吃饭,更不是放我回家,而是尚未尝过滋味的胸前挂着大牌子"游斗",亦即旧社会所谓游街示众。这天同"游"者,我所能见到的有季羡林和侯仁之,皆观点接近"井冈山"派者也。"游斗"路线是海淀一带,因不能抬头东张西望,难道其详。我从清晨四五点钟自昌平"忍辱负重",挨到海淀,已经不止八小时。连水都没喝一口,谈不上脱棉袄换衣服,在烈日炎炎之下只有忍受着。平时在台上乘坐静止的喷气式飞机,即使头昏脑涨,浑身麻木,三四小时还勉强能支撑站立。这次乘坐活动的喷气式飞机,两臂被两人抓住,向后高举,脑袋又被使劲往下按,这种姿势下还被推着行走,恨不得几步就趴倒在地,于是又被揪起。有的人索性仰面朝天,卧倒在地,让红卫兵拽着走。我向前趴下去,只有嘴啃地。老子说过,"柔弱胜刚强"。柔的唇舌不怕坚硬的大地,而坚硬的牙齿碰地就不能不吃亏。我"游"完以后,上下门牙好几个受伤活动,几个礼拜不能咬东西。我的牙齿一向较好,1988年门牙首先脱落一个,即是二十年前"游斗"之赐了。

这里插一笔关于"押解"我回校的另一个姓宋的红卫兵。他毕业后留在历史系,而且和我在同一教研室,并且分配也搞日本史。通过消除派性活动和他入党前征求意见时向我"交心",我发现这个出身城市贫民家庭的青年单纯正派,"文革"中的狂热行动不是图名图利，而是诚心诚意要革命。实际上和我一样是受骗上当，而与"炮兵营"战斗队之流被私心杂念驱使着去胡作非为迥不相同。我与他成为关系很好的同志与同事。同时我又想到，当年"文革"之初聂元梓等几大领袖本来也是受骗上当的，只是他们自己的个人野心驱使其以后变了质而已。

"劳改大院"的成员，以反动学术权威(老年的教授)和走资本主义道路当权派(中年的干部)为主，偶有青年学生，如侯外庐同志的女儿、胡耀邦同志的儿子，皆历史系学生，都是短期的"院士"。院内"监改"人员包括红卫兵及工人。"院士"约二十人一屋，两排通铺，有屋长一人，我们屋是李赋宁。同屋的记得有陈守一、朱伯崑等。早晚两次集合点名，集合有时由"监改"人员训话，有时点名叫人背语录。规定除劳动过程中需要外，户内户外彼此都不得交谈。"监改"人员与总务部门联系，安排各种劳动——种地、修房、拔草、搬砖、运煤等等。劳动以外就是背语录，随时由"监改"人员检查。据说是"老佛爷"手下姓刘的红卫兵的点子，借以防止"院士"们彼此谈话串连。星期日有人可以请假回家几小时。我起初请假几次，都未获准，索性不再去碰钉子，约有半年左右没回过家。星期天不劳动，又无书报可看，我便练习缝补衣袜。在大院期间，有时被单独叫去"审讯"。关于《乞活考》就审过不止一次。不少老教授被单独叫去挨打，以至鼻青脸肿，呼叫之声惨不忍闻。我的爱人曾在中午烈日之下被红卫兵叫到院中，迫使仰头"望日"。这些受过高等教育的青年，在"文革"中的疯狂、凶狠与愚蠢，达到了惊人程度。我爱人既非走资派，又非反动权威，只因系"周一良的臭婆娘"而享"院士"待遇，完全是派性作怪。在我被"游斗"之后，"井冈山"也搞了一次"游斗"，站在"新北大公社"一边的身肥多病的樊弘老教授，在地下被拖得半死！

我们夫妇都被拘进"劳改大院"之后，两人都扣发工资，包括家属，每人只给十二元五角的生活费。家中存折早已抄走，书籍除经典著作外，什么都卖不出钱。劳动消耗体力，因而粮食吃得多。我总结出：玉米面窝头最顶事，大米饭次之，白面馒头和面条最不顶饱。所以凡有选择时，我总是买窝头。另外，我还从早点节约。每天早晨要考虑，是奢侈一下，花两分钱买半块酱豆腐，还是省俭一点，花一分钱买咸菜；或者更省俭的办法，抓些不必花钱的白盐放进粥里，代替咸菜来拌主食。对于几十年来过惯"衣来伸手，饭来张口"生活的我，体会一番这样窘迫的困境，未始不是歪打正着，坏事变成了好事，让我永志不忘。

"大院"的"院士"们多数都有一项不断要应付的任务，即所谓写"外调"材料。所谓"外调"，是各地各单位不惜浪费大量金钱，根据本单位认为"有问题"的人交代的社会关系，派人到各处调查，看所交代的事情是否属实。更多的情况是，红卫兵要罗织某人的罪名，派人去天南海北，寻找认识某人的张三李四，想方设法从他们口中捞取一星半点毫不沾边的材料，来给某人定罪。因此，外调人员很少平心静气客观地了解情况，往往是成见在胸，旁敲侧击地诱供。甚至凶神恶煞一般，见面就叫嚷："某某问题严重，本人已经如实交代了。你赶紧老实提供材料，将功赎罪！"实际是在搞逼供。若干年后我才知道，红卫兵为搜求我的罪证，派了不少人到各处"外调"。我应该感谢所有他们去调查过的人，因为始终没有因"外调"而证实或加重我那些莫须有的罪名。使我特别感动的，是已故老友华南工学院冯秉铨教授。红卫兵远赴广州搜集我的"反动历史罪证"，根据我抗战期间在美国教美军日语和认识哈佛大

周一良：毕竟是书生

学费正清教授这两件事,迫使他写材料证明我是美国特务。冯秉铨斩钉截铁、义正词严地回答:"周一良决不是美国特务!如果他是美国特务,那我们都是!"其实,此事我是自食其果,也内疚于心。因为 50 年代我在极"左"思想支配之下,在所写《西洋汉学与胡适》文中,曾以此诬蔑不实之词加在费正清头上,对不起这位始终是中国人民的朋友的老教授。

"文革"中我不知道写过多少遍自己的"罪行"交代材料和"外调"材料。在大风大浪中,我本着自己的政治良心,深感必须实事求是。自己所作所为的具体事实决不隐瞒缩小,也决不无中生有或随意夸大。至于根据这些事实如何"上纲"批判,就非我所计了。对于别人的"外调"材料,我同样本此精神对待。至今记忆犹新的"外调"有两次。一次是关于新中国成立初期由美归国的二妹与良。南开大学来的红卫兵疾言厉色,咆哮如雷,拍着桌子要我承认她是美国特务,因为当时凡是新中国成立后不久回国的留学生都被认为有特务嫌疑。我据理驳斥他们的歪理,严正告诉他们,与良夫妇为了爱国才急忙回来。我既坚决否认,他们也就不再让我写什么材料。另一次是关于已故老友吴于廑。"外调"材料从来没人限过字数,这次武汉大学来的人却说:"你们两人关系特殊,材料至少要写两万字!"这真是难题,我哪里知道那么多事!于是,我只好围绕哈佛大学中国学生会来发挥,东拉西扯,细大不捐,写了好多张纸交卷。当然,其中也有涉及吴于廑的两件事。一是他在哈佛时言谈之中颇欣赏英国的费边社,这是思想问题,当然够不上政治罪证;另一件事是吴任哈佛中国学生会主席时,孔祥熙来给中国学生演讲。吴于廑私下里有些议论,内容已不记得。只记得一位与三青团关系很深的清华历史系教授说:"这一番话如果给你汇报上去,你可吃不消!"这件事当然更属正面行为,不是什么罪证了。

与"外调"和交代都有关的,是北大"文革"中喧嚣一时、成为我的大问题的李克事件。李克是美国人,新中国成立前后清华外语系的英文教师,其夫人李又安则在燕京任教。两人分别对中国思想及文学有兴趣。我爱人曾辅导李又安读《延安文艺座谈会讲话》,两家有过来往。1950年抗美援朝开始以后,李克夫妇以特务罪名被捕入狱,公安部门也曾派人向我们了解情况,我们当然如实报告:1949年圣诞节到清华北院李克家吃过饭,在座有钱钟书夫妇;新中国成立后和他们谈过教学改革和教师生活情况;抗美援朝初步胜利后,仍把他们当作朋友,说过"你们美国军队一向自命不凡,这次可败在我们手里"之类的话。公安部门并未把我们牵连进去。但由于我反对了聂元梓,"新北大公社"派恨我入骨,千方百计罗织罪名,要把我在群众中搞臭。他们以我的档案材料为线索,到公安机关查阅李克供词,发现其中交代与我们夫妇有来往,从我们口中得知新中国成立之初清华教学与教授生活情况。于是不顾司法机关原来的处理,硬诬我向"美国间谍"提供"情报",给我加上一顶帽子"美国特务"。"井冈山"一派也派人到公安机关查李克口供,看到李克的交代,于是也贴大字报宣告把我除名,"老佛爷"的计谋从而得逞。

这时我还未被拘禁到太平庄,我的儿子从清华图书馆借来李克夫妇的书,我才知道,他们早已释放回国。原文书名《解放的俘虏》,中译本改名为《两个美国间谍的自白》,世界知识出版社出版。书中提到清华一位美国留学回来的历史教授,新中国成立之后乐于接受共产主义思想,无疑是指我。按理说,这应是对我有利的,结果李克的供词却成了我的负面材料,此"文革"中千千万万颠倒黑白的事例中小小一件而已。到 70 年代初,历史系总支书记找我,郑重宣布,我与李克是朋友关系,与间谍案件无关。打倒"四人帮"以后,听说李克夫妇分别在宾夕法尼亚大学和马里兰大学任教授,我国大使馆也为他们的间谍冤案平了反。他们多次来华,我们夫妇 1982 年和 1989 年两次访美,都在费城和他们会晤。李克教授夫妇当然不知道我在"文革"中受他们株连,而他们在新中国监狱中受到的教育,看来确实起了作用,至今两人在学校内被目为左派教授。对照新中国的正规监狱与"文革"中各种各样的牛棚,实有天渊之别。即使关在抚顺的战犯,所受待遇比起"文革"中被打成牛鬼蛇神的广大知识分子,也人道主义得多。

由于各校武斗不可开交,毛主席派了工、军宣队进校。1968 年秋末,"劳改大院"解散,各系"院士"归本系红卫兵"监改"。我们转移到历史系所在的三院,几十人挤在会议室里住,白天照旧劳动。为防止逃走,夜间会议室门从外边上锁。谁要起夜小便,对不起,请利用每人自己的脸盆。我们不可能了解校内运动情况,又不能看大字报,但在出去劳动和回三院路上,能看见马路上刷的大字口号和标语,因而知道教务长崔雄昆、历史系总支书记吴维能自杀了。以后慢慢了解,革命群众在"清理阶级队伍"。一天,杨济安同志偷偷告诉我,翦老夫妇双双自杀了。我大为震惊,心想他新中国成立前经历过多少艰难险阻,都未被吓到,何以如今顶不住。就在这时,红卫兵把我们身边的剪子、小刀以至剃须保险刀都收缴了去,于是证实了翦老的噩耗。等 1968 年年底,宣布劳改结束,让我回家了。

1969 年初到 1974 年初这五年,教师们是在工、军宣队领导之下的。历史系领导班子以解放军营教导员老高同志为首,辅以几位工人师傅。五年共计一千八百二十五天，现在回忆竟想不起具体做了些什么。只记得先去长辛店二七机车车辆厂劳动，是所谓"六厂二校"之一。我在探伤车间劳动，活儿不重。但经过长期所处"牛鬼蛇神"地位，一旦与本系红卫兵同吃同住，感到非常拘束，很不自在。以后系里招进头一批工农兵学员，到门头沟煤矿开门办

学。记得由陈庆华、徐万民两同志教中国近代史，我参加矿史的编写，同时定期下到坑道去劳动。我无力从事挖煤，分配的任务是把开采下的煤用铁锹铲进斗子车里运出去。当时自己的思想是，我家是开滦煤矿大股东，多年吃剥削矿工的饭，亲自尝尝矿工艰苦而危险的劳动的滋味，是很应该的，所以比在二七厂劳动更

1971 年，启锐迎接我拉练回来

带劲一些。以后又随同学"千里拉练"，背着行李每天徒步几十里。那时我已接近六十岁，在拉练的教师中算年龄最大的。然而我精神抖擞，胜任愉快。只有一次急行军，夜幕已经降临，而我远远落在大队之后。幸而浦文起同学接过我的行李，一人背起两份，帮我赶到宿地，大伙已经休息了。

　　1974 年 1 月 25 日江青在首都体育馆召开批林批孔大会，汤一介同志在会上宣讲所谓《林彪与孔孟之道材料之一》，我补充讲

解了其中的历史典故部分。不久,"清华北大两校大批判组"(笔名梁效)成立,大约因为我被目为能够两个正确对待("文革"和自己),我被北大党委由历史系调到"梁效"工作,直到1976年10月"四人帮"被粉碎。1976年10月"梁效"成员接受政治审查,到1978年秋结束。如果对一般人而言,史无前例的"文化大革命"到1976年10月以粉碎"四人帮"而告一段落;那么,对我而言,又饶上了近两年的光阴才算结束。

"梁效"设支部书记一人,由迟群、谢静宜手下的八三四一部队的干部担任;副书记二人,北大清华各出一名。三十几名成员中,两校之外,还有少数人民大学的教师。成员除老教授晚间回家外,都集中食宿,每天三段时间都须到班。"梁效"纪律森严,不得随便请假,不得向外面(包括自己家人)透露工作内容。集中驻地在北大朗润园的北招待所,门禁森严,给外人以神秘莫测之感。"梁效"主要任务是写作,由中青年同志担任,为"四人帮"制造反动舆论。写作意图由迟、谢两人下达,或由《人民日报》《红旗》等报刊的编辑口头传达,有时甚至写成书面提纲交给各写作小组。几个写作组之外,有个研究组,后改名注释组,几名老教授在内。江青听毛主席谈话,遇到她不知的人物或不懂的典故,立即通过迟、谢两人命令这个组查阅报告,起了供顾问咨询的作用。"梁效"还要求老教授对于写作组的文章在文献典故方面发挥所谓"把关"的用处。记在1976年批邓公开化之前,支部书记布置写了一篇《再论孔丘其人》,矛头所指已极为明显。支部书记意犹未尽,最后又加问一句:"能不能把孔老二描绘成身材矮小的人呢?"我立即指出,孔丘身材高大,孔武有力,决不能说矮小。这是记忆中在"梁效"所起的唯一一次"把关"作用。粉碎"四人帮"后有人说此文是针对他而来，显然是为与"四人帮"划清界线，往自己脸上贴金。注释组的任务是对指定的诗词或文章作简明注解或译成白话，据说是供护士读给毛主席听时之用。注释组成员认为这项任务直接为毛主席服务，都兢兢业业，尽心竭力去从事这个工作。

在"梁效"工作期间，有一件值得提的发现。"梁效"成员曾被派到毛家湾林彪住宅，逐页检查他家里的书籍，以便发现他的亲笔批注之类，作为批判材料。我负责历史书籍。林彪不学无术，未见任何批注，但我却有意外发现。《资治通鉴·魏纪》记载司马懿为了麻痹和欺骗他的政敌曹爽，和曹爽派来的人谈话时，故意假装脑子老糊涂，驴唇不对马嘴地打岔。喝粥时，有意随喝随从口中流出，沾满一身，表示体力衰颓。《隋纪》里记载隋炀帝杨广为了骗取其父文帝杨坚的信任，每当文帝到他宫里来，他总是把年少貌美的宫女隐藏起来，找一些老而且丑的出来侍候。乐器上也都积满灰尘，装成久未触动的样子，以显示自己不好声色，来博取父皇的欢心与信任。林彪在这两段文字上，都密密加以圈点。果然，司马懿计策得逞，政变成功，曹爽受骗被杀。杨广骗得杨坚欢心，顺利登上了皇帝宝座。而吸取司马懿与杨广的"先进经验"的林彪，也"史无前例"地在共产党的党章中取得合法(?)接班人地位。我建议利用此材料写批判文章，可惜未被采纳。

江青曾几次来驻地与"梁效"成员见面，她去天津、小靳庄和山西大寨，也令"梁效"和"梁效"成员以外的某些教授随行。江青谈话浅薄无知，而喜欢自吹自擂，炫耀卖弄。她给我的印象并不佳，但她口口声声主席如何，因而给人感觉她是主席的代言人。我认为批林批孔也好，评法批儒也好，都是毛主席的部署，她只是执行者而已。由肯定法家从而承认中小地主有一定进步性，由研究法家著作而引起群众对古典文献的兴趣,这些倾向都与我的思想合拍,因而心安理得。开始批林批孔之前,《北京日报》约我写一篇关于柳宗元《封建论》的文章。据说是毛主席欣赏此文,意在宣扬文中意旨,以防止大军区形成割据局面。当时流行一种据说有来头的说法,认为奴隶制社会必然分封,进步到封建社会才有郡县制。我以为这种观点与中外历史都不合,于是在文中征引史实,指出这个说法并无根据,意思是力求在"奉命"的文字中在学术方面多少注入点新意。到"梁效"大批判组以后,搞儒法斗争,我写了一篇《诸葛亮与法家路线》,登在《历史研究》。诸葛亮的思想中,儒家之外本兼有道家及法家成分,但此文配合甚嚣尘上的儒法斗争宣传,即使内容没有歪曲附会,客观上也构成"四人帮"反革命舆论组成部分,而我自己还以为是为毛主席革命路线效力。特别是"梁效"后期注释工作,有时任务急如星火,又须大家讨论定稿,每每深夜才能回家。我常常一边蹬自行车一边想,几十年前古典文献的训练,今天居然服务于革命路线,总算派上用场,不免欣然自得,忘却疲劳。后来《红旗》重新登载了我关于《封建论》的文章,我又当了党的十大代表。毛主席逝世,我列名治丧委员会,参加守灵。所以,直到"四人帮"被打倒,我作为"梁效"成员始终处于顺境。所幸者,我虽怡然自得,却未忘乎所以。审查"梁效"时,有人向一位同住燕东园、劳改大院的同屋,既是老革命又是老教授的同志了解我在"梁效"期间的劣迹表现,这位老同志的回答是:周一良进"梁效"以后与往日并无不同。这也许就是我接受政治审查后依然平静自若的原因。

1976年10月26日晚间,我与家人在王府井萃华楼吃饭,只听雅座一伙穿绿色军装的人边吃饭边欢呼叫嚷,当时并未在意。

毕竟是书生

次日早晨到北招待所上班，门口已有解放军站岗，不能进去。原来
"四人帮"倒台。这个情况来得确是突然，却又像不那么突然。"四
人帮"的罪行很快就大白于天下，我不需要什么思想斗争就投入
运动，开始揭发批判。较之"文化大革命"开始后相当长时期跟不
上，大不相同了。

"梁效"成员开始接受政治审查，全体集中到未名湖畔的宿舍
和食堂吃住，老教授吃住回家，但也必须上午、下午、晚间三段时
间报到。成员两三人编一组，每组负责人为学校的干部，辅以工厂
工人。"四人帮"罪恶滔天，民愤太大，因而监督的人都以敌人对待
"梁效"成员，往往疾言厉色，令人难以忍受。成员写材料、揭发、交
代，大会小会相结合进行批判、审讯、斗争。

追查"梁效"的罪行之中，很突出的一条是紧跟"四人帮"，反
对周总理。如揭发出江青说总理是大儒，批儒目标指向总理，等
等。我在"梁效"期间，从未意识到批儒是指周总理，也从未听到
迟、谢二人在任何会上暗示过。周总理逝世，"梁效"成员都很悲
痛，不少人自动佩戴白花。有两人在"四五"期间去了天安门，我是
其中之一。注释组中后来查问，我当然如实报告。会后组长孙静告
诉我"别紧张"，我当然也没认为犯了什么错误。审查期间，范达人
和何芳川两个组的负责人分别找过我，严厉责成我老实交代他们
两人反对周总理的罪行。我的回答是：两人都是历史系很好的学
生，我认识他们快二十年了，敢保证他们不会反总理。

关于反总理还有一段值得提及的插曲。"四人帮"把孔子与林
彪拉到一起，不仅举"克己复礼"等口号为例，还想从生活上牵强
比附，说林彪是儒家。其实林彪生活上倒确有一些怪癖。如他的衣
服每件上都标有若干度的记号，他机械地按照加在一起保持多少

度来穿衣，但这却与孔丘无关。大家知道，记述孔子生活的，主要为《论语·乡党》一篇。因此，江青命令把《乡党》篇译成白话，供广大群众批判。这个任务当然落实到注释组。篇中讲到孔子在朝廷上的姿态，有一句"趋进，翼如也"，描写他向前疾走的神情。几个人反复推敲捉摸，想不出恰当译法。魏建功老教授灵机一动，说"翼如也"指的是孔丘张开两臂，形如鸟之双翼。但直译"如鸟张翅"不太雅驯，不如说"端着两个胳臂向前疾走"，更为传神。魏老说着站了起来，端起双臂，躬身向前快走了几步。大家连忙一致赞成他的说法，就这样定了稿。谁知"四人帮"倒台后，大量批判"梁效"影射史学的文章中，有人提出"端着两个胳臂"是影射周总理，对他进行恶毒的人身攻击。因为总理右臂受过伤，总是弯曲像端着(据说是在延安时，江青骑的马惊了，把总理从马上撞下受伤)。虽然总理只是端着右边一只胳臂，但批判文章对"梁效"欲加之罪，自然也就顾不得那些了。魏老当然多次被审讯，异常紧张。注释组的每个成员也都被提问。大家一致承认这句译文出自魏老，但都表示，他决无借此攻击总理之意。退一万步说，总理也不是端着"两个胳臂"呀！

　　政治审查自冬徂春，又经历了第二个冬春，迟迟未宣告结束，更谈不到处理结论。人们猜想此案大约经过多人，都感到棘手，在"四人帮"定案之前，无人敢负责宣布结束审查。北大党委虽对每个成员都很了解，也无能为力。"文革"中没吃过"劳改大院"苦头的中青年同志，未免禁受不住这样忽松忽紧、遥遥无期的审查，满腹冤屈，忧愁沮丧。每逢放风外出，我看见有的人在湖边抑郁徘徊，低头沉思，不禁怕他们走上二十年前我的好友丁则良冤沉湖底的老路。但我也爱莫能助。至于我自己，经过"文革"中狂风恶浪,加在头上的五顶大帽子都一一被事实摘掉。我深信"为人不做亏心事,半夜不怕鬼叫门"这两句传统谚语的真理。在审查过程中,无论如何,我都处之泰然。虽然始终被目为"态度不好",我决不做违心之谈,苟且过关。"梁效"接受的最大规模的批斗会,是在首都体育馆批判斗争迟群、谢静宜大会上陪斗。这座体育馆的主要设计者和建筑师,是我的九弟治良,我戏称他为老兄建造了"耻辱柱"和"审判台"。大会为体现"坦白从宽,抗拒从严"的政策,一位来注释组不久的中国文学老教授成为从宽发落的典型,而一位写文章的主要笔杆子则从严发落,未经法庭审判,关进监狱达一年之久。"梁效"的审查到1978年秋间结束。又过了几年,我被告知不给任何党政处分,也不入档案。

打倒"四人帮"之初,社会上就流传不少关于"梁效"的谣言,如说北招待所地下室有江青进行刑讯之地,墙上血迹斑斑云云。十多年后,在美国遇见一位老教授。他80年代中期访问北大,住过北招,竟然还以此相询。还有关于我个人的谣传,说我是"梁效"头目。其实几名老教授主要是起装点门面以为号召作用,同时供顾问咨询。当时又盛传"梁效"驻地我屋内有保险柜,柜中藏有关于周总理的"黑材料"。解放军深夜进入北招后,在我屋内用枪对着我说:"现在交出保险柜钥匙,你还是人民内部,不交我就开枪!"其实我夜间不在北招住,屋内更无保险柜。据说这些话都出自北大历史系某人的大字报,一时流传颇广,长城内外,大江南北,很多人知道。了解我的人断言不可能,也有人信以为真。"四人帮"倒台,万众欢腾,群情奋激,不少人形诸歌咏以表达鞭挞的心情。我辗转读到文学研究所舒芜先生的《四皓新咏》,谴责"梁效"成员中的四名老教授——冯友兰、魏建功、林庚、周一良。为留此一段掌

故,移录如下:

> 贞元三策记当年,又见西宫侍讲筵。
> 莫信批儒反戈击,栖栖南子是心传。
>
> 诗人盲目尔盲心,白首终惭鲁迅箴。
> 一卷《离骚》进天后,翻成一曲雨铃霖。
>
> 射影含沙骂孔丘,谤书笼钥护奸谋。
> 先生熟读隋唐史,本纪何曾记武周?
>
> 进讲唐诗侍黛螺,北京重唱老情歌。
> 义山未脱挦扯厄,拉入申韩更奈何!

　　据云以后唐兰、王利器先生皆有和《四皓新咏》之作,足窥当时人心大快、敌忾同仇的情景。"谤书笼钥"即指"黑材料"及要我交钥匙事。此事使我忆起马君武先生《哀沈阳》诗。诗人们用事虽欠确凿真实,但表达的愤慨感情却完全可以理解。在1988年2月号的《明报月刊》上,我看到程雪野著《燕山诗话》,说记起"十二年前流传一时的《四皓新咏》,当时的四皓很为清议所不容,但渐渐地人们多所了解,对他们也就有所谅解。他们本来不算大恶,后来更有不同的善哉善哉的行动,这就更多地改变了人们对他们的评价"。舒芜先生闻亦曾表示,他年编诗集不拟收此四首云。

　　"梁效"受审查后不久,1976年11月下旬,我在抽屉中发现一封家人拆开而不愿给我看因此藏起来的信。上款称"周一良道

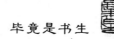

兄",下署"一个老朋友"。一张信纸只有毛笔繁体四个大字"无耻之尤"。我从繁体字和"道兄"称谓,推测是一位老先生,但并未像家里人所想象那样受不了而是淡然处之,付诸一笑。一度还曾把信压在书桌玻璃板下,以资警惕。若干年后,魏建功先生已去世,他的儿子魏至同志来,要我为魏老所书册页题字。我写了关于《乡党篇》的旧事,心想存此信史,以慰魏老于地下。不知怎么谈起,魏至同志告诉我,当年魏老也接到类似的匿名信。署名相同,信的内容也只有五个大字:"迷信武则天。"他们父子做了一番调查研究,比对了字迹,推断为一位书法大师改变笔体所写。尽管给魏老的五个字不像我那四个字富于刺激性,老人还是发了火,一怒之下,把此公给他作的画也一撕了之。不管魏氏父子推断是否正确,我对此公之正义感以及勇于表达的激情始终还是表示钦敬的。

审查"梁效"的头半年左右,写材料,揭发交代,"梁效"成员内部批斗(主要对支部头头),接受成员所属各系师生批斗,大会小会,个别谈话,等等,有事可做。但"梁效"成员对"四人帮"的阴谋诡计究竟不清楚,鸡毛蒜皮的事搜索枯肠写尽之后,便无可再写,我于是开始利用时间读书。看经典著作当然"监改"人员不会干涉,我把马、恩、列、斯、毛的选集,重新读了一遍,又看了梅林的《马克思传》等。当时每屋两人,一个"梁效"成员有一个"监改"人员(校内干部或校外工厂工人)相"陪伴"。"陪"我的师傅永远沉着脸,不与我交谈,但也不管我在屋里看什么书。他常常到别屋走动,找熟人聊天。我试着从家里带了线装书来看,他也不闻不问。于是我就一部《二十四史》从头读起了。读到《三国志》以下的魏晋南北朝部分,旧欢重拾,如睹故人。我一边读一边做点笔记,这就是后来出版的《魏晋南北朝史札记》的由来,也算新时代的"韩非囚秦，说难孤愤"吧。白天读史书，晚间想轻松一些，于是时间用于两方面：或者读 20 年代购藏的改造社版《现代日本文学全集》中如《永井荷风集》等；或者读我最喜欢的一本日本语字典——时枝诚记著《例解日语辞典》，此书例句丰富，为学语言极好伴侣。我有时逐条阅读，有时专挑某一类词（如拟声词、四个假名构成的形容词等等）阅读，感到趣味无穷，不知不觉就到该解散回家的十点钟了。受审查这近两年的时间，尽管不能自由自在地去图书馆查阅书籍，总算没有全部浪费掉，比 1969—1974 那五年还充实一些。"梁效"的审查还使我养成了某些习惯。如早晨九点半放风，可以到户外走动，我利用这时喝水，至今还是如此。那时每天三段上下班都骑自行车，但我仍觉整日坐着活动未免太少。1977 年春偶见《参考消息》登载慢跑的益处，于是决心在早晨上班前慢跑。由五分钟、十分钟增加到二十分钟，约为从燕东园家门口到中关园公寓往返，这时我已六十三四岁。这个从审查引起的习惯，一直持续十多年，也算变坏事为好事了。

　　1980 年魏建功先生逝世，周扬同志在追悼会上特意找到我，甚为关心我的情况，安慰我说："今后好好吸取经验教训嘛！"我当时心想："组织上调我进'梁效'，并非个人报名加入，谈不到经验教训。而且，'文革'中你自己不也是被整得人仰马翻吗？你又怎样去吸取经验教训呢？"但是，周扬同志晚年出于政治良心所采取的一些感人的行动，我还是衷心敬佩的。所以，他提议让我主编《中外文化交流史》一书，我就兢兢业业地完成，并把此书敬献给他，可惜那时他已不能阅读了。在魏老的追悼会上，我看到王西征先生挽联中有句云："五十年风云变幻，老友毕竟是书生。"魏老学生时代曾入党，故有"五十年"之云，而"毕竟是书生"五个字深深触动

毕竟是书生

了我。当时即对在旁的田余庆同志表示,此语不仅适用于魏老而已。这些年来,我阅世渐深,也渐明底蕴,思想觉悟有所提高,因而用这五个字刻了一方图章。现用这五个字来概括自传中"文化大革命"一节。实际上,也可用以概括我的一生。

八、劫后余生向前看

我家兄弟姐妹十人,"文革"中我所受冲击最甚,其次是二妹与良。她是南开大学生物系教授,丈夫查良铮,笔名穆旦,是著名诗人、翻译家。他们50年代初抱着一腔爱国热忱,从大洋彼岸学成归国,图谋报效。不想穆旦于1957年以莫须有罪名被剥夺了登讲台的权利,由南开大学西语系发配到图书馆,从事英俄文书籍编目工作,与良则在"文革"中被红卫兵打成美国特务,受尽苦难与凌辱。夫妇二人一齐分别在外劳改,家里只剩下四个未成年的儿女苦度光阴。虽然与良最后终于得到平反,以后并当选为政协常委,而穆旦则因受迫害抑郁忧愤,早已突发心脏病而过早逝去。二弟珏良是北京外语学院英语系教授,"文革"一开始就与同事王佐良、许国璋一道被打成"洋三家村"。但终因与"三家村"没有任何瓜葛,也就不了了之。

我父亲是以民族资本家代表人物担任天津市副市长,分工管绿化。"文革"浪潮一起,他当然首先大受冲击,揪斗、批判、抄家、交代等等。但1966年10月1日国庆节他还最后一次登上天安门观礼。以后有一个红卫兵组织进驻他的住宅,在那里办公,变相起了点保护作用。我父亲为人胸襟豁达,淡泊名利,唯独爱好古籍文物。红卫兵抄家,他还谆谆告诫那些难以理喻、近乎疯狂的青年:

古物是宝贝,要送到博物馆好好保管。"文革"结束后,他被推选为全国政协副主席,1984年2月14日逝世,享年九十三岁。

我在为人处世、出处大节上固然受父亲影响,而他爱书的癖好也深深熏染了我。像赵子昂所说的"毋卷脑,毋折角,毋以爪侵纸,毋以唾揭幅"之类的话,告诫旧日读线装书时常见的恶习,我都从小熟记。我替他校勘过古书,用隶书替他抄过善本书跋尾,考证过他所藏敦煌写本《禅数杂事》和金刻本《观音偈》。他对于我的鼓励,也往往采取给予书籍的方式。如我二十岁生日(旧历算法)时,给了我一部涉园陶氏珂珶版影印宋巾箱本八经,并题书首云:"辛未(1931)十二月,一良生十九年,诸经有未卒业者,因检此付之。"这是旧日长者以期望勉励方式来表达祝贺。此时我早已赴北京上学,不在私塾读书了。1982年我七十岁生日时,他给了我一部嘉庆间胡克家原刻本《资治通鉴》,书上钤有"周暹"小印,说明是他心目中的好书。同时搭配上裕德堂刊本毕氏《续资治通鉴》和涵芬楼影印宋刊本《通鉴目录》《释文》《考异》成龙配套,老人用心可谓细致周到。这套书将是我永宝的纪念。

我父亲喜欢以他的藏书助人为乐,我经手有两件事。他听说燕京大学我的老师洪煨莲先生校勘并研究《史通》,就让我把他所藏校宋本乾隆间黄氏刊《史通训诂补》送给洪先生。新中国成立后洪先生从美国捐献他在北京的藏书,特意嘱咐将这部《史通》还给我。我看到洪先生在书上题识云:"己卯(1939)七月十七日,门人周一良来,奉其尊人叔弢先生之命,以此书相赠。稍检阅知其为过录卢之原校本也。间与印行校勘记不同,故可宝。"父亲知道胡适之先生埋头于《水经注》赵戴公案,命我把所藏《水经》写本送给胡先生,希望他对写本做出鉴定,并举以相赠。此写本现藏北京图书馆善本室,承刘桂生同志复制见贻。胡先生题识云:"三十六年一月十夜,周一良先生来看我,把他家叔弢先生收藏的一本东原自定《水经》一卷带来给我研究。……周本是从东原在乾隆三十年写定本抄出的精抄本。"1948 年 8 月又跋云:"周本抄写最精致可爱。今年一良奉叔弢先生命,把这本子赠送给我。我写此跋,敬记谢意。……这个藏本也有特别胜处,李本所不及。"我父亲把所藏全部善本书捐献国家,更是他化私为公爱国热忱的表现,子女们一致坚决支持。他捐书以后,我把他给我的一卷赵城藏《法显传》和一册朝鲜写本《东国岁时记》也送交赵万里先生,献给北京图书馆,使老人捐献义举得以尽美尽善。

老人出于对文物的爱护和对前辈的敬仰,凡遇见与自己有渊源的文物,总设法收购保存。例如他在市上见到我外祖父萧绍庭先生自用的印章,悉数收下。绍庭先生酷爱李北海书法,藏有李书云麾碑的明拓本,流散于市场。父亲不惜重价购回,交我保藏。我因亡弟珏良喜书法碑帖,给了他去欣赏。外曾祖质斋先生 (名培元),咸丰壬子(1852)年翰林,曾任乡试会试同考官。他在闱中与同僚用蓝色笔写诗唱和和绘画相赠,裱成《己未(1859)春闱唱和》及《辛酉(1861)秋闱集字》各一卷。这种文物不为珍奇而足资纪念,父亲遇到也收购下交给我保存。在父亲熏陶影响之下,我也喜欢逛旧书店,从中增长知识,享受乐趣。记得 1943 年在剑桥旧书店购得在日本发现贝塚的美国学者莫尔斯(Edward S.Morse)的《日本日录》(*Japan Day by Day*),其中载有多幅作者的素描,是研究明治时期日本生活的绝好材料,惜只剩下卷。相隔十八年之后,1961 年我在东安市场中原书店无意之中竟碰见上卷。大喜过望,遂成延津之合。此书下卷 1967 年抄家又被抄走,1973 年书籍发还,幸未遗失，两卷复全。又如我从旧书摊上买到光绪三十六年(1906)的《搢绅全书》，是我曾祖父周馥署理两江总督的年份，买到所谓"宣统四年"的历书，是我出生的年份。可惜"文革"之后北京的古旧书业绝迹，这种访书之乐只有留在美好的记忆之中。西方人说，从旧书业的兴旺与否可以说明文化的发达与否，其然，岂其然乎？

我父亲80年代去世，而我在80年代可以说是获得学术上的新生。

新中国成立以后，在极"左"政治气氛笼罩之下，出现了一种新的风习。每当一次又一次政治运动结束，总有一些被目为"有问题的人"受到批判、斗争以致戴上政治帽子，这种人形成有中国特色的"不可接触者"，一般人见到他们立即"相见不相识"。"不可接触者"本身为了不使对方为难，也往往从此好像"自惭形秽"，对多年老友也形同路人。"文革"开始后，我所住宿舍燕东园的孩子们对我的称呼，由"周爷爷"而"周一良"，而"反动派"。"梁效"受审查后，原来见面总打招呼的同院老太太，甚至学校的外籍专家，都为了划清界限而成为路人。但是，也许"文化大革命"中反复颠倒次数太多，教育了人们头脑不再那么简单。与以往政治运动有所不同，被目为"无耻之尤"的我，也并未显得那么"不可接触"。人民出版社中国史组编辑吕一方，中华书局《文史》的编辑吴树平，《文物》的编辑、当年清华历史系学生姚涌彬(已故)，吉林《社会科学战线》的编辑、北大历史系考古专业学生段静修等同志，在我受审查期间和刚结束之后，都曾主动向我约稿，使我感激不尽。我充分理解起初人们对"梁效"的同仇敌忾，义愤填膺；更感谢后来这种通情达理、公平正直的温暖。科学的春天到来，大环境也激励我益加奋发。

回顾 80 年代,业务方面我大致做了以下的事:

一、继续阅读政审期间未读完的史籍,以后又翻检了魏晋南北朝时期的诗文和石刻史料。目的是想重新熟习荒弃已久的这段历史,为重新写一部高质量的论集作准备。同时,仿郝懿行《晋宋书故》用意,为这段史籍中难以索解的文字作一些疏通诠释,这就是 1985 年出版的《魏晋南北朝史札记》的由来。我父亲为此书题了签,病中还曾询及何时出版,但等到书出时他已不及见了。由于自己的悟性和记性本来都不强,精力又已就衰,在完成了"为乾嘉作殿军"的《札记》之后,虽然写了长短十几篇论文(收在 1991 年出版的《魏晋南北朝史论集续编》里),距离自己所悬标准相去甚远。《续编》后记中说这些文章"殊乏突破之功","未能构筑巍峨大厦",就是与同行畏友田余庆、祝总斌两教授相比,对他们优异成绩表示的敬意。

1988 年 4 月 24 日,书房兼卧室

二、打倒"四人帮"后，北京大学成立以邓广铭先生为首的中国中古史研究中心，我参加其敦煌研究组，负责写本书仪的研究。我探讨了书仪的渊源、性质、分类等问题，同时留意于变文词语的诠释。当时有赵和平同志协助我共同研究，他以后全面深入钻研书仪，取得很好成绩。

三、完成了《中国大百科全书》中国历史卷里魏晋南北朝一段的主编任务。孙毓棠先生逝世后，又接替他所担负的本卷常务副主编(主编侯外庐先生长期卧病)，结束他所遗留下的若干工作。这是一项艰巨的工程，一切筹划、组织都是由毓棠生前苦心安排，他在病榻上还看稿子。以后的协调推动工作仍然十分复杂艰苦，全靠责任编辑杨川同志和她的助手孙晓林和杨光辉。我只是撰写了部分条目，在重大问题上起把关决策作用而已。

四、探讨中日文化交流史中若干问题，提出狭义、广义和深义文化的论点。邀集有关专家合作，主持编写了一部以国别为单位的《中外文化交流史》，此书成于众手，不太平衡。但作者皆一时之选，总不失为一部比较系统、翔实可靠的著作，有益于各方面读者。

五、担任了一期北大历史系主任。我拙于行政能力。当初翦老做系主任，我做了十年副主任，经常标榜"硬里子"思想。这是京剧须生角色的名称，意为有力的配角。如京剧《玉堂春》中的蓝袍，便由"硬里子"担任。此次坚辞不获，了无建树，只是推动考古专业独立建系一事，对学校领导起了点促进作用而已。在系里任主任以外，还指导了若干魏晋南北朝史研究生和一名来自东京大学的研究魏晋南北朝思想文化史的留学生。前者几周会面一次，讨论有关问题，后者每周共同研读有关史料，都收到教学相长的效果。教委讨论第一批博士导师人选时,有人以"梁效"为理由不同意我担任。听说是邓广铭先生找领导反映力争,才把我列入。1986年领导号召老教授退休,我已年逾七旬,自然踊跃响应。因为我的两样行当(魏晋南北朝史和日本史)系里都有不止一位强有力的接班人,无需我再恋栈,所招一名博士生也转请田余庆先生指导。但我至今仍居"博导"之名,享受待遇。就像我因1948年底以前在清华任教而享受"离"休待遇一样,无功受禄,时感不安也。

回顾一下,我在史学领域的几个方面都做过工作。龚定庵有句:"从来才大人,面目不专一。"我决不敢狂妄到自诩为"才大",但由于自己兴趣广泛和所受训练多方面,因此也就能从较多方面发挥作用,虽然每一方面的作用都是很有局限的。所以我总喜欢引用一句西方的谚语以自况:"Jack of all trades, master of none",意思是:各种行业的小伙计,没有一行是老师傅。我对自己的鉴定:功力勤奋有余,脑筋聪敏不足。所以对同事中脑筋敏锐、善于深思的如邵循正、张政烺都特感敬佩。50年代学校教授评级,我忝列二级,自己心悦诚服。因而想起《世说新语·品藻篇》所载:"世论温太真是过江第二流之高者。时名辈共说人物第一将尽之间,温常失色。"温太真旷达人,"第二流之高者"正自不恶,何失色之有耶?

国际交流方面,1985年被聘参加联合国教科文组织主持编写的《人类科学文明发展史》工作。此书共七卷,多数卷有中国学者参加,我被邀参加第三卷(公元前7世纪至公元7世纪)的编辑委员会。我四次赴欧洲参加会议,承担撰写了本卷中古代朝鲜和古代日本两节。

1973年,我参加廖承志同志为首的中日友好协会代表团访问日本，这是我学日语教日语近五十年之后，第一次踏上扶桑国土。虽是初访，却又似曾相识，不觉陌生。只是代表团随例跑码头，转了好几个城市，应酬各方面，没有什么学术活动。1974年参加首航代表团再访日本。1982年自美归国途中，因长子启乾在东京一桥大学进修，在日本小作逗留，访问了东京大学和早稻田大学，游览了京都和奈良。1985年，又以北京大学东京大学交换学者名义访问日本，进行了学术交流。有《扶桑四周》一文详记，兹不赘述。

1982年，以美国卢斯(Luce)基金会学者名义偕老伴访问美国，这是1946年回国后三十六年来第一次重游。在柏克利的加州大学逗留了七个月，作了几次报告之外，主要时间用于阅读隔绝几十年的港台与欧美的中国史学术著作，选择复制。回国时，一般书籍都交邮局托运，只把我认为最有价值的两种随身携带，它们是：严耕望的《中国地方行政制度史》和徐高沅的《山涛论》。徐文对史料驱使之熟练与运用之巧妙使我叹服，但并不同意其结论。严书则久仰其名而未得见，读后深佩其考订之细密周详。所不足者，只就制度论制度，未能放眼联系当时政治、社会、事件、人物，以探求制度之运行及其所以然之故，这种地方大陆学人就显出所长了。

五弟杲良任教于斯坦福大学医学院，弟妇在一家化验室工作。由于他们的照顾与引导，在气候宜人的柏克利这段生活非常舒适愉快。认识了加州大学东亚系和历史系一些教授，其中中国语文的简慕善(Jamicson)教授的书法一点看不出洋人所写汉字的味道，东方美术史的柯希尔(Cahill)教授讲中日两国绘画与书法的关系，都使我刮目相看。华人在美地位之提高，是此次来美很快就得到的感受。许多大学特别是理工系科，都有中国人当教授，与三十几年前主要从事于饭馆与洗衣店迥然不同了。这当然和二次大

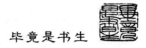

战后美国高等教育的大发展急需师资和 1949 年后中国学生滞留不归都有关系。

1982 年 5 月下旬至 6 月下旬,到东部访问。先应刘子健教授之约,赴普林斯顿大学。大学招待所卧室中高悬明代贵妇盛装画像。东亚图书馆藏有一件丝绸小褂,上面写满小字,内容为"四书""五经"之类,以备科举考试作夹带用。又看到一部明版书,在书口上绘有彩色图画,后在哈佛燕京图书馆也见到类似的一部书。普林斯顿的东方图书馆是以收藏有关明代的书籍著称的,所藏明代文集之丰富为全美任何图书馆所不及。

甥女徐大椿迎赴纽约观光后,乘"灰狗"公司长途汽车赴华盛顿。四十年前曾经坐过这种车,现在座位宽敞,且有厕所,较前更为舒适。四小时抵华盛顿,住在老伴五十年前南开女中同学陶葆桵家(先生为著名物理学家任之恭教授),他们引导参观了不少博物馆。傅利尔(Freer)博物馆藏有一座号称隋代的大日如来立像,全身刻有类似曼荼罗的图案,昔日未曾见过。顿巴吞橡树园(Dumb-artan Oaks)的庭院设计及各种花草极为精致优美,留下深刻印象。所以 1989 年到华府又旧地重游。在华府最为高兴的事是,晋谒了暌违四十余年的堂叔、年近九旬的戏曲史家志辅先生。他和我谈了很多,其中一再叮嘱一件事。据说升平署档案由朱希祖经手为北京图书馆买去,但其中光绪三十四年一份归了齐如山,后由国剧学会收藏。齐如山去台湾后,可能归了傅惜华,志辅大叔老人家至今挂念,希望早日为北京图书馆配齐。这种心情,和我父亲当年多次努力把几种分散的善本设法配到一起,其用心正自相同,应该说是老辈收藏家的美德。

由华盛顿赴匹茨堡,老友王伊同教授接待了我们。老友邓嗣

1982年6月7日，王伊同宅门前

禹亦偕其美国夫人来匹城，晤谈极欢。我们这"洪门"三大弟子一起参加了洪煨莲先生遗书捐赠匹茨堡大学的仪式，我也在会上讲了话，列举洪先生对中国史学界的贡献和在他创导之下所编几十种引得新中国成立后起的作用。匹茨堡大学有一座著名的高达三十三层的"学术圣堂"，最下层为国际厅，每国一厅，厅内天花板、地板、桌椅，各种装饰等等，都具有各国特色。中国厅墙上部四周，刻有中国历代名人图像，如诸葛亮、韩愈、苏轼、岳飞等。在王伊同教授家住一周，他给我详细介绍了几十年来华裔文史学者在美国情况。大体说来，以前燕京、清华、北大出身者多，近四十年则几乎以台大出身者为主了。得知洪煨莲先生在哈佛并不甚得意。1956年我们写信动员他回国，他回信第一句是"哈佛诸公待我实厚"，看来是托词了。由此我想到胡适之先生的话："不愿在洋人手下讨饭吃，更不愿跟洋人抢饭吃。"

麻省剑桥是在北京天津之外我住得最久的地方。老友于震寰来机场相迎。老友杨联陞兴奋异常，殷勤接待。哈佛广场已经旧貌换新颜，但大学校园却与几十年前没有大不同。约翰·哈佛的铜像和三百年校庆纪念时中国校友所送石碑，都依然屹立在旧地。校园内建筑物外貌未变,而内部却大大现代化,如大图书馆。哈佛燕京学社原来所在的博义思同楼外表古老的灰色石块照旧。内部重新改建成为各语言系的中心。杨联陞亲自步行陪我们访了赵元任先生和洪煨莲先生故居,又招待到家中数次长谈,以倾积愫。费正清教授为我们安排住在亚当斯楼的公寓中,是学生宿舍之一。哈佛制度每所宿舍聘一位教授任楼长,住在同一院中,主持管理。亚当斯楼的楼长教授将赴四川大学讲学,特别请我们到他家参观,告诉我们这所房子建于 1760 年。他现在室内的银色墙纸有中国花纹,据云来自中国。这些都与哈佛古老的外貌相协调。在费正清家茶会上,得晤旧友海涛玮(Hightower)教授,曾译陶渊明诗,已退休。座间还有山东大学吴富恒校长,也是几十年前哈佛旧识。我与老伴应邀参加了毕业典礼,会上授予十二人名誉博士,吴是其中之一。大约因是校长,又兼美国文学会会长,在中国推动美国文学研究有贡献吧。赖肖尔(Reischauer)和费耐生(Frye)两教授都曾邀到家里做客。赖的已故夫人原是清华大学德文教授之女,与赖皆德裔。续弦为松方正义后裔,其弟昔年与我同事,协助叶理绥教授教日语,

1982 年 6 月 12 日,临别前到费正清家辞行,适其外出,夫人 Luilma 接待

周一良：毕竟是书生

已于十年之前去世。在哈佛虽见到一些老友，仍不免"访旧半为鬼"之感慨，如赵元任、洪煨莲、叶理绥、柯拉克四位先生夫妇及裘开明先生均已先后作古矣。

应刘君若教授之邀，到明尼阿波利斯访问了明尼苏达大学，获识马瑞志(Richard Mather)教授，专攻魏晋南北朝文学，堪称中国所谓"恂恂儒者"。由明城再飞纽约，参加卢斯基金会所组织的参观——纽约、费城、华盛顿，凡一周。1982年6月26日自华府飞西雅图，应肇良妹之邀也。肇良继承其父志辅先生衣钵，酷嗜京剧，粉墨登场。在美国华人票友中拾遗补缺，以女性而扮演净角(《空城计》之司马懿)与丑角(《鸿鸾喜》之金松)，颇为著称。不意抵西雅图之次日，在名胜"宇宙针"(Space Needle)旋转餐厅老伴摔断股骨颈，当即送瑞典医院。28日动手术，一切顺利，30日即下地学步。7月6日切去伤口蜈蚣钉十七处，7月7日飞回加州。美国医术高明，设备先进。一般而言，医护服务态度亦较周到。但医药费用亦奇昂，老伴此次骨折医药费用总计七千余元。幸有保险，否则既无家可倾，亦无产可荡，真不堪设想矣。回加州后先住疗养院，7月24日回家。9月26日离旧金山返国。

老伴之弟邓宝善于1947年自北平入川，以后音信隔断，不知生死存亡者数十年。在美偶然遇到一位经常往来于台港美国从事贸易的亲戚，于是托他回台北时顺便打听一下，也未抱多大希望。没想到在离柏克利前一天，突然接到宝善从屏东打来的越洋电话，姐弟终于取得联系。得知他早已成家立业，二子一女，退休家居，生活很好。那位亲戚从台湾各城市的电话簿上轻而易举地一索即得，这恐怕是1982年我们美国之行的最大收获了！

1989年2月，又有美国之行。先是与顾廷龙先生同赴华府，参加《国际中国善本总目录》的顾问委员会。会后顺便到纽约州布朗克司(Bronx)探亲,与次子启博、儿媳翠珍、孙女小舟团聚。老伴则从北京直飞纽约会合。随后女儿启盈从佐治亚州来,女婿李安宁携外孙思萌于6月9日离京飞美。这样,我家除长子启乾、长媳蕴静(天津社科院日本所及历史所研究员)、长孙女晓丰(天津财贸管理干部学院教员)、三子启锐、儿媳晓维(装修公司总经理及清华大学职工)、孙儿周展(北大附小)之外,全家的一半团聚于美国。此行本未作久留之计,因故迟迟未归,到1990年7月才返京,居美计一年四个月。

在布朗克司曾戏撰联语,老伴补加横批。联语多少可以概括这一段生活,因记于此,并附说明:

> 小树林,大树林,养儿防老,知足常乐;
> 东海岸,西海岸,逢场作戏,随遇而安。
> 横批:比翼白头。

1982年住柏克利,街名Grove,意为小树林。1989年住布朗克司,附近有帕连湾公园(Peiham Bay Park),为纽约大公园之一。占地广袤,大树参天,芳草遍地。我与老伴经常在大树林中留连,或野餐,或喂鸽子、松鼠,每每盘桓竟日忘归。常忆及北京中山公园之古柏老松,对比之下,深感仅从公园树木观之,立国才二百年、自然资源犹甚丰富、人民生气蓬勃之花旗国,与中华几千年文明古国之各方面趋于老大,自然有所不同。然"周虽旧邦,其命维新",历史终将辩证地发展,是我衷心所祝愿也。在纽约,亲戚与旧友偶有往来,主要春秋佳日到植物园之类地方赏花、看红叶。布朗

周一良：毕竟是书生

克司僻处郊区，远离闹市，清心寡欲，与世无争，所谓知足常乐。每两周乘地铁(往返三小时)到哥伦比亚大学东亚图书馆，阅读竟日。与1982年之专心致志于学术著作不同，此次放眼世界，广搜异闻，思路从而开扩，昭若发蒙，似有所悟，更是常乐之重要内容也。

　　来美赴会之外，旨在到儿女处就养，圣诞节期间到佐治亚州与女儿一家欢度。然亦颇有友人闻讯来邀约者，先后应路特格司大学高望之教授、西弗吉尼亚大学汪荣祖教授、普林斯顿大学余英时教授、宾夕法尼亚大学梅维恒(Victor Mair)教授、匹茨堡大学许倬云教授、哈佛大学费正清东亚研究中心罗思·特利尔(Ross Terrill)教授及纽约对日关系研讨中心之约，就中日文化关系、当前中国史学、魏晋南北朝史特点、我所知的"梁效"等题目讲演座谈。所谈大都卑之无甚高论，谓之学术交流也可，谓为逢场作戏也，亦无不可。

　　此行两度得谒志辅大叔。1982年以来，老人多次赐书，谈旧日梨园掌故，评骘近人有关著作。所著《杨小楼传》在海外发行，国内殊不易见。因请带回北京重印，以广流传，于1992年由北京燕山出版社出版。老人1994年5月以九十九岁高龄仙去。逝世前五十天之来书，犹以吉祥戏院之拆除为大憾事，并谓此剧场面向西方，下午光线特好，杨小楼新排戏多在此初演云。在华府重晤任之恭教授夫妇，两人皆矍铄如旧。晤哈佛旧友施于民，昔之翩翩少年，似犹存当年风采。

　　在普林斯顿晤刘子健教授及牟复礼教授。刘畅谈了华裔中国文史研究人才成长情况，似颇不乐观。又谓及门中有一非洲裔美国学生，治中国文史，甚有希望云。余英时教授邀宴，座中多史语所迁台后新人。谈话中获悉，胡适之先生出任"中央研究院"院长

92

的原因，是怕此职位落入某人之手。看来大陆自由主义学者的流风余韵，在台湾并未泯灭。据云胡先生在酒会上心脏病突发逝去，也是讲到年来遭"围剿"而心情激动所致。西弗吉尼亚大学汪荣祖教授因撰陈寅恪先生传记而相识，邀赴柏堡晤聚。汪与夫人皆西雅图华盛顿大学出身，昔时李方桂、萧公权、卫德明皆执教于此，为哈佛之外汉学一重镇，培养人才不少。汪教授为萧先生入室弟子，治近代思想文化史，年富力强，勤于著述，宽阔之地下图书室中收藏极完备，至可艳羡。

剑桥之行得晤旧友如杨联陞教授夫妇、关淑庄教授(丁声树夫人)及北大来哈佛的范达人、陈时伟两同事，极为高兴。深感遗憾者，杨联陞小中风之后行动不便，精神、体力、谈锋更大不如七年以前。我虽有不少关于美国东方学情况想问他，竟未敢久留。杨夫人以龙虾见饷之后，不得不互道珍重而别，心中欣慰与凄然之感兼而有之。离纽约前通话告别，他长谈数十分钟，然口齿不清，我竟不能辨一字。电话挂后怅然久之，孰意从此遂成永诀！

在费城，梅维恒教授邀在其家留宿，并两次设宴，得晤旧友卜德(Bodde)教授夫妇、李克教授夫妇及甘曼(Cammann)教授，都是在宾州大学任教的。梅以所著《唐代变文》见赠，其书颇多新意，后有人译为中文，我写了序言。在费城游览了长木花园，温室广大如同户外，奇花异草，五彩缤纷，信不愧为世界植物园之冠。

居美家庭团聚，颐养天年，而不废笔砚。自传初稿之外，写了《我的"〈我的前半生〉"》与老友王伊同合作完成了马瑞志《英译世说新语商兑》。马瑞志教授以二十年时间，全文翻译了刘义庆《世说新语》及刘孝标注，并附以人物小传、名词解释、参考书目，成为七百余页皇皇巨著。《世说》本不易懂，译为外文更是难上加难。马

周一良：毕竟是书生

氏功力甚深，以典雅的英文表达刘书，曲尽其意，附录也很有用。但译文究竟还有不少未安之处，我在北京时久拟加以校正而事忙未果。此次在匹茨堡王家盘桓一周，又谈及马氏译本，认为其书将相当长时期为西方学子所用，遂相约共草《商兑》，期为马氏诤友，使译文更臻完美。两人信札电话，频繁斟酌，完成《商兑》四百余条。虽然还有不能解的片段，然使《商兑》与马书相辅而行，对临川之书流传海外必大有裨益。我们把初稿寄给马教授提意见，他欣然同意，认为有些纠正得对，有些属文字风格问题。我们根据马教授意见，再加斟酌，勘成定稿，由王伊同教授寄交新竹《清华学报》发表。它成为中美两国马王周三家精诚合作与深挚友谊的良好纪念。

圣诞期间，在佐治亚大学借到 Kate Wildman Nakai 论新井白石的书和 Hermar Ooms 论松平定信的书。我一向认为，美国学者对日本史的研究颇为细致深入，而他们的有利条件之一，即不少原始史料的名著多有英文译本。中国人治日本史尚未遑及此。读了这两本著作，更加深此感。决心以有限之余年，利用略通日本古语之条件，翻译若干部德川时代史学名著，辑为丛书，计划从新井白石的自传《折焚柴の记》始。回纽约后，即托人从哥伦比亚大学东亚图书馆借得新井氏书，开始动手。翻译工作在国外国内皆可搞，此又一随遇而安也。这里附带提一下，哥大东亚图书馆对外开放，我以一外国人，既非本校教职工，又无需任何介绍信或证件，在阅览室以至书库随意自由看书，这种"福气"是中国读书人万万想不到的。当然，如要借出馆外就必须另有手续了。

四十年来，知识分子经过不断的风风雨雨。我曾戏言，这后半生就像著名小说的标题"红与黑"，来回变了多少次。风云变幻对精神上的影响姑不论,仅以有形的住房电话而言,由起初的"楼上楼下,电灯电话"(借用农民夸耀的得意语),"文革"时变成为"只有楼上,没有楼下(别人进驻);只有电灯,没有电话(电话由政治待遇决定)"。现在呢,又回到起初那样。我的老伴专长是教外国人汉语,而在极"左"影响下,以政治上(海外关系)不适合接触外国人的理由,1960年被剥夺了发挥专长的权利,调到西语系改教英文,历时二十四年。她主编的新中国第一部为外国人用的汉语教科书出版时,被抹去姓名。当然,1985年调回对外汉语教学中心,又主编了《汉语初级教程》新教材,但年届古稀,上讲堂已经力不从心了。从前晋人王珣的父亲因早逝而名声不显,王珣曾哀叹道:"人固不可以无年。"(《世说新语·品藻篇》)白居易有诗云:"镜中莫叹鬓毛斑,鬓到斑时也自难。多少风流年少客,被风吹上北邙山。"我们生此巨变、多变、善变之世,自当争取"有年",争取"鬓到斑时"。法国民间谚语不是说"谁笑到最后,谁笑得最美好"吗?在我们这个年龄组的老知识分子中,以健康状况、家庭关系、工作条件、社会境遇而言,我们两人目前还算是被人艳羡的,这就是"比翼白头"中"白头"二字之所以可贵。

> 1989年6月25日初稿完
> 1990年4月17日订补完
> 1994年8月23日再订补

这篇自传草成于1989年,以后有所订补,而年份迄未向后延伸。考虑到进入90年代以来乏善可述,而我这趟车一时似乎又尚未抵终点,自传下限也就到此暂告段落。

扶桑四周

根据北京大学和日本东京大学之间交换研究人员的协议，我应东京大学邀请，于 1985 年 3 月 10 日至 4 月 6 日到日本访问四周。虽然这是我第四次东渡扶桑，但却是内容异常丰富充实的四周。二十八天不算长，但我利用机会与日本学者充分进行了友好交往与学术交流，也使我得以进一步了解日本的历史与文化。中国古话说"温故而知新"，此行颇可用这句话来概括。老朋友之间加深了友谊，又认识了不少新朋友。几十年前从书本上得到的知识，这次有了新鲜的体会。

先谈学术交流。我在北京大学中国中古史研究中心担负的任务，是敦煌写本书仪(即古代尺牍轨范之类)的整理与研究，而敦煌卷子也是日本学者感兴趣、有研究的领域。因此，在东京大学东洋文化研究所由池田温先生主持的讲演会上，讲了写本书仪的类型问题；在东洋文库由榎一雄先生主持的讲演会上，讲了书仪中所见的唐代婚丧礼俗问题；在早稻田大学由长泽和俊先生主持的讲演会上，概括地讲了上述两方面内容。在京都大学由谷川道雄先生主持的讲演会上和东海大学由藤家礼之助先生主持的讲演会上，讲了国内近年出版的魏晋南北朝史问题。

从东大退休而仍主持东洋文库的东西交通史专家榎一雄先生与我同龄，虽是初次见面，却彼此都说早在学生时代就读过对方的文章。池田温先生的《中国古代籍账研究》一书，在中国与欧美都得到极高评价，并已有中译本。他由唐代法制出发，已进而把研究领域扩大到整个中国法制史。使我吃惊的是，池田先生介绍我时，在黑板上举出了我家包括五代人的世系表，足见其调查研究之细致深入。我去讲演的地方，大都给听众发一份讲演人的著作目录，其搜罗之周到，也是惊人的。于此可见日本学术界情报资料工作之完备，必然积累有素，绝非仓促之间所能办到。长泽和俊先生是研究丝绸之路的专家，曾沿丝路横跨欧亚考察，多次到新疆访问。他以交换学者身份来北大半年，我录过一首杨昌濬歌颂左宗棠的诗给他，末两句为："新栽杨柳三千里，引得春风度玉关。"左宗棠在新疆的活动已被"落实政策"，而长泽先生又多次西出玉门和阳关，所以他得到这首诗很高兴。我初次接待藤家礼之助先生是在 1972 年左右。他研究魏晋南北朝史和中日文化关系史，也正是我感兴趣的领域。以后十年间，他曾多次来北大。由于种种原因，我从接待而回避，转而又露面。他出于对我的关心，在早大的《史滴》杂志上发表过一篇散文《关于周先生》，以表示惦念，我是感激无量的。谷川道雄先生研究魏晋至隋唐这段历史，我早已读过他的著作，第一次晤面则在 1984 年初夏他访华时，我们愉快地谈了共同感兴趣的学术问题。这次在京都又蒙他复制了我在国内搜求未得的滨口重国氏发表于《山梨大学学报》上的多篇论文，盛谊良为可感。

出席各次讲演会的专家学者中，有已退休的教授山本达郎、宫川尚志、岛田虔次、西岛定生诸先生。宫川先生是景仰已久去年在北京才首次晤面的研究魏晋南北朝史的同行专家，其余三位先生则是"多面手"的学者。和山本先生的初次晤面，可以追溯到整三十年前1955年荷兰莱登的青年汉学家会议。回顾自己三十年来的学术成就，未免汗颜。讲演以后都继之以讨论。我不同意日本学者的看法，说曹操时屯田客比自耕农民比重更大。藤家先生提出，只有按照日本学者的说法，才好解释西晋人口骤增的现象。写本书仪中记载丧礼送葬时，僧人有所谓"十念"，我推定为"十声念佛"。福井文雅和成濑隆纯先生引净土宗崇奉的经典和日本净土宗僧人的习惯，肯定我的推断是正确的。讨论中涉及"敦煌学"这个名称，我重申了自己的一贯看法：这个名词不够科学，只可带引号来使用。而这个意见看来是不大会被日本同行们所接受的。我谈了粉碎"四人帮"、批判极"左"以后中国史学界的动向，岛田先生等都以极大兴趣听取，欣欣赞赏我国史学界恢复了实事求是的学风。

总的说来，此行达到了通过学术交流以增进友好的目的。

再谈参观访问。

当东大负责接待我的户川芳郎先生写信问我想访问哪些地方时，我首先举出了水户与日光。因为距今整五十年前，我毕业于燕京大学历史系，毕业论文是在洪业先生指导下写的"《大日本史》之史学"，而这部书即是江户初期水户藩的藩主德川光国倡导和主持修撰的。我的文章只从中国封建时代的史学传统来分析评价《大日本史》，不仅对于它在幕末尊王攘夷和对于明治维新的影响作用等认识远远不足，阐述远远不够；即以当时资产阶级史学观点看来,论述也嫌陈腐。所以好友谭其骧同志曾慨叹说:以如此功力,搞别的问题当更有成就。在日本,也只有加藤繁氏在《日本史学史论丛》中征引过。但我由于研读《大日本史》而对于德川光国及其与朱舜水的关系很有兴趣,此次到水户访求光国与舜水遗迹,也可说是了却五十年前一桩宿愿吧?

德川光国晚年隐居修史的西山庄,位于幽邃的山脚,竹木葱郁,建筑是质朴无华的茅顶木结构,与大名府第之富丽堂皇迥不相同。光国思想上所受中国影响,在庭园中随处可见。如园中有开凿成心字形的湖,名心字湖,湖中植有荷花,当然是来自周濂溪的爱莲。还有一景取名五柳树,是仰慕陶渊明的表现。光国谓文人必爱梅,梅可以励学,因而园中也种了不少梅花,并自号梅里先生。19 世纪中叶,光国后裔藩主德川齐昭在水户辟偕乐园,广栽梅树逾万株,珍奇品种之多为日本第一。至今尚有三千株,二三月间水户赏梅仍是盛事。我来到水户时,还赶上了梅花盛开季节。

水户德川氏的墓地在瑞龙山,坟墓非传统的馒头形而作尖锥形,据说是象征灵魂所归的昆仑山。墓址按辈分自山顶向山下排列,历代藩主都与嫡配夫人两墓并列,而历代侧室则聚葬于后。夫人的坟墓小于藩主,每座坟前有木栅和石阶,其尺寸也都是男宽于女。水户藩可以说把儒家长幼有序、嫡庶有别、男尊女卑的道理贯彻到底了。瑞龙山是德川氏家族的墓地,但朱舜水 1682 年逝世后却埋葬于此,墓碑为光国手书,遵舜水遗志,题"明征君子朱子之墓",碑侧刻有朱舜水的学生、《大日本史》论赞的执笔者安积淡泊所撰碑文。以异国异姓的家臣,埋葬在大名家的茔地,无论从中国儒家思想或日本幕府封建轨范,都应算是特殊和例外,既反映德川光国对朱舜水的"恩遇",也说明中日两国文化关系之深远。

周一良:毕竟是书生

水户新近又立了一块"朱舜水碑"为纪念,是茨城大学退休教授、著有《明末乞师日本之研究》的石原道博先生的手笔。后来我在神田旧书店中,巧遇此书,乃石原先生自藏本,扉页还有他亲笔署名。因亟购赠在东京研究中日关系史的夏应元同志,他不久以前曾到水户拜访过石原翁,这也算是中日文化关系史研究上小小一段文字因缘吧?水户的弘道馆,是藩主齐昭在1841年所创立的藩校。它一方面包括孔子庙和"文馆",宣扬儒学;一方面设立了"武馆"以教授柔道、剑术、枪术,医学馆以教授兰学、本草,并附有养牛场和供药学实验用的植物园,兵学局以铸造枪炮,以及天文数学所等。这是远在张之洞提倡之前出现的"中学为体,西学为用"思想,也是德川幕府封建大名的"洋务运动"。但齐昭当时仍企图把这些活动纳入孔子教导范围之内,所以他在弘道馆大讲堂里以篆书题了三个大字"游于艺"。

"未到日光,莫谈漂亮",这是见于六十年前日本小学语文课本里的谚语,用以形容日光祭祀德川家康的东照宫卫庙的壮丽。童年所得印象很深,因而我在年逾古稀之后,还执着地想去一探胜境。日光山前大道两旁高可参天的杉树,颇似灵隐大道两侧的修竹,是17世纪初所植,据说尚存一万五千余株。东照宫的建筑确是画栋雕梁,极尽华美绚丽之能事,以金色为主,间以红色白色,屋顶则覆盖着青色铜瓦。我们去的那天,恰恰大片飞着雪花,相衬之下,显得格外有情趣。东照宫透露出,德川幕府成立之初,在思想信仰方面有兼容并包精神,在对外政策方面,也绝非要闭关锁国的。天皇按神道教传统,"敕封"家康为"大权现"即神的意思,所以东照宫是神社。但是,第一道大门外有两尊"天王"塑像,这是佛教寺院的传统,神社从未见过。在一处主要走廊的檐上,有一头彩绘"睡猫",据传出自著名建筑雕刻匠师之手。神社或佛寺中以猫为装饰的,在日本也闻所未闻。有人认为是来源于禅宗僧人的回答:"牡丹花下睡猫儿。"又有不少处雕刻和彩绘,是以大舜、许由、巢父、竹林七贤等人物为主题的。这些都说明,体现在东照宫建筑美术中的,是神道与儒佛和平共处的宽容精神。另一方面,东照宫庭院装饰品灯笼中,有在阿姆斯特丹制作的荷兰所赠铜灯笼,有据传从葡萄牙输入铁材制成的铁灯笼,还有朝鲜所赠的石灯笼。有一座门称为"唐门",柱、扉等都是用整根紫檀黑檀等硬木制成的。这里的"唐"不是中国,而是当时日本所谓的"唐天竺",即出产这种木料的东南亚。这些例子不是又说明德川家康死后不久幕府的对外态度和二十年后的闭关锁国政策,是多么不同。日本如果不是锁国二百多年,它的历史发展肯定又是一番面貌!在日光参观了收藏德川氏遗物的博物馆,展品有家康亲笔的字和画。看来他是有一定文化修养的政治家,而非单纯的赳赳武夫。第五代将军纲吉生于戌年,因而特别爱护狗并禁止屠宰,有"狗将军"的绰号。馆中展出他所用的铜质汤婆子,竟也做成狗的形状。展品中有家康的孙子三代将军家光梦见他的祖父后,命令名画家狩野探幽按照他描述梦中所见绘成的家康肖像,还有家康用墨涂掌上捺成的手印,不知何用,也许是留供追念吧。

　　陪同我去水户、日光的,是东大的小岛晋治和尾形勇两先生。小岛先生研究中国近现代史,著有《太平天国革命的思想与历史》。水户是他的家乡,起了他人办不到的导游作用。尾形先生研究秦汉史,著有《中国古代的家与国家》。他还不到"知命"之年,是东大文学部最年轻的正教授。水户的茨城大学研究中国近现代史的石岛纪之先生和研究秦汉史的鹤间和幸先生驾车迎送,陪同我们在水户游览。石岛先生赠我新著《抗日战争史》，我宿于大洗海滨鸥庄旅舍之晚，边听涛声边翻阅一过。石岛先生的观点是进步的，无情揭露和谴责了日本军国主义。我在这本书中看到以前未见过的日军轰炸暴行后的惨状照片。台儿庄和平型关两次战役，书中也都给予了篇幅。我发现中日同行之间有不少共同语言，而旅行给思想交流提供了极好机会，这样的接触大有益于促进友谊。如果中日之间没有这几十年的不愉快的关系，不仅两国人民少遭多少灾难，我这样对日本文化历史有兴趣的人，也不必等待五十年之久才得偿宿愿了。我这些看法，他们都很同意。我想，这也是为中日人民友谊铺下小小一块基石吧。

陪我去京都的户川芳郎先生，是研究中国古代思想史的专家，有著述和译作多种，现致力于魏晋南北朝哲学的研究。户川先生毕业于东大，而又在京大做过研究生。他还负责编写过东大校史中有关中国研究部分，所以对明治以来"汉学"发展的经过和东大京大两校"汉学"学风，深有了解，给我作了详细而公允的介绍，使我获益匪浅。参观京都国立博物馆时，主要看了日本部分，从绳纹文化到德川时代的泥人，丰富多彩。有一件德川时代的"铊雕"，是用刃宽而短称为铊的刀雕成的宝志和尚木像，粗犷可喜。但表现的是宝志以刀自裂其面，此事不见《高僧传》，不知何所本了。户川先生的弟子京大人文科学研究所的麦谷邦夫先生驱车陪我们去奈良。麦谷先生也是研究中国哲学与宗教的，以所编《老子想尔注索引》一册见赠。人文研还编了《祖堂集》的索引并附原文，这是五代时所编最早的禅僧语录，从佛教史、社会史以至语言史角度看，都是重要的新资料。这种学术资料国内留心者不多，出版的可能性更小，编索引当然更不在话下，而我国大学校园里的书店店头,却大模大样地摆着《乾隆韵事》之类的书!

　　以佛教艺术为重点的奈良博物馆礼拜一闭馆。中国佛教史专家、八十岁高龄的前馆长小野胜年先生是多次晤面、常通音息的老朋友。承蒙他的引导,我们得以进馆参观了一次可遇而不可求的法会。原来在"彼岸"期间(即春分和秋分的前后七天中,博物馆邀请东大寺僧人,在馆内展出的佛像前诵经做法会。二十几名僧人,有老年也有青年,所穿袈裟有紫色白色之别,紫色可能渊源于中国古代赐紫传统。诵的是《妙法莲花经》中的观世音普门品一章。单独诵读这一章,也是中国古代已有的习惯。诵经用音读直读汉字,即日语所谓"棒读",而不像一般读汉文之颠倒文字以适应日文语法。这当然是基于宗教信仰,认为用音读来念诵汉译佛经更近于释迦牟尼所说的梵语。诵经腔调则与几十年前我听到的中国僧人念经毫无二致。诵经完毕后,撒下纸质各种颜色的莲花瓣,上有红色"东大寺印",任人拾取。我仿佛能由此想象唐代法会的大概情景。顺便提及,在东京的净土宗寺院增上寺,看见大殿上僧人替丧家做一周年忌的法会,结束时,唱"南无阿弥陀佛"十声,恰恰就是敦煌写本书仪中所说的"十念"。我更感到,中日两国通过佛教体现出的文化交流多么密切。在镰仓的八幡宫,看到按神道仪式举行的婚礼。新郎与新娘实行"三三九度"的交杯饮酒,当亦与唐代书仪中已提到而后代一直流行的交杯酒习俗有关。在奈良,户川先生还引我登上了东边的三笠山,就是一千二百年前来华的阿倍仲麻吕怀乡歌中所咏之地:"遥思故国春日野,三笠山月亦相同。"从这里可以俯瞰奈良,虽然山的海拔只有280米,既不算高,又平淡无胜景,但对于研究中日文化关系史的人来说,却自有其意义也。

周一良：毕竟是书生

镰仓之行主要是参观佛寺。首先到东庆寺,是13世纪末叶镰仓幕府执权北条时宗之妻出家后所住的尼寺。当时规定,如果妇女受丈夫虐待,不堪忍受时,躲进这座尼寺,便能取得保护,许可离婚。所以,又称为"缘切寺",即"割断姻缘的寺庙"。庙里今天还保存六百多件离婚文书。这样的寺庙当时还不止一处,使人想起西方中世纪时农奴逃进天主教寺院即可获得解放的事例。日本古代佛教教权的力量,与西方中世纪很相近,渗入社会生活不少方面,而这在中国古代则是不可想象的。其次到圆觉寺,是1279年东渡的宁波禅僧无学祖元开山任住持的寺院。北条时宗派两名僧人入宋邀请高僧东渡,他亲笔签署"和南"二字的信中说:"树有其根,水有其源。是以欲请宋朝名胜,助行此道。"此信保存至今,成为中日文化关系史上珍贵史料。应邀而至的祖元,在蒙古军进攻日本时,预言其必败,又以"莫烦恼"激励时宗反抗侵略的斗志,起了积极作用。元军退后,1282年时宗新建圆觉寺,祖元为开山住持。时宗殁于1284年,祖元殁于1286年。所以我们参观时,庙里正为今年举行七百年联合纪念的法会做准备。庙中舍利殿被定为"国宝",祖元禅师栩栩如生的木雕坐像是"重要文化财"。坐禅堂中几十只榻子分几行排列,别无他物。建寺时的禅规中,有一条规定"僧侣不得着日本衣",看来一切都是按中国禅宗寺院的制度。第三处到了建长寺,是镰仓五山之首,开山祖师为1246年东渡的宋僧兰溪道隆。北条氏为对抗以天台、真言为主的京都佛教,扶持武士信奉的禅宗,在镰仓自立五山。建长寺创建时全仿宋朝禅宗寺院规制,摆脱京都传统。以后几经火灾,规模已大减,但我们在大殿前看到的枝叶繁茂的婆娑老树柏槙,还是几百年沧桑的见证。

在镰仓最后参观了在禅宗高德院境内的青铜大佛。这座阿弥陀佛始建于 1252 年,当中国南宋末,高达 11 米,是日本仅次于奈良东大寺卢舍那佛(16 米)的大佛像,被定为国宝。原是民间集资铸造,后因款项不足,还差底座的莲台和光背未能完成。日本史料上关于大佛记载出现很晚,据说还是葡萄牙人航行记录中首次提到。也许由于镰仓大佛是露天坐在大自然之中,老百姓更易接近,我发现日本人民对它和东大寺庄严肃穆的大佛态度有所不同。不少文人写过歌咏它的和歌,著名女诗人与谢野晶子还在歌中赞扬大佛为美男子呢。我参观镰仓各寺院后,还感到一种差别,接待我们的圆觉寺和高德院的住持,都是毕业于大学的很有学识修养的僧人。高德院的住持曾到亚洲各佛教圣地巡礼,印度、尼泊尔、锡兰、中国、东南亚等等,足迹所至甚为广泛。玄奘描述过的巴米羊(在阿富汗)大佛,他也曾去瞻仰。高德院接待室极为宽敞,气派堂皇。圆觉寺虽历史悠久,渊源甚远,寺院建筑也极高雅,但较之高德院似有逊色。我猜想这是由于大佛香火旺盛,游人众多,因而经济力量雄厚所造成的吧?八幡神为镰仓幕府将军源氏信奉的守护神,所以八幡宫也是镰仓著名一景,不但规模较一般神社为大,而且神社门前一条宽阔大道直通海滨,气势颇为雄壮,当是源赖朝开幕府于镰仓时的建设。

一起去镰仓的,是东大平山久雄先生和在东大讲学的复旦大学王水照同志。平山先生华语娴熟,专门研究中国语音学。他不仅导游镰仓,而且为我解决了对音学术问题。曹雪芹的先人曹寅所著《太平乐事》杂剧中,第八出"日本灯词"中有不少汉字移写的日语词汇。赴日前夕,冯佐哲同志以此见询,愧无以对,因带到日本,请教了平山先生。他根据几种明清时代中国人所编日语词汇,试作译释，结论认为曹氏大约只是堆积连缀日本语词的译音而成，取其声调铿锵，并无任何意义。我们感谢平山先生的帮助，而且希望他以后能发表译释的结果，进一步研究曹寅对日本译语感兴趣的原因，为清代中日文化交流增添一个有趣的事例。

我在东京的参观，重点是涉及中国史研究的学术机构藏书和德川时代江户遗迹。前者有东大、早大和东洋文库以及东京附近平塚市的东海大学。以图书而言，如东洋文库以莫利逊文库为基础，不断努力搜求藏家多年积累的收藏，不仅成为世界上各种文字关于亚洲国家的书籍最丰富完备的图书馆，藏有大量许多方面的写本、图片、地图、缩微胶卷等等，而且它在研究方面出版的专著和刊物的水平，也是有口皆碑的。难怪哈佛大学的波斯研究专家、我四十多年前的老同学富莱教授利用东洋文库以后，赞叹日本确实无愧于"国际的"称号。再以东大的东洋文化研究所为例，它的中文藏书也是以仓石武四郎收藏的中国文史书籍、长泽规矩也的中国小说戏曲、仁井田升的中国法制书籍等等为主要组成部分发展而来。所以，搜求专家学者长期积累的藏书，以形成图书馆某一方面的基础，是建立专业图书馆非常重要的一条途径。另一方面，是成立较晚的东海大学的例子。这里中国史的教学与研究，最早由宫川尚志先生经营擘划。宫川先生退休后，有藤家礼之助先生接班。中国历史自先秦以下各主要段落都有专人负责，阵容颇为整齐。东海大学校园宽敞，建筑漂亮，学生人数规模在日本私立大学中居第三位。节省空间的新式电动书架，为旧机构所没有。至于有关中国历史的书籍，主要仰给于台湾重印的古书，基本上也足敷应用。我在美国看到一些成立较晚的中文图书馆，亦是如此。东京还有其他一些收藏中国图书、研究中国文史的机构，限于时间未能一一参观。但这些新老机构及其研究人员各自发挥所长,在日本的中国史研究领域中,竞相做出了成绩。

研究中国古代思想史并从事先秦诸子的新译的池田知久先生,为了让我接触江户遗迹,陪同我走了一条理应富于"江户情调"的游览路线。其中主要项目之一,是乘游艇沿隅田川顺流而下,直到旧日德川氏的别墅"滨离宫"。中间经过若干座知名的桥梁,旧名犹存,如岸边为幕府马厩所在,称为厩桥,米仓酒库所在称为仓前桥,连结武藏、下总两"国"的称为两国桥,等等。但桥梁本身都已现代化,无复当年形态,有的还是仿照莱茵河上的吊桥建造的。而隅田川两岸,不是烟筒林立的工厂,就是灰墙高耸的仓库,既无树木,更不见花草,只有令人发思古之幽情而已。另一主要项目,是到"笹之雪"饭馆吃"豆富料理"。"笹"是日本制造的汉字,读作"萨萨",意为幼竹。豆腐在日本始见于室町时代1444年成书的《下学集》。一般认为奈良时代已经传入,只供贵族享用,室町时代随着禅宗僧人传入"精进料理"即素菜,才广泛流行。这家饭馆据云创始于德川时代。他那里的豆腐号称用绢漉制,特别细嫩,被誉为如同幼竹上的积雪——"笹之雪"饭馆因而得名。把豆腐的腐字改写成同音的富字,在全日本恐怕也只是这一处。据1782年成书的《豆腐百珍》和《续百珍》,可以用豆腐做成二百几十种不同的菜。"笹之雪"供应十样豆腐制品。包括豆腐脑、豆腐渣、豆腐皮、冻豆腐、凉拌豆腐等。尤其引起兴趣的,是在店堂上挂着的一段介绍,说豆腐创始于中国汉代淮南王妃,当是从李时珍《本草纲目》始于刘安之说又讹传所致,因而日本亦称豆腐为淮南。日本对于食品喜欢追根溯源,有的固然是有意制造的传说,也有的确以引进或创始之人命名,如隐元豆、外郎饼等,恰巧也都是与中

周一良：毕竟是书生

国有关的。

池田先生还引导我到多少能够追想当年江户 "下町"(与大名武士宅第相隔离的商人市民聚居地区)风貌的"天麸罗"小馆。"天麸罗"一词是外来语译音,语源有种种说法,很可能来源于意大利语 tempora,意为时间,指吃斋时。在日本的天主教士这期间禁食兽或鸟肉,只吃裹面炸的鱼虾海味类,因而日本人称这种食品为天麸罗。池田先生是这里的老主顾,客人小桌即在灶旁,掌勺的老师傅炒好就递过来吃,服务的老伴等全家与客人打成一片,谈笑无间。她对于中国来的客人特别殷勤招呼,见我欣赏辣椒面,特意从对面小铺买来饭桌上用的小筒,装上辣椒面让我带走。这是日本劳动人民的朴素友情,也是今天早已不时兴的古朴风尚吧?我还两次到浅草,领略了寺社"门前町"(即寺院门前的市场)的风味,在隅田川畔,看了已被高楼包围、局促于一隅的俳句诗人芭蕉的故居和祭祀芭蕉的小小神社。神社前悬挂着一个盒子,上写"赛钱箱"。这个赛字又是来源于我国古代的"赛神"即酬谢之意。中日文化之间的渊源与痕迹真是无处不相逢啊!

这次访问中接触不少旧雨和新知。到达京都当晚,多次来华的老朋友井上清先生和他的儿子、曾来北大研究明清思想史的井上进全家招宴,盛情可感。席上饫闻井上先生谈他的经历,对我尤多启发。1982 年过日本时,曾向目加田诚先生以电话致敬,未获晤谈。目加田先生是中国文学专家,年逾八十,去年曾率日本学者来华参加《文心雕龙》讨论会。此次他与所主持的"世说新语研究会"中研究中国社会史及农书的渡部武和高桥繁树、田口畅穗、今滨通隆先生一起,在幽雅的法国式小馆招宴。目加田先生在早稻田

108

大学院领导讲读并翻译了《世说新语》，并且第一次把刘注也译出。这是一部很好的译本，不仅理解确切，考订详明，而且其中日语口语译文部分在遣词用字、语气表达方面，既是道地的日语，又充分表达出中国六朝时人的口吻。时隔千余年，地隔数万里，翻译外国古典达到这样的水平，我认为是极为难能可贵的。我在席间谈了对比目加田先生日译本与英译本的感想，由此想到日本大学院中"演习"或"讲读"课的作用。一位导师领导主持，共同研究一部重要著作，各人在不同方面从不同角度钻研，定期一起讲解或翻译，最后形成完整的著作或译文。工作可能持续几年，人员虽有变动而工作不断。目加田先生的《世说新语》新译本就是这样完成的。日本其他大学或研究所有些学术著作，也是这样集体合作的结果，既培养了人才，又完成了研究任务。这种行之有效的方法，不是很值得我们学习借鉴吗？

老朋友中，与早大铃木启造先生重逢，分外高兴。铃木先生研究中国古代史学史，对《北堂书钞》的版本问题尤感兴趣，曾来北大研究半年，不辞辛劳地几乎每天进城去北京图书馆。他陪我参观了德川氏家庙增上寺，介绍了不少有关情况。另一位老朋友是御茶之水大学研究明清及近代史的山根幸夫先生。他在东洋文库任研究员多年，照顾参观之后，建议选择若干书刊赠送给我，使我回国后还能蒙受文库之益。京都的故人有岛田虔次、狭间直树、岩井茂树诸先生，他们与法国巴斯狄女士共同撰写了一本《陈庆华教授追悼文集》，我一到京都即以持赠。日本朋友对庆华同志的深厚情谊，是十分可感的。

初次晤面的国学院大学土肥义和先生，研究唐代社会经济。他曾去伦敦实地调查敦煌写本，在缀合残卷方面，做了许多有益的工作。蒙士肥夫人在家以英国式晚餐相享，同时也使我有机会领略东京新建的公寓大楼，感到它同美国"分让"式的公寓大楼全无二致。庆应大学斯道文库是收藏和研究日本和中国古版图书的研究所，负责的尾崎康先生专诚见访，告以正在编日本所藏中国宋元版图书总目的情况，并表示1987年计划来华编我国国内所藏。幸而我国版本目录之学的专家们遵周总理之嘱，早已着手编全国善本总目，并已接近完成，不致让邻邦学人先我着鞭了。

日本书法极为流行，此次结识了一位年仅四十的书法家、书宗院常务理事大石胜也先生。他的夫人也是书法老师，七岁的女

1985年4月与日本书法家大石胜也一家在东京

儿和九岁的儿子都能以毛笔对客挥毫写大字，可谓家学渊源。大石先生号六田，他对我说是他家乡九州的地名，同时，这两个字正反面看来都一样，取为别号，以象征为人的表里如一。这样的情

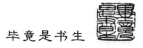

趣,恐怕只有目前还使用汉字的中日两国人民能相互理解了。大石先生有位著名书家老师,学生送一张纸乞书,而裱好的条幅上白纸作半月形状。老先生沉思片刻,只用笔在半月形的纸上点了一点。这实际已不是书法艺术,而与禅宗思想有相通之处了。日本近年来书法中不少类似抽象图案的作品,似乎皆可作如是观。

此行还遇到一位佐藤慎一郎先生。他的舅父山田良政,是支持孙中山先生而在惠州牺牲的。他全家都与孙中山以及其他当时的革命者相熟悉,给我看了廖仲恺先生给他父亲写的对联。虽然这位人道主义者的老人与我们立场观点全不相同,但他所追叙的旧事和对我们的针砭,还是值得倾听的。

旧书店聚集的神田区,是我向往已久之地。因为在旧书店架前随意翻阅,既是一乐,又是开扩眼界、增长知识的途径。西洋人有句话说,一个国家旧书业之发达与否,标志着这个国家文化的盛衰。如果这个说法属实,日本确算是文化兴盛的国家了。神田书店之多,恐怕在世界上数一数二。我在财力所及范围内,自不肯放过需要的和喜爱的书。特别应该提到,是购得前此不知的仓田保雄著《英利世夫传》。英利世夫先生法籍,华名叶理绥,是西方研究日本文史之学的先驱者,我在哈佛大学做研究生时的导师。我早年从家庭教师学习日语,对日本文学也有所涉猎。但系统地讲求日本语法,系统地学习日本文学,得窥门径,还是英利世夫先生所指引的。阔别十年之后,1956年在巴黎开会是最后一次见面。这次得读他的传记,倍感亲切。可惜的是,作者如能广泛地访问英利世夫先生的弟子,定可搜罗到更多有用资料,更能充分反映其人。旧书店有综合性的,有专业性的。顺便应当提到,日本佛教流行,专

周一良：毕竟是书生

门出版佛教书籍的出版社不止一家，还有专卖佛教书籍的书店。它的目录一大厚本，恐怕在世界上以佛教为唯一信仰的国家中，也是不多见的。日本旧书业之发达，由于出版业发达，出书多而快，不断出新版，因而旧版淘汰下来。同时，由于人民文化教育程度高，有读书习惯。在拥挤的地铁里，虽然站着，仍有不少人手不释卷，因此日本所谓"文库本"甚为流行。当然，出版业之发达，归根到底还是由于经济和科学技术高速发展。经济基础决定上层建筑这一真理，这里也是适用的。

　　日本把传统文化或自然景色与现代技术巧妙地结合起来，给我以很深印象。例如设在摩天大楼多层以上的饭馆，入口处铺上砂子或碎石小径，设一个小池子，堆一点山石，清泉绿苔，宛如露天的日本式庭园，使人不觉是在大楼里。又例如用塑料所制餐具等，色泽形制和花纹，看上去与传统漆器无别。这种以现代材料或技术来保留、继承传统文化的例子，还有很多，随处使人感到日本是很注意继承传统的。另一方面，由于控制自然的力量加强，如冬天照样吃黄瓜和西红柿，季节感因而淡漠，日本人在某种意义上可以说与大自然日益疏远。可是日本人在生活中并没有完全忽略大自然，樱花季节的观樱是典型的例子。我离开东京的前一天(4月5日)，特地去了上野。当时樱花还只开了十分之三，而下午三点左右便已有人铺了毯子"占座"，准备朋友们下班后来赏花饮酒，据说有时流连到深夜。我想这是日本人民自古以来对季节敏感、对大自然热爱的遗风，秉烛夜游，亦可谓不失赤子之心吧？

　　当然，我也发现某些传统文化不受重视、趋于衰落凋零的例子。前些年我研究孙中山与宫崎寅藏关系问题，从宫崎的《三十三年落花》知道他一度受教于"浪花节"名家桃中轩云右卫门，曾登

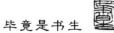

台演出。"浪花节"又名"浪曲",是用三弦伴奏的个人又唱又说的表演。德川时代以来流行,明治末年尤盛,但我从未听过。此次东游,我想一定要领教一下宫崎滔天当年从事的职业,于是在浅草找到了表演浪曲的小剧场"木马亭"。台上一位身穿和服六十开外的老人,手里只扇子一把,时而念白,时而用力低声哼唱,十分卖力气。旁边有一妇女弹三弦伴奏。这个场面使我想象当年白浪滔天"落魄江湖"的情景,也使我回忆起四十多年前在哈佛大学时,英利世夫先生上江户文学习明那尔课,讲到得意时哼唱起来的情景。但更使我惊奇而感叹的,是一百几十个座位的剧场,只有十三四个听众,而且都是老年人!以后我在上野又去过一家类似中国曲艺剧场的地方,看了相声、杂技等表演。相声是男女合说,大约内容比较现代化,不像浪曲那样专唱封建社会的"义理人情",因而生意比较兴旺。至于那天看到的日本杂技,则是身穿和服跪坐在地耍几只球,使人想起汉画像中弄丸之戏。比起中国今天惊险绝伦的杂技,只可说饶有古风了。

前面谈到日本之被誉为国际化,其实不只学术而已,人民生活衣食住行更无不如此。衣住行方面如西装革履、摩天大楼、汽车摩托,固无论矣。早就听说日本人民饮食结构改变,面包代替了米饭,因此不少儿童不会用筷子。这次二十多天的生活,对于日本人民在食的方面之国际化又有所认识。闹市上的大小饭馆,几乎各国风味都有,"中华料理"自不必说,法式西餐、意大利面条和比萨、美国汉堡包与烤鸡、德国各式香肠、印度咖喱饭,等等,等等,应有尽有。甚至糖果点心,从形式到味道,从商标到包装,看起来与欧美厂家出品一模一样。这些可能是工人师傅受过外国培训,或是合资经营。大家知道日本工业原料如石油、铁矿砂等都仰给国外,原来食品原料亦复如此。我归国之前,研究中国思想史的沟口雄三先生不仅亲自驾车相送,还在家请我吃涮羊肉饯别,而他告诉我,这羊肉是从澳大利亚来的。日本人目为头等美味的生鱼片,其最好原料金枪鱼是从拉美或太平洋岛屿捕来的。这些都帮助我们理解,日本的国际化有其必然性。这也就决定日本需要和平,决不能再发动或卷入战争。

从市场来看,日本物资极为丰富,据说绝大部分人民的生活已达到中产水平。令人既吃惊又惋惜的浪费现象,看来仅次于美国。但是,据我很有限的了解,首都东京还有三谷那样的贫民窟,从电话亭里的小招贴广告得知,还有一些妇女自觉自愿出卖灵魂和尊严。我在汤岛神社看见数以千百计的祈祷木牌挂在殿前,上面写着从升学、就业直到各种各样的愿望。这类木牌不止东京一地汤岛一处,而是举国存在的现象,反映着人们的精神和思想。精神文明怎样与物质文明协调一致共同向上?日本今后究竟走向何方?我带着日本学术界的深情厚谊和这两大问号,离开了成田机场。

我的"《我的前半生》"

1989 年来纽约"就养",手边无书,难做研究。因回忆中华书局 1963 年所出《魏晋南北朝史论集》中某些论文的有关掌故,写成小文。这本论文集收的是 1949 年以前亦即我三十七岁以前的文章。其中个别篇虽发表稍晚,构思属稿均在以前。因此,出书以后,我联系溥仪自传之名,戏称此书为"《我的前半生》",现在即以此名篇。几十年来,由于种种原因,我游骑无归,不能专一于魏晋南北朝史研究工作。而今垂垂老矣,脑力体力都已远远不逮,更难望有高水平成就,只好满足于饾饤之学,写了一本札记"甘为乾嘉作殿军"了。

理解陈先生

1936 年秋,我进了南京北极阁下历史语言研究所。分配给我的任务,是魏晋南北朝史的研究。但所里并不做 任何具体要求,由个人自由读书探讨,也不须预定题目,克期完成。我用了约半年时间,比较从容也比较仔细地读了南朝宋齐梁陈四部正史,写成一篇《南朝境内的各种人及政府对待之政策》。回忆当时情境,读书积累有水到渠成之感，自然而然地写出论文。没有压力，也没有什么提职提级等等今天与研究工作纠缠在一起的杂念，只有研究的乐趣，因而立意终身从事于此。在此期间，关于溪人问题曾向在北京的陈寅恪先生请教。陈先生热情提出自己的意见。他喜欢用明信片。他每每自称"初无定见""极为可笑"，其实是反映了他思想的活跃与识见的敏锐。后来陈先生撰文论述《魏书·司马睿传》中江东民族问题，在文章开端叙述了这段往事，颇富感情。此文发表时，我还在美国，胡适之先生首先见到，并以见示，我深受感动。

蒋天枢先生编陈先生全集，所收江东民族条释证文中，删去了此节。这当然不可能是蒋先生自作主张，定是本陈先生意旨。我看到全集后，不假思索，立即理解陈先生的用意。陈先生为文遣词用字都极考究，晚年诗文寄慨之深，尤为严谨。对于旧作的增删改订，必有所为，删去此节，正是目我为"曲学阿世"（《赠蒋秉南序》中语），未免遗憾，因而不愿存此痕迹。我始终认为吴雨僧先生对陈先生的估计完全正确，陈先生可算是新社会中的"文化遗民"。1964年秋间，我陪外宾有机会去广州，停留短暂。但我仍抓紧时机，在一个晚上去探望了陈先生。那时他已折腿卧床，对我之晋谒很高兴，对北方旧友垂询甚殷。这是他离清华十六年后，我第一次见到他，也是我与陈先生最后一次会面，会见气氛始终是温暖融洽的。但另一方面，全集定稿在江东民族释证文中删去此节，我以为不只是对我个人的表态，而是更有深意存焉，是陈先生作为"文化遗民"的必然行动。我对此不仅毫无怨怼情绪，而且充满理解与同情，毫不因此而改变对陈先生的尊敬与感情。当然，他作为"文化遗民"的种种表现与行动的是非评价，则又当别论。我想这样处理，不是学历史的人"知人论世"所应采取的通情达理的态度吗？

博士论文的点滴精华

我 1944 年在美国哈佛大学远东语文系毕业的博士论文,题为《中国的密教》(*Tantrism in China*),是堂而皇之的大题目。其实,核其内容,是翻译了赞宁《宋高僧传》中善无畏、金刚智、不空金刚三位密宗大师的传记,再加上一些考证性的附录而构成的,应定名为《唐代印度来华密宗三僧考》。西方文献中,关于印度密宗佛教的史料比较少,所以这篇论文 1945 年在《哈佛亚洲学报》上发表以后,颇引起注意。哥伦比亚大学汉学家富路特教授致书称道。由于中美之间文化学术关系不久即断绝,以后关于此文的反应我了无所知。1982 年再度访美,在柏克利加州大学兰开司特教授家中,遇见几位青年佛教史学家,他们知道我是《中国的密教》一文作者后,说曾复制此文供参考,颇致钦挹。后来北大东语系王邦维博士见告,一本英文佛教史论著索引中,也推荐介绍了此文。有一位美国学者撰文论述善无畏的梵名,也曾寄给我。这些,对我可谓是不虞之誉了。我认为论文中的某些考证对于中国历史研究可能有点用处。于是就用这些材料,写成关于赞宁《高僧传》中几个问题的小文。

空谷足音——"变"字来源

向达先生的《唐代俗讲考》是有关俗讲和变文的荜路蓝缕不刊之作。我读后写了一篇《读〈唐代俗讲考〉》,就正于向先生。向先生提掖后进,介绍发表。我在文中就"变"字语源试做推测,以为或与梵文 citra 一字有关，这个字有"绘画""杂色""变化"之意，我当时希望通西藏文的专家，能从藏文进一步找到证据，证明变文之"变"与 citra 的关系。不幸通藏文者对变文无兴趣，有志于变文者，又不解藏文，我的愿望终于落空。此后，不少讨论"变"字意义的论著百花齐放，有种种说法，但都止于各执己见，对别家之说不加辩驳。所以，我的假设也一直搁置起来，处于存而不论的状况。

1989 年三游美国，访问了宾夕法尼亚大学。东亚研究系的西方唯一研究变文的专家梅维恒(Victor H.Mair)教授，以新出版的大著《唐代变文》(*Tang Transformation Texts*，收在《哈佛燕京学社专题丛书》)见赠。书中第三章"变文一词之意义"列举诸家之说，一一辨析其得失。第六十三页征引我的 citra 之说，认为虽然可算"有意义的猜想"，但他进一步探讨，举出 citra 的诸种汉译。据他所知，此词从未译成中文"变"字，从语源学也难把变文的"变"字与 citra 相联系。我感谢梅维恒教授，使我悬而未决达四十余年之久的推测，得以明确解决，诚可谓空谷之足音也！

《乞活考》招来灾难

《乞活考》是在 1948 年底、1949 年初完成的一篇论文。乞活是西晋末年一部分流民的称号，他们在五胡占领中原以后，据守黄河南北，成为缓冲地带。他们抗击北方胡人政权，与东晋北伐军时有联系，心向南方。他们聚族而居，父死子继，是一支存在了几十年的武装力量。

"文化大革命"中，我错误地介入派性斗争，被对立面一派视同死敌。历史系的一位教师和一个红卫兵，抓住《乞活考》大做文章,硬说此文乃为蒋政权出谋划策的"大毒草",对我一而再、再而三地大肆批斗。他们的歪理是:此文撰写时间在 1948 年底、1949 年初,正是蒋政权节节败退、退守江南之际。文中描述黄河两岸乞活兵力及活动,指出其心向东晋政权,抗击胡族政权,正是把东晋比成蒋政权,向他献策,劝他在黄河两岸布置隐蔽的军事力量,像乞活军那样,伺机进攻占据北方的共产党新政权。这是主要的两条,其他穿凿附会、歪曲解释的细节还有不少,手边无书,不复省记。对这种离奇可笑、荒诞无稽的文字狱罪,我当然绝不承认。而且,我告诉他们:"即使我有意为蒋政权出谋划策,也不能把它刊登在一期只印几百本的纯学术刊物《燕京学报》上!"这只是"文革"千千万万桩案子中的一桩。即此一桩,就可以知道"文革"中的文字狱以及其他形形色色的冤狱如何锻炼而成,如何深文周纳,令人发指,到"四人帮"时又发展成为"影射史学",四处攻击,其罪恶更是擢发难数了!

新史讳举例

陈援庵先生的《史讳举例》是我国史学界经典著作,为治史者必须熟悉的工具,几十年来,我在史学界经历了一些由于政治原因而类似"避讳"的事实。胪列于后,可称为新史讳举例。

我的《论宇文周种族》一文,系在史语所时撰写,曾就此问题与所长傅孟真先生交换意见。文章在集刊发表时,"随例"附带提到傅所长。60 年代中华书局印论文集时,我当然又"随例"删去他的名字,政治避讳也。《〈牟子理惑论〉时代考》完稿于北京解放之前,曾就正于胡适之先生,他以长信答覆讨论。此文交《燕京学报》

发表已在 1950 年。我认为应把胡先生及周祖谟先生讨论函和论文一同发表，但对胡函有点犹疑。学报主编齐思和先生断然表示："这是学术讨论，与政治无关，可以一起登。"而 1963 年中华书局出论文集时，我当然又"随例"避讳删除，只保存了周祖谟先生一封信。

　　我自己呢，恶有恶报，受到"以其人之道还治其人之身"的公平待遇。由于被调到"四人帮"操纵的"两校大批判组"(笔名梁效)工作，"四人帮"打倒后，受了几年政治审查。所以，有人辑印有关匈奴的论文，辑录了我《论宇文周种族》一文，而采取"姑隐其名"的办法，以不著一字的无名氏姿态，与其他作者的署名并列。有人辑印中国史学史方面论文，独不收我的《魏收之史学》，无他，政治避讳也。但稍后程千帆先生在其大著《史通笺记》中却提及此文，似尚有可取之处。《北京大学学报》刊登鬲老和郭沫若院长讨论朝鲜李朝一位学者的通信，这是为鬲老平反后恢复名誉的各种措施之一。我曾为他们提供材料，信札中提及，但是对不起，我的姓名却被 XXX 所代替了。据说当时学报编辑部中有过争议，一种主张是完全删去我提供材料的事，一种则主张事实应保留，而姓名不宜出现，结果后一种意见被采纳。尤其妙的是，台湾方面 50 年代翻印大陆出版物，或征印大陆作者著作，姓名都换成同音字，或两字之名削去一字(现在已不这样做)。这种做法，其用意有似清廷把孙文的"文"字加上三点水变成"汶"字，以昭著其为罪人。周法高先生《颜氏家训汇注》中乔蒙提到"周乙量"，即是一例。周法高先生精于小学，仿佛记得金文中良字与量字本可以相通，足见周先生为我更名是有依据的。可能我的名字在台湾有时写成周乙良，以致害得梅维恒教授在他新著所附极为详尽的参考文献目录中，

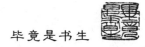

"周一良"条在"一"字底下,还费时用括号加注"乙"字!

"风物长宜放眼量",事情放在较长一段流光中来考察,就能较为超然,就能较为公正,就能实事求是,就能通情达理得多。新史讳举例已毕,我想还应当重复一下齐思和老学长的话:"这是学术讨论,与政治无关。"多么斩钉截铁,泾渭分明啊!无论上述哪一类型的政治避讳,都徒然是庸人自扰而已。

关于"乾嘉殿军",指的是1985年中华书局为我出的《魏晋南北朝史札记》。此书撰著经过这里不谈,它基本上是短篇考证文字。陈援庵先生逝世后,亡友邵循正先生有副挽联,下联云:"校雠捐故技,不为乾嘉做殿军",颂赞颇为得体。我想,我这部札记只好"甘为乾嘉做殿军"了。

1989年6月1日写竟于纽约布朗克司

纪念陈寅恪先生

　　我和在座的国内外诸位先生一样,抱着十分崇敬和无限怀念的心情,来纪念陈寅恪先生。我的发言,想分为三部分:一、从陈先生自己的话来认识陈先生;二、30 年代一些青年学生心目中的陈先生;三、陈先生开拓的学术领域(魏晋南北朝史)的现状与发展。

一

　　第一,从陈先生自己的话来认识陈先生。这几句话就是:"寅恪平生为不古不今之学,思想囿于咸丰、同治之世,议论近乎曾湘乡、张南皮之间。"(冯友兰《中国哲学史》下册审查报告)关于不古不今之学,汪荣祖教授在他的《史家陈寅恪传》中已有明确解释,认为是指中国历史的中古一段,亦即魏晋到隋唐这一时期。清华大学 1932 年秋季的学程说明中,说"以晋初至唐末为一整个历史时期",当系陈先生所拟定。据传陈先生还曾说过,汉以前历史材料太少,问题不易说清楚,宋以后印刷术发明,书籍大量广泛流通,材料又太多,驾驭不易,所以选取魏晋到隋唐材料多少适中的

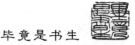

一段作为研究对象。如果此话属实,也可以帮助解释为何陈先生选择了这个不古不今的段落。为什么说"思想囿于咸丰、同治之世",则不易理解。实际上,陈先生服膺于张之洞《劝学篇》中主张的"旧学为体,新学为用",亦即"中学为体,西学为用"的思想。这个思想是1898年即光绪廿四年戊戌变法前张之洞正式标举出来的。汪荣祖教授指出,光绪初年此说已经流行,所以他的《史家陈寅恪传》的第二章标题,径作"思想在同、光之间",我认为这样提法是符合实际情况的。但陈先生在审查报告中为何自称"咸丰、同治之世",我猜想会不会因为曾国藩卒于1872年亦即同治十一年,所以用同治为断限?这只是毫无根据的臆测,有待于进一步探讨。

"议论近乎曾湘乡、张南皮之间",这句话倒是颇为清楚的,但我们今天对这句话的理解,也大有明确一下的必要。首先,陈先生说这话是在1933年,也就是辛亥革命推翻清王朝以后的二十二年,说明陈先生之有取于曾国藩与张之洞,绝不是要在政治上效法他们,仍然忠于清室做遗老;其次,我们在80年代新中国的今天,推想陈先生这句话中所包含的理想与实践,不能像极"左"路线流行时以及"文化大革命"中那样,把曾国藩只当作镇压太平天国的刽子手,目张之洞为力主镇压义和团的清廷帮凶,而抹煞他们两人的其他一切方面。如果这样,就无法正确认识陈先生的自述。可喜的是,我们今天已经有条件全面评价帝王将相统治阶级人物了。新中国成立后也曾有人说过,曾国藩若不是镇压了太平天国,应当说他是封建社会中典型的完人。其实,即使如此,也应当承认曾国藩是封建社会中对儒家伦理道德能身体力行的士大夫阶层的代表人物。而张之洞呢,早年就和陈宝琛、张佩纶等并称为清流,是朝廷上敢于说话的知识分子,与号称浊流的以吏治能干见长的官僚相对立。以后他提倡"中学为体，西学为用"在当时仍有积极意义。在对待帝国主义方面，曾张二人固然不像徐桐之流那样盲目排外，也决非彻头彻尾投降。曾张两人都曾兴办洋务，不能否认其中有很大成分的目的是出于抗御外国侵略。中法战争时，张之洞起用冯子材，击败法军。曾国藩办天津教案时，并非事事都按清廷投降意旨处理。由于他的努力，天津的地方官多少得到保全，他自己说"外惭清议，内疚神明"，正说明他民族良心未泯。曾国藩1870年教案办完后，1872年初就死去，看来跟他在天津碰上的糟心事不无关系。曾国藩之镇压太平天国农民起义，一方面是为了维护清王朝的封建统治，另一方面也是为了维护太平天国要推翻而他所笃守的孔孟之道。曾国藩在军中不废读书，还想"以戴段钱王之训诂，发为班张左马之文章"。张之洞也是有学问的人。他19世纪70年代任四川学政时主持编纂的《书目答问》，八十年间一直是指导封建知识分子读书的津梁。新中国成立后，此书仍是研究古典文献的人有用的参考工具。成都的尊经书院和广州的学海书院，都是张之洞创立的，它们在培育人才、传播文化方面，起了良好作用。我想，这就是陈先生心目中议论与之相近的曾湘乡与张南皮吧？我体会，无论做人或做学问，陈先生都是以广义的"中学为体，西学为用"的精神为指导的。做人方面，他服膺旧中国数千年来的封建伦理道德，同时接受西方资产阶级民主自由理想。做学问方面，他遵守乾嘉朴学实事求是的学风，同时吸收西方近代历史、语言科学的研究方法。

另一方面，如果我们从政治角度来认识陈先生，我的看法是这样的：陈先生如同自来正直的士大夫一样，是爱国主义者。他关心时事政治，拥护清明的政治，痛恨腐败的政治。他热爱中华，反

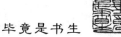

对对外国奴颜婢膝。在他的历史研究工作中,各代政治所占地位极为重要,这一点大家读陈先生著作自然都清楚。但是,他本人又像历来某些士大夫那样,远离现实政治,不愿沾边。他自己明说,教书四十年,"只是专心教书和著作,从未实际办过事"。在旧中国,他虽长期担任历史语言研究所第一组(历史组)主任,却始终住在清华园教书。在新中国,他坚辞第二历史所所长职务,始终不离广州。此无它,不愿居政治中心所在的南京与北京也。这可能出于他的书生气质,而这种气质之养成,很可能与他父亲陈散原(三立)先生的影响有关。徐一士《一士类稿·谈陈三立》条云:"昔年北政府盛时,闽赣派诗团优游于江亭后海,或沽上之中原酒楼,往来频数,酬唱无虚;陈则驻景南天,茕茕匡庐钟阜间,冥索狂探,自饶真赏。及戊辰(1928)首会迁移,故都荒落,诗人太半南去,此叟忽尔北来。……此中委曲,殆非世俗所能喻。而其支离突兀,掉臂游行,迥异常人,尤可钦焉。"可见散原老人有意远离北洋军阀与国民党的政治中心,就像他自己的诗句所说:"且作神州袖手人。"散原老人五个儿子中,只有一人从政,其余都从事文化教育,似亦可与陈先生之远离政治联系起来考察。

陈先生治史的观点,认为文化超越于政治、经济、民族等等之上。而在现实生活中,也贯彻了这个思想,这在悼念王静安(国维)先生的有关诗文中有集中反映。如《挽王静安先生》诗有句云:"文化神州丧一身。"挽词序云:"凡一种文化值衰落之时,为此文化所化之人,必感苦痛,其表现此文化之程量愈宏,则其所受之苦痛亦愈甚。"两年以后所撰《王观堂先生纪念碑铭》进一步阐述了文化超越政治、真理必须独立自由的道理:"士之读书治学,盖将以脱心志于俗谛之桎梏,真理因得以发扬。思想而不自由,毋宁死耳。

斯古今仁圣所同殉之精义，夫岂庸鄙之敢望？先生以一死见其独立自由之意志，非所论于一人之恩怨，一姓之兴亡。"所以，陈先生在挽词中虽有"一死从容殉大伦""回思寒夜话明昌，相对南冠泣数行"，以及"他年清史求忠迹，一吊前朝万寿山"之类的句子，表面上像是在哀悼作为清室遗老的王静安，实际上，陈先生认为王静安之死有其更深刻的原因，不是一姓之兴亡(指清朝)所造成的。陈先生这种文化至上的观点始终未变。吴雨僧(宓)先生1961年重晤陈先生之后曾说："寅恪兄之思想及主张毫未改变，即仍遵昔年中学为体、西学为用之说(中国文化本位论)。"我看吴先生确是真知陈先生者。汪荣祖教授所著传记的"思想在同、光之间"一章，以吴雨僧先生此语作为结尾，堪称史家卓识。我想海内外真正同情和了解陈先生的人，一定都同意汪荣祖教授不凡的史识。明乎此，然后可以理解两方面的现象：一方面，陈先生不去台湾，不走香港，对新中国的建立和兴旺发达有所感受，"百花齐放听新莺"和"倍觉承平意味长"之类的句子，多少表达了这种情绪；另一方面，在新中国成立后的诗中，又有不少低沉悒郁、愁苦凄绝不能自已的诗句，表现出对传统文化的执着依恋。这种痛苦的矛盾，陈先生自己始终没能解决，直到爆发所谓"文化大革命"。王静安先生在辛亥革命和五四运动以后，一直在形式上拖着辫子，还充当小"皇帝"的"南书房行走"，但他还有条件远离现实政治，没有参加他所不赞成的张勋复辟，且这种怀旧也没有妨碍他在中华民国的清华学校国学研究院担任导师。陈先生不幸而遭逢"史无前例"的大灾难，他虽欲远离政治而红卫兵的政治却不放过他，终于备受迫害而死。"废残难豹隐，九泉稍待眼枯人"十二个字，可谓一字一泪，至今读之犹令人黯然神伤。汪荣祖教授所撰传记，以"废残难豹隐"五字作为全书倒数第二章的标题,真是点睛之笔。陈寅恪先生如果能活到打倒"四人帮",和我们这些知识分子一起,迎接科学的春天,那该多么好啊!

陈先生的学术,我想用他自己描述王静安先生的话来形容和概括最为恰当:"博矣,精矣,几若无涯岸之可望,辙迹之可寻。"陈先生学问之博洽,早已有口皆碑。吴雨僧先生与陈先生在美国同学时,就"惊其博学",以为"合中西新旧各种学问而统论之,吾必以寅恪为全中国最博学之人"。杨遇夫(树达)先生1942年赠陈先生诗云:"朋交独畏陈夫子,万卷罗胸不肯忘。"我还记得唐立庵(兰)先生说过,当年吴子馨(其昌)先生同他纵论并世学人,曾作大言云:"当代学者称得上博极群书者,一个梁任公,一个陈寅恪,一个你,一个我。"但更重要的是既博而又精,所以吴雨僧先生在"惊其博学"的四字考语之后,紧接着说了四个字:"服其卓识。"他归国以后在清华重晤陈先生,赠诗又有句云:"独步羡君成绝学。我印象最深的,是陈先生文中常说"发前人未发之覆"。陈先生的每本著作,每篇文章,都可以当得起这句话。

陈先生何以能不断"发前人未发之覆",他自己没有讲到过。我想,非凡的天资,其中包括敏锐的观察力与惊人的记忆力,是头一条。与天资并起作用的,是陈先生古今中外,博极群书。第三条是良好的训练,其中包括清代朴学的基础,古典诗文的修养,西方历史语言研究方法的训练,各种语言文字的掌握。最后但决非最不重要的一条,是勤奋刻苦。新中国成立前卓然成一家的历史学大师中,完全地而不是部分地、充分地而不是稍稍地具备这四方面条件者,恐怕不多。新中国成立以后,我粗学马列,感到陈先生虽不承认自己是马克思主义者,但他治学之道却充满朴素的辩证法，善于一分为二和合而为一，这也许是陈先生在新中国成立前的史学界能够冠绝群伦的主要原因吧。陈先生不少论文处理的是小问题，但他从不就事论事，而是联系大问题来考察，亦即陈先生所说的因小以见大。用今天的话说，就是从微观到宏观，把两者结合起来。陈先生论述历史现象时，经常注意区别共性与个性，研究二者之间的区别与联系。他看历史问题很重视纵向观察，看源流和演变，能以几百年历史为背景来观察。正由于如此，陈先生的论著大都视野广阔而辨析精深，符合于辩证法。在讨论政治史时，无论人物、事件或典章制度，陈先生都不是就政治论政治，而往往联系到文化来考察其关系，这样就更全面而有说服力。陈先生开辟了运用文学作品阐述历史问题，又利用历史知识解说文学作品的崭新途径，左右逢源，令人叹服。陈先生渊博的梵文以及满、蒙、藏文知识，使他的学问具备另一特色。他不仅利用汉文以外的语言文字从对音和译义来考察汉文佛典、史书与诗文，还探索中国与印度在宗教思想以及文章体裁上的关系与影响，树立了如何深入研究文化交流和比较文学的光辉典范。《蒙古源流笺证》由张孟劬(尔田)先生修订时，大都根据了陈先生用梵藏文字勘校所得的结果。

以上是我学习陈先生著作后试图展望的"涯岸"和试图寻求的"辙迹"，体会不深，远远不足以概括陈先生的卓越成就与丰硕业绩，希望在座诸位先生批评指正！

二

现在从我自己的体会，回忆一下 30 年代抗战前学历史的大

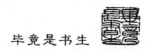

学生心目中的陈先生。

我1931年进入辅仁大学历史系，那时辅仁开办不久，制度很不健全，对低年级课程毫不重视。一年级有两门中国史课程。先秦史由驰名中外的中西交通史专家而与先秦研究了无关系的张亮尘(星烺)先生讲授，上课只是念好像根据马骕《绎史》编成的厚厚一册讲义。另一门中国近百年史，用中华书局出版、陈怀所编《中国近代百年史要》，教授却是柯凤荪(绍忞)先生长子、专精金石学的鉴藏家柯燕舲(昌泗)先生。柯先生不能阐发近百年史的要点，只喜欢大谈清末掌故，我当时倒颇感兴趣，但并未学到多少中国近代史。而辅仁大学中国文史方面著名学者如陈援庵(垣)先生、余季豫(嘉锡)先生、伦哲如(明)先生等，一年级学生都无缘接近，更谈不到亲聆教诲了。我感到不满足，决心转学；由于没有读过中学，所谓国立大学如北大、清华、师大等根本进不去，于是1932年转学到私立的燕京大学，插入历史系二年级。进燕京后头一年中国史方面的课程，有邓文如(之诚)先生的断代史和洪煨莲(业)先生的史学方法。当时燕京的断代史从秦汉讲起，除宋辽金元史由张亮尘先生来兼课之外，各段都由邓先生讲授。作为讲义用的《中华二千年史》，实际只是参考资料，邓先生讲课另起炉灶。他注重一个朝代兴亡治乱的大势和典章制度的沿革得失，间或讲些小典故。邓先生讲课娓娓而谈，很能吸引同学。记得邓先生开的断代史我都选修了，其中我对魏晋南北朝一段特别感兴趣。可能因为邓先生早年喜欢研究这段历史，还写过《南北朝风俗志》，所以讲课也特别精彩。我以后专搞这段历史，就是受了邓先生影响，引进门的师傅，就是邓文如先生。洪煨莲先生教的是历史系学生必修的史学方法，分初级、高级两门。初级史学方法从如何做卡片讲起，包括引书必须忠实于原文，引用前人说法和材料必须注明出处，尽量追溯第一手史料，如何写成一篇论文，如何列举参考书目，等等。对于对考据之学已略窥门径的我而言，这些内容未免显得卑之无甚高论。但洪先生口才极好，讲课仍很引人入胜。他布置作业，让学生运用他所讲的方法试写论文，要求非常严格，这确实也是极有益的训练。以后我搞研究时的严肃态度和一丝不苟的作风，是和洪先生的教导分不开的。《新唐书宰相世系表引得》的序言，就是我在高级史学方法班上的作业。洪先生讲课内容使我长久不忘的，还有他所说：只要你掌握五个 W，你就掌握了历史。五个 W 者，Who(何人)、When(何时)、Where(何地)、What(何事)、How(如何)也。

1935 年我毕业后，又在燕京读了一年研究院。当时燕京有一位同学俞大纲先生(后在台湾逝世)，是陈先生表弟，精于唐史，后入史语所工作。他经常向我们谈到陈先生学问既博且精，于魏晋隋唐的历史造诣尤深。1935 年秋季，我做研究生比较空闲，抱着听听看看的心理，到清华三院教室去偷听了陈先生讲魏晋南北朝史。第一堂课讲石勒，提出他可能出自昭武九姓的石国以及有关各种问题，旁征博引，论证紧凑，环环相扣。我闻所未闻，犹如眼前放一异彩，深深为之所吸引。同时从城里来听讲的，还有劳贞一(干)先生(加州大学洛杉矶分校退休教授)和余让之(逊)先生(已故北京大学教授)。他们两位都从北大史学系毕业不久，当时已在史语所工作。我们都很喜欢听京戏，第一堂课听下来之后，三人不约而同地欢喜赞叹，五体投地，认为就如看了一场著名武生杨小楼的拿手好戏，感到异常"过瘾"。我从此风雨无阻到清华去听课，同时搜罗陈先生在各杂志上发表的论文来阅读，虽然当时对其中不少内容并不甚了了。现在回想，从劳、余两位和我当时的反应看来，陈先生的讲课和北大、燕京两校老师确实不同，各有千秋。但陈先生讲课之所以使我们这些外校的学生们特别倾服，应有其原因。今天我回忆，当时想法有两点。一是陈先生谈问题总讲出个道理来，亦即不仅细致周密地考证出某事之"然"，而且常常讲出其"所以然"，听起来就有深度，说服力更强。联想洪先生五个 W 之说，就觉得缺第六个更大的 W 即 Why(为何)，未免有不足之感了。当时另一点想法是，别位先生的学问固然很大，但自己将来长期努力积累，似乎并不是办不到；而陈先生的学问，似乎深不可测，高不可攀，无从着手，不可企及。这种认识当然与今天如何评价陈先生的学术无干，仅为了说明 30 年代的青年在心目中如何看待陈先生而已。

1936 年夏间，我经俞大纲介绍，谒见了陈先生，他推荐我进了已经迁往南京的历史语言研究所。陈先生是历史组组长，但并不过问具体事务，组内成员自由读书，选题研究。但陈先生在组内以至所内的威信极高，无形中的影响也极大。说起来可笑，当时我们几个史语所中的青年，甚至写文章引书的卷页号码，都仿效陈先生的做法，使用大写数字。回想我在燕京时所写关于魏收的史学、北魏镇戍制度等论文，明显是邓文如先生的路数。到史语所后一年中所写关于南朝各种人、宇文周种族、领民酋长等三篇论文，着眼于南北侨旧的分野、民族问题、婚宦问题等，研究的途径和成果，显然是陈先生影响下的产物了。

以后我得到哈佛燕京学社奖学金，有机会赴美学习，燕京大学给我的任务，是搞日本语言文学，对此我也很有兴趣。但我对历史并不愿放弃。自己觉得，陈先生的天资及修养不能学而得之，非靠努力所能办到，但陈先生掌握的语言工具我如能略通一二，肯定有利于在历史研究上走陈先生的学术道路。因此我在哈佛大学的七年中，花了相当多时间精力学习梵文，计划以后教日本语文之余，继续研究魏晋南北朝史。1946年回国后，确也照此计划实行了。这里顺便谈一下陈先生对待朋友和后辈的态度。陈先生对朋辈的学术造诣，向来是倍加推重的。他尊杨遇夫先生为"汉圣"，杨先生在回忆录中一再提到陈先生的鼓励。对于后辈，只要有一得之愚，他总不吝嘉奖，不少后辈的论著都有陈先生加以勉励的序文。我在清华中文系开"佛典翻译文学"课，系主任朱佩弦(自清)先生事后告诉我，他问过陈先生我行不行，陈先生表示赞成，朱先生才同意的。1946年到1948年间，我有机会时聆陈先生教诲，同时给陈先生译读日文杂志的论文。新中国成立以后，由于工作需要，我的任务屡变，游骑无归。再加以政治运动不断，精力分散，旧业抛荒，新领域也未能深入下去。几十年来，在魏晋南北朝史方面，陈先生的学术道路我只能是"虽不能至，心向往之"。1964年我到广州，是新中国成立后第一次也是先生生前最后一次和先生相会，竟没有任何新成就向他老人家汇报。从那时到今天又是四分之一世纪过去了，来广州纪念陈先生，深感有负先生的厚望，心中无限惭愧。

三

陈先生的学问方面极为广泛，所开拓的领域很多，我只能就魏晋南北朝史发言。自己见闻非常有限，港台学术动态所知尤少，必然多所挂漏，希望批评指正！

追溯这段历史的研究,自从《三国志》《晋书》和八书二史成书之后,头一个整理研究这四百年历史的,当推北宋司马光和他的《资治通鉴》。他利用正史和许多正史以外资料,审核比较,选择可信者笔之于书。他和助手们剪裁排比,把这四百年头绪纷繁的历史叙述得井然有序,体大思精,明白清楚。《通鉴》从建安元年(196)曹操奉献帝都许,到隋开皇九年(589)平陈,这一百一十五卷(占全书39%)就是司马光和他的助手研究魏晋南北朝史的成果,而《通鉴考异》则反映了研究的过程。清代学者在治经之余,有不少学者以治经之法治史。他们所考订多包括《三国志》以下诸史的史实、文学等等,如钱大昕、王鸣盛诸家。洪颐暄的《诸史考异》则专考订《三国志》《晋书》和八书二史。赵翼的《廿二史札记》与上述各家有所不同,胪陈史事,贯串论述,也涉及这一段。此外还有各家的补表、补志等。卢弼的《三国志集解》和吴士鉴的《晋书斠注》,汇总了清代学者对这两部史书的考订。大体可以说,清代学者在这一段的史料考订上取得了不少成绩,而在这段历史的研究上,则没有在司马光之外做出什么成就。

陈先生很推崇司马光的《资治通鉴》,而陈先生本人的著作,则在司马光之后把魏晋南北朝史的研究推进到一个新的阶段。陈先生把敏锐的观察力与缜密的思考力相结合,利用习见的史料,在政治、社会、民族、宗教、思想、文学等许多方面,发现别人从未注意到的联系与问题,从现象深入本质,做出新鲜而令人折服、出乎意想之外而又入乎意料之中的解释。陈先生善于因小见大,在魏晋南北朝史研究方面虽没有写出像《隋唐制度渊源略论稿》和《唐代政治史述论稿》那样综观全局、建立框架的论著,但除经济而外许多重要方面的大问题都接触到了。陈先生长于贯通、观察发展变化,如从南北朝分别找出唐代各种制度的渊源,他的魏晋南北朝史研究与唐史研究是相辅相成、互相促进的。

"五四"以后关于古史的辩论很热闹,但对魏晋南北朝这段历史的研究却异常寂寞。1928年清华改旧制为大学,陈先生应聘为中文、历史、哲学系三教授,1931年开始讲授"魏晋南北朝史研究"专题课。而这段历史的研究,似乎也从此在史学界逐渐兴旺起来。从30年代初到60年代末陈先生逝世时,从事这段历史的研究并做出贡献的学者,不少是直接受业于陈先生的学生,如蒋天枢(文化史)、姚薇元(北朝胡姓)、谷霁光(府兵制)、杨联陞(社会经济)、汪篯(均田制)、徐高阮(《洛阳伽蓝记》、山涛论)、万绳楠(政治史)、胡守为(政治史),此外有杨筠如(九品中正)与何士骥(部曲)两人,都是清华国学研究院学生。但他们在清华时,陈先生主要研究满、蒙、梵文与汉文文献的对照,尚未讲授魏晋南北朝史,杨何两家著作中,也看不到陈先生影响。其他在此领域做出贡献而并非陈先生及门弟子者,有余逊(政治史)、贺昌群(土地制度)、武仙卿(经济史)、刘汝霖(学术史)、王仲荦(政治、文化)、马长寿(民族史)、劳干(政治史)、唐长孺(政治、经济、文化、思想等多方面)、谭其骧(民族史)、何兹全(经济、军事)、缪钺(政治、文化)、牟润孙(政治、文化)、王伊同(门阀)、严耕望(行政制度)等。这些人中的大部分都或多或少受了陈先生学风的影响。他们几乎都不是只研究魏晋南北朝,而是或上连秦汉,或下及隋唐,只有这样才能观历史之会通,这也是陈先生做出的榜样。其中谭其骧专治历史地理,缪钺长于文学,都兼及这段历史。唐长孺涉及多方面的三本论文集,姚薇元的胡姓考,严耕望的地方行政制度史,以及谭其骧、劳干、何兹全的某些论文,成为研究这段历史的人必读的论著。

陈先生逝世以后，特别是打倒"四人帮"、拨乱反正以后这二十年来，魏晋南北朝史研究和其他学科一样，蓬勃发展。首先是队伍扩大，形成了一些研究中心，并出版专门刊物。中国社会科学院历史研究所有以熊德基、黄烈为首的魏晋南北朝隋唐史研究室，有关成员有张泽咸、朱大渭、童超等，出版了《魏晋隋唐史论集》。武汉大学有以唐长孺为首的三至九世纪史研究室，成员有陈仲安、黄惠贤、朱雷、陈国灿、杨德炳、卢开万等，出版了《魏晋南北朝隋唐史资料》，实际是论文集的谦称。北京师范大学有以何兹全为首的研究室，成员有黎虎、曹文柱、陈琳国等。四川大学有以缪钺为首的研究室，成员有刘琳、马德真、杨耀坤、朱大有、方北辰、吕一飞等。北京大学有以邓广铭为首的中国中古史中心，也有魏晋南北朝史组。有这方面的研究人员而未成立机构者，山东大学历史系有王仲荦、郑佩欣等；华东师范大学历史系有简修炜、刘精诚等；上海师大历史系有李培栋、严耀中等，北京师范学院历史系有蒋福亚、许福谦等。1984 年成立了全国性的魏晋南北朝史研究会。

　　这一领域的发展，还表现在断代的通史、略史的出现和史料的汇集、整理、校订、注释。全面和某一方面的通史，有王仲荦的系统巨著《魏晋南北朝史》，韩国磐的《魏晋南北朝史纲》《南朝经济试探》《北朝经济试探》，万绳楠的《魏晋南北朝史论稿》，朱大渭主编的《中国农民战争史·魏晋南北朝卷》，李祖桓的《仇池国志》等。在若干通俗性略史中，程应镠的《南北朝史话》具有特色和深度。在史料的汇集、整理、校订、注释方面，有唐长孺多年苦心孤诣主编而成的《吐鲁番文书》，张泽咸、朱大渭的《魏晋南北朝农民战争史料汇编》(历史所的《柔然资料辑录》出版于 1962 年)，任乃强的《华阳国志校补图注》，刘琳的《华阳国志校注》，苏晋仁、萧炼子的

《宋书乐志校注》，朱季海的《南齐书校议》，朱祖延的《北魏佚书考》，王仲荦的《北周六典》《北周地理志》，周一良的《魏晋南北朝史札记》，余嘉锡的《世说新语笺疏》(成书远在出版之前)，杨勇的《世说新语校笺》，徐震堮的《世说新语校笺》，范祥雍的《洛阳伽蓝记校注》，杨勇的《洛阳伽蓝记校笺》(周祖谟的《洛阳伽蓝记校释》出版于1963年)，王利器的《颜氏家训集解》，周法高的《颜氏家训汇注》，张忱石校点的《建康实录》等等。朱铭盘的南朝宋齐梁陈四朝《会要》，也在1984年以后陆续印出。

最近几年来，魏晋南北朝史领域中的专题研究，呈现出繁荣景象。现在仅仅就我个人所能读到的论著，述其大概。挂一漏万，只能作为举例说明而已。

陈先生关于经济史方面谈得很少。唐长孺在这方面有所论述，他的学生高敏做了进一步研究(《秦汉魏晋南北朝土地制度研究》《魏晋南北朝社会经济史探讨》)，由于材料限制，难做系统概论，但高敏对某些关键问题，在前人研究基础上，做出了令人信服的结论。如论定两晋的占田与名田相同，指私有土地，而课田为课税之私田；黄籍为西晋以来正规户籍，白籍为土断以前侨户之籍。其他对吴屯田、食干制、徭役、杂户制等，都提出了富于启发性的新解释，取得可喜的结论。田余庆研究东晋百年间的政治史(《东晋门阀政治》)，研究"王与马共天下"的由来，区别旧族门户与新出门户，探讨东晋侨姓门阀的主要来源，肯定门阀政治为皇权政治的变态，论证门阀政治与流民的关系、门阀士族的经济基础及文化面貌，从理论上指出门阀政治的暂时性与过渡性。祝总斌研究汉晋到南北朝的宰相制度(《两汉魏晋南北朝宰相制度研究》)，以这段时期皇权相权的相互关系为线索，追溯了从汉代三公到唐代三省之间的演变，把八百年间中枢政权所在做了细致深入的分析。如果我们用陈先生的学风和道路来衡量，田祝两家的研究都是在对个别问题细密考证的基础上，放眼纵观东晋南朝二百几十年或汉代到唐代八百年历史，从而收到微观与宏观相结合的效果。陈先生具备朴素的辩证法，田祝两家则是自觉地运用唯物辩证法来处理历史问题，善于分析与联系，两家的著作中其例甚多。前者如论证司马越与司马颖分为两派，而又孕育出司马睿的江左政权；东晋诸王对待北方胡族有亲匈奴与亲鲜卑之别，因而影响政治史的发展；北府兵与政治的关系——由门阀士族控制的军队变为次等士族的军队等等。后者如辨析官职名称前后虽相同而作用已异，或者前后官职名称虽异而作用相同；结合历史事实、历史人物甚至官衙地点所在，来分析官职作用的变化等等。这样的研究能迭出新意，以至有些史学界长期笃信的说法亦为之动摇。如桓温枋头之败自来认为他政治上从此倒霉，而田书论证桓氏实际上从此在江左得势；西晋荀勖由中书令迁尚书令，说"夺我凤凰池"，自来据此语断定尚书令不如中书令重要，而祝书认为荀勖此话用意别有所在，不能据此断定中书令重要性在尚书令之上。少数民族问题为魏晋南北朝史之关键问题，近几年周伟洲的研究取得了扎实可喜的成就（《汉赵国义》《敕勒与柔然》《南凉与西秦》《吐谷浑史》），曹永年结合考古资料，对鲜卑拓跋氏早期历史做了极富启发性的探讨，为北方民族史的研究开辟了新途径。黄烈的《中国古代民族史研究》重点实际在这一段，对许多重要问题都提出了新颖的看法，尤其是在理论方面做了有益的探讨。米文平发现嘎仙洞北魏刻石及其有关论著，更为北朝史研究增添了光彩。

　　据我个人所看到，近几年各大学历史系博士硕士生的研究论文,也颇有涉及这一领域的。硕士论文如南朝侨州郡县(胡阿祥)、十六国时期和北朝的士族(刘驰、薛有红)、南朝侨姓高门(叶妙娜)、九品中正制(胡宝国)、散官制度(陈苏镇)、知识分子与曹氏司马氏之争(郭熹微)、都督制(要瑞芬)等,博士论文如汉晋文化(卢云)、汉至南北朝的察举制度(阎步克)、魏晋南北朝封爵制度(杨光辉)、北朝的鲜卑化(吕一飞)等等。这些论文大都持之有故,言之成理。其中不乏宏观与微观结合,颇具新意的研究成果。有的虽是老问题,如侨州郡县,研究者却能从长期以来纷纭难解的历史现象中理出头绪与规律来,从新的角度加以探讨,胜过了清代学者。有的则完全从新途径进行考察,如文化地理。我再重申一下,这里所举最近几年的研究成果,只是就我个人所读到的论著,发表个人看法,主观片面肯定不免。全面的综述,请参看《中国史研究动态》中年度的概况和中国人民大学复印报刊资料的有关部分。

话已经说得太长。关于魏晋南北朝史研究的发展前景,我想首先是今后不能局限于这四百年,必须上下贯通,综合考察。研究方向,恐怕社会史、文化史和地区史的各种问题,都应当提上日程。当我们今天纪念陈寅恪先生的时候,我衷心希望今后在马克思主义指导之下,把陈先生开拓的这个领域发扬光大,不断深入,继续前进!

补记

陈先生及门众多,影响深远。我认为脑力学力俱臻上乘,堪传衣钵,推想先生亦必目为得意弟子者,厥有三人:徐高阮、汪篯、金应熙也。所可惜者,三人皆未能充分发挥作用。徐英年早逝,汪在

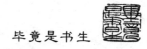

"文革"中受迫害自杀,而金则作为驯服工具,不断变换工种,终未大有成就也。

1996 年 6 月 28 日一良补记

我所了解的陈寅恪先生

我讲的题目是"我所认识的陈寅恪先生",或者说"我所了解的陈寅恪先生"。我认识、了解的陈寅恪先生,是否可以用这样十二个字来概括:儒生思想、诗人气质、史家学术。

先谈儒生思想。我觉得陈先生的文化主流是儒家思想。听说当初在昆明西南联合大学有三位名教授,一位是冯友兰先生,一位是汤用彤先生,一位是陈寅恪先生,当时就有儒、释、道三种说法。冯先生是大胡子,人称"冯老道",代表道教;汤先生是研究佛学的,是代表释教的;陈先生就是儒生,代表儒教,故时人用儒、释、道三字来代表这三位教授。当时这固然是开玩笑,但现在看起来也有一些道理。陈先生代表儒家,他的主体思想是儒家的。

怎么理解这句话呢?我想还是用陈先生自己的话来,他的思想是介于湘乡、南皮之间。湘乡指曾国藩,曾国藩的思想主要是什么呢?就是孔孟之道,是儒家的思想,也是中国传统文化的主流。曾国藩在镇压太平天国时,曾作过《讨粤匪檄》,檄文的主要内容就是讲中国的名教,讲孔孟之道,讲弘扬儒教;说太平天国要破坏中国的名教,破坏中国的孔孟之道,要搞耶稣,搞西方的那一套东西。所以曾国藩的思想的核心及他一生的行为、言论的表现都可以说是典型的儒家。而陈先生说他的思想介于"湘乡、南皮之间"，可见他对曾国藩的敬仰。南皮指张之洞，张之洞主张"中学为体，西学为用"，张之洞也是陈先生钦佩之人。当然，介于湘乡、南皮之间的说法是比较早期的说法，是 30 年代的说法，到了 60 年代陈先生晚年是否依然如此呢？我觉得是没有根本的改变的。关于此点，吴雨僧先生在他的日记中也曾经提到过，说寅恪的思想没有改变，还是跟他开初想的一样。吴先生的这段记载，我觉得可以说明陈先生以儒家思想为主导，是没有变化的。

陈寅格先生在审查冯友兰教授哲学史的报告中，又说思想出入于"咸丰、同治之世"，为什么陈先生不说"同治、光绪之世"或"光(绪)宣(统)之世"，而说"咸丰、同治之世"呢？至今我对此也不能很好地解释。我只有想，曾国藩是死在同治十一年(1872)，是否陈先生所说的"咸丰、同治之世"是与"曾湘乡、张南皮之间"相呼应，以推崇曾国藩呢？陈寅恪先生的思想，是以儒家文化占主导地位的，这一点，我还想通过一些日常生活小事来加以说明。他在给王观堂的挽诗中已经讲了关于儒家传统文化。有一位当时清华国学研究院的学生讲过这么一件小事：王静安先生遗体入殓时，清华一些老师与学生都去了，对王先生遗体三鞠躬以敬礼。不久，陈寅恪先生来了，他穿着袍子、马褂，跪在地下叩头，并是三叩头，一些学生见陈先生行跪拜礼，也跟着行跪拜礼。实际情况我不大知道，我们至少可以知道陈先生在王静安先生入殓时行的是跪拜礼，这个就是封建文化、封建传统的很典型的一个表现。陈先生不行洋礼三鞠躬，而行传统跪拜礼。

还有一个例子，我也是听别人说的。说陈先生在国学研究院时，有一些陈先生的学生到上海陈先生家中去谒见散原老人。散

周一良：毕竟是书生

原老人与这帮学生谈话，散原老人坐着，这帮学生也坐着，而陈先生是站在旁边的，并坚持到谈话完毕。这说明什么?这是过去时代很严格的旧式家庭的礼教，指导这种礼教行为的是什么思想呢?当然是儒家思想，是孔孟之道。

还有一个例子。今年暑假，天气太热，我看新近出版的《郑孝胥日记》。《郑孝胥日记》共五本，两千多页，我用五十天的时间翻了一遍。郑孝胥死于1938年，散原老人是"七七事变"后，拒绝服药、进食，在忧愤之中过世的，表现了崇高的爱国主义精神，但当时做汉奸的郑孝胥与散原老人是老朋友。郑孝胥在东北与另一位叫陈曾寿的老朋友谈到散原的去世，非常悲哀。他居然也悲哀! 他不知道自己与散原实际上是完全对立的两个立场。1937年下半年，郑孝胥在日记中写道：听说散原去世了，在他身边有一个儿子，就是在清华做教习(他不用教授)的那个儿子。他说，这个儿子既不给散原开吊，自己也不服丧，言外之意，似乎这个儿子是离经叛道的。1937年冬，郑孝胥从东北跑到北京来，在某一天日记中，他写道：到散原家吊唁，见到陈隆恪及陈登恪。郑孝胥在东北听到的谣言，说陈寅恪先生不为父亲开吊、不穿丧服。我想是因为当时北平已经沦陷，陈先生才不愿意开吊，但是郑孝胥日记中说陈先生不服丧，是胡说八道。因为就是1937年11月份陈先生全家到南方途经天津时，我曾亲见陈先生穿着布袍子，即传统孝子的衣服，陈师母头上还戴着白花。所以说，散原老人去世后，传说陈寅恪先生不开吊是有可能，是因为陈先生不愿在沦陷区开吊、办丧事，但是说他不服丧，是郑孝胥的传闻之误，也可能是他的偏见。从这个例子来看，陈先生遵守、维持传统礼俗，也就是尊重传统文化。

接着前面"曾湘乡、张南皮之间"说，南皮的"中学为体，西学为用"，主要是讲船坚炮利，指西方的声光电化，而陈先生对西方之学的认识，比张之洞要高得多。关于此点，我们从陈先生留学时期与吴宓的谈话(据《吴宓日记》)中看出，如陈先生对照中、西方哲学，认为西方哲学比东方哲学高明，更有思辨性，所以，陈先生对西方的文史之学有很深刻的认识。陈先生的"中学为体，西学为用"表现在什么方面呢?当然，不表现在船坚炮利。陈先生的"中学为体，西学为用"，一方面表现在学术自由。陈先生送北大学生的诗，季羡林先生已引其一("群趋东邻受国史，神州士夫羞欲死")，其二是这样说的，"天赋迂儒自圣狂，读书不肯为人忙"，说天生我这么一位狷介的儒生，我念书不是为别人，是为了我自己，我根据独立之精神、自由之思想而研究。然后又对北大学生讲，"平生所学宁堪赠"，我平生所学没有什么值得告诉你们的，最后一句，"独此区区是秘方"，意思是只有这区区的一点是我的秘方。秘方是什么呢?就是"读书不肯为人忙"，就是强调读书一定要独立，独立思考，并有独立之思想，不为别人希望的某种实用主义左右而读书。对学术自由，陈先生是一直坚持下来的，直到新中国成立后写《柳如是别传》，我觉得这一点是陈先生受西方学术思想影响的一个方面。

还有一点，就是蔡鸿生教授《"颂红妆"颂》中谈到的"颂红妆"。陈先生所谓的"颂红妆"，在某种程度上体现了西方男女平等、民主自由之思想。当然，他的思想比西方民主自由还更深一步，对红妆的理解，对红妆的同情，对红妆的歌颂，他的思想基础，还是西方自由民主的思想。如果没有西方民主自由的思想，完全是儒家的东西，如孔孟之道的"唯女子与小人难养也"，那就是另外一种想法。所以说,陈先生的思想是以儒家思想为主,三纲六纪是他信奉的东西,同时,也有"西学为用",他的"西学为用"表现在学术自由,表现在"颂红妆"等许多方面。这看来似乎很矛盾,实际上恐怕并不矛盾。因为人的思想是比较复杂的,特别是在转变时期,有这方面的东西,也有那方面的东西,可以理解。譬如胡适之先生,他讲西方自由民主,讲自由恋爱,这完全是西方资产阶级民主自由的一套。但是他对胡夫人十分忠实,不像别的留学生回国后就离婚,他始终与胡夫人关系融洽。这一方面是由于他孝顺母亲,因为据《四十自述》,胡适之先生十分孝敬母亲,母亲替他订的婚,他不忍心离,直到胡先生去世,他们夫妇关系一直很好。这说明胡适之先生一方面高唱民主自由,受西方思想影响;一方面在旧道德方面也遵守那些中国人认为高尚的东西。这两者看起来有些矛盾,实际上并不矛盾。我想陈寅恪先生的思想亦如是。

第二讲陈先生的诗人气质。气质是什么东西,比较复杂,包括性情、感情、思想等。陈先生诗人气质是十分浓厚的。他作诗有各方面的因素与条件。首先是他的家世,散原老人是一位著名诗人,成就很突出。据说宣统年间(1909—1911),有一个叫陈衍的福建诗人立了一个"诗人榜",榜上没有第一名,实际上第二名就是第一名,这个第二名就是汉奸郑孝胥,第三名就是散原老人。可见当时公认散原老人的诗是很好的。陈先生的父亲是大诗人,陈先生的母亲俞夫人,也有诗集传世。他的舅舅俞明震,也是清朝末年民国初年有名的诗人。所以,陈先生的家世是一个诗人的家世,他从小受到作诗的训练,受到了诗的熏陶,这是一个方面。另一个方面,我觉得陈先生的诗人气质还表现为多愁善感。这是老话了,诗人都多愁善感,陈先生也是这样的。善感,陈先生是一个有丰富感情

毕 竟 是 书 生

的人,特别是《柳如是别传》中表现出感情非常丰富、非常深厚,这是大家都知道的;多愁呢,李坚先生讲陈先生诗中体现的悲观主义,讲得十分细致。陈先生确实有悲观主义,这与他后半生的经历有关:抗战时期避难来到南方,已经流离颠沛;后来香港沦陷,又流离颠沛;然后回北京,北方又解放了。这几件事不能等量齐观,但都使他产生一种流离颠沛的感觉,因而出现害怕战争、躲避战争的想法,加上陈先生晚年眼病,经过三十年逐渐加深并最终失明,复又腿部受伤,卧床不起,这切身的折磨使他感到悲观,这也是完全可以理解的。

陈先生的诗人气质,我想还可以举这样一个例子。我的老师洪煨莲先生有一个口述自传,有英文本,听说香港也出了中文本。在自传中,他讲道,他在20年代一战期间到哈佛去,夏天,在哈佛校园中看见一个中国学生口诵中国诗歌,来回朗诵。这位学生的衬衣整个都露在裤子外边。大家都知道,从前西方穿衣服,衬衣后部因很长而应塞入裤子里面,露在外面是一种不礼貌、非常可笑的行为。洪先生看到这人有些奇怪,就问别人此人是谁,别人告诉他,这是哈佛大学很有名的一个学生,叫陈寅恪。从此记录可见陈先生是落拓不羁,有诗人气质的。顺便讲一下,几十年前,衬衣后部露出来是很不礼貌的,而在今天的美国,则无所谓了,不算是什么失礼、可笑了。

由诗人气质我联想到陈先生很喜欢对联。他常以对联这一形式来开玩笑。清华大学国学研究院的学生聚会,他作了一副对联,上联是"南海圣人再传弟子",意思是康南海(康有为)是梁启超的老师,而这帮学生为梁启超的学生,所以这帮学生也就成了南海圣人的再传弟子;下联是"大清天子同学门人",意思是王国维先生是南书房行走，在某种意义上是宣统的师傅，你们呢，就是宣统的师傅的弟子，与大清天子是同学啦！可见，陈寅恪先生对联语很感兴趣，而且有一挥而就的才能。

大家都知道，陈先生出过中文题，一题目为"孙行者"，据说考试时，有学生对为"胡适之"，这个学生就是北大中文系教授周祖谟先生。我问过周祖谟先生，他说确实如此，不过后来与胡适先生见面时，不敢把这件事告诉他。除此事外，那一年研究生的中文考试卷中也有一个对联："墨西哥"，据说也没有人对出来，这是听北大西语系英语教授赵萝蕤先生说的。赵先生那年从燕京大学毕业，考清华大学的研究生，这是在纪念吴宓先生的会上听说的。由此想到，季羡林先生去韩国后回来说，韩国的人也很喜欢写对联，好像吃饭时以写对联来唱和，作为一种游戏。对联不仅仅是简单的几个字，还可以了解平仄。对联要对得好很不容易。我们北京大学有一位现已过世的王瑶教授，为纪念他出了一本纪念文集。文集中有很多很好的文章，很感人的文章，是王先生的学生写的。文章后附有一些对联，但与感情丰富、文彩飞扬的纪念文章，极不相称。对联甚不工整，甚至不像对联，说明北京大学中文系在古典文学的训练方面还有待改进。我觉得，研究中国古典文学的人，如果不能写一点诗，不能够写几句古文的话，恐怕不是很完美的，这正如研究京剧的人应会唱几段一样。

由陈先生的诗人气质，我想顺便提一下，现在有两位中青年人在笺注陈先生的诗，一位姓程，系湖北沙市的文艺工作者。另一位姓朱，系江苏常熟一个中学的国文教员。他们两位不约而同地都想笺注陈先生的诗，也给我来过信，讨论过一些问题。我给他们说，陈先生的诗，古典是比较容易懂的，这一点正如卞孝萱先生所

146

说,可以查工具书。但今典,陈先生当时实际所指的是什么事情,那是很难理解的。若不是当时与陈先生有来往,了解当时的情况,是很难说到点子上的。今典这个说法在陈先生之前已有人提到。清末民初扬州学者李详(号审言),是一位很有名的学者。他的文集也出来了。他的儿子在暨南大学教书。李详的文集中有一封信给一位欲注张之洞的诗的人。李详对他说,笺注张诗,表面的古典是十分容易懂的,但他这句诗究竟指当时什么人、什么事,指的什么情况却很难理解。这个意思就是陈先生所谓的今典,古典很容易注,今典不容易注。陈先生诗中的今典,现在要全部探索出来,恐怕是很困难的,因此我很欣赏李坚教授讲陈先生诗中的悲观主义的文章。他在文中好几处讲到并解释了陈先生诗中的今典是指什么,这对于理解陈先生的诗很有帮助。不过可惜的是,能够理解当时陈先生诗中今典的人,恐怕今天已经不多了,以后也就越来越少了。我觉得,做好陈先生诗的笺注,恐怕是非常困难的事。

第三点我想谈的就是陈先生的史家学术。我的体会是,陈先生的学术是很广泛的,博大精深,但归根到底是史家,即陈先生的研究重点在历史。虽然陈先生精通多种语言,研究佛经,又受德国兰克学派的影响,对中国古典文献也非常熟悉。总而言之,他具备了各方面的条件来研究历史。陈先生的历史之学归根到底得益于什么?陈先生脑子非常灵敏、敏锐,别人看不到的东西他可以看到。怎样分析陈先生研究历史看得这样透彻、分析得这样精深呢?我觉得与辩证法有关系。就是说,陈先生的思想含有辩证因素,即对立统一思想、有矛盾有斗争的思想、事物之间普遍联系的思想。在许多浑浑沌沌之中,他能很快找出重点,能因小见大,而这些思想、方法与辩证法有关。比如说,他讲唐朝的政治,把中央的政治与少数民族的情况联系起来，把看起来没有关系的东西联在一起，陈先生的论文很多属于这一类。我们从中看不到的关系、因果和联系，陈先生却能发现。又如，讲陶渊明的《桃花源记》，陈先生从这篇文学作品联想到魏晋时期堡坞的情况。还有，讲唐朝制度的来源，陈先生能找出众多来源中的重点，加以分析。再如，对曹魏宫中事无涧神事，陈先生认为无涧神就是阿鼻Avici，即阎王爷的地狱，并由无涧神考察到曹魏时期可能已有佛教在社会上层流传。又如，陈先生考证武惠妃的卒年，究竟是在当年年底，还是在次年年初，与当时政治无甚关系。但陈先生的考证，是为了考证杨贵妃入宫，杨贵妃是什么时候入宫的。而考证杨贵妃入宫的时间，是为了考证杨贵妃什么时候嫁给寿王，是否合卺。而杨贵妃与寿王是否合卺(是否以处女之身入宫)，与李唐皇室不讲礼法、具有胡族之风的事实是相连的，这才是陈先生所要说明的问题。

我所讲的陈先生的史家学术，都是在陈先生解放以前著作中所见到的。从《柳如是别传》就更进一步看到陈先生写书时的确非常投入，设身处地，把自己搁在钱谦益与柳如是当时的环境之中。对钱谦益、柳如是两人该肯定的地方肯定，该否定的地方否定，富于理解与同情。这部书与陈先生过去的著作有很大的不同，里面有很多地方表现了他自己的思想感情，如用偈语、律诗表达自己的思想感情，把自己与历史人物浑然融为一体。这种做法，是陈先生史学发展到一个新阶段的标志。

从《陈寅恪诗集》看陈寅恪先生

　　我所最敬仰的伟大学人、一代宗师陈寅恪先生的诗集出版。《清华文丛》的编辑委员会做了一件大好事。特别是诗集按年编排,极便于研究。1980年蒋天枢先生编辑出版《寅恪先生诗存》时,注明系他"本人手边所有丛残旧稿"。我买到后即在书眉上批注"本不宜全发表",当时私心以为,这是"爱护"陈先生的想法。十三年过去了,也许可以说"时移世异"吧,我现在又举双手欢迎这部远较《诗存》为完备的《诗集》。这是因为,"本书对于研究我国现代文化史,或希望了解与研究文史大师陈寅恪的读者,会有重要价值"(内容提要语)。实事求是原本是研究历史的头一条准则。

　　陈先生以学者著称,但"其内心深层依然是诗人"(徐葆耕先生语)。我认为这话颇有理据。陈先生赠陈师母诗有句"脂墨已抄诗作史",可见陈先生的诗不仅言志而已,也是他(至少后半生)行藏出处的记录。我对于诗完全门外汉,读陈先生诗集还得抱着《辞源》查典故。现在只想作为六十年来服膺、学习并力图理解陈先生的白头弟子,谈谈读后的粗浅感想。希望并世学人中研究陈先生以及现代文化史的专家批评教正,使我不至犯厚诬陈先生的过错,如此则幸甚!

周一良：毕竟是书生

　　具有诗人气质者往往多愁善感。我们当然不应以"为赋新词强说愁"来看陈先生，但陈先生自青年至暮年五十余年的诗篇中，确是情调低沉抑郁者多，爽朗欢快者少。我想，主观上这是由于陈先生的性格所致，而客观上与他所处的时代环境及家庭背景有关。全部诗作大致可以分为三个阶段：早期至 1937 年抗战开始，1937 年至 1949 年中华人民共和国成立，1949 年以后。试分别按这三个阶段略做考察。

　　从 1910 年《柏林重九作》哀朝鲜灭亡诗，到 1936 年《吴氏园海棠》，二十七年之间止存诗二十七首。这固然与早年多未留稿有关，如《追忆游那威诗序》所云："游踪所至，颇有题咏，今几尽忘之矣。"但另一方面，这一阶段陈先生主要精力用在学术研究上，先赴欧美学习，后到清华任教，在许多学术领域既开风气，又做表率，发表了大量富有开创性的论著，因而吟咏不多，可以理解。

　　这一阶段诗虽不多，却有极重要作品——《王观堂先生挽词并序》。王国维自沉，给陈先生极大震动，所以一再表达哀思，挽词之外有挽诗，挽诗之外又有挽联。关于观堂挽词论者已多，而且认识似亦比较一致。挽诗中"敢将私谊哭斯人？文化神州丧一身！"这两句可以概括陈先生当时总的思想感情。陈先生诗中多次以王国维比屈原，如"灵均""累臣""湘累"，固因王氏自沉于水，另方面也是借屈原忠于楚王比喻清朝。但楚王也好，溥仪也好，"其所殉之道与所成之仁，均为抽象理想之通性，而非具体之一人一事"。作为文化遗民，陈先生毕生坚持的信念，就是为人方面的三纲六纪和治学方面的独立精神与自由意志，也就是吴宓先生 1961 年日记(见《吴宓与陈寅恪》，下同)所说："寅恪兄之思想及主张毫未改变，即仍遵守昔年'中学为体，西学为用'之说(中国文化本位论)。"

然而,从挽词以及这一阶段另外的诗中,似乎还可察觉陈先生当时思想感情的另一侧面。胡适先生曾说过,陈先生有"遗少"味道。我于此语一直有同感。王国维之死不应局限认为只是殉满清王朝,这是断然无疑的。但另一方面他又的确是惓惓于旧王朝,甘愿做遗老的。在王国维心目中,旧王朝与传统文化不可分,这一点我觉得陈先生当时有共鸣,所以才会有挽词中"回思寒夜话明昌,相对南冠泣数行"那样凄婉的句子;才会有"依稀廿载忆光宣,犹是开元全盛年。海宇承平娱旦暮,京师冠盖萃英贤"那样对晚清社会无限留恋的回忆;才会有挽联中"十七年家国久魂消,犹余剩水残山,留与累臣供一死"那样的话,对民国代清深表遗憾。这阶段的诗句如"西山亦有兴亡恨"(1913)、"故国华胥今梦破""承平旧俗凭谁问"(1913)、"此身未死已销魂"(1927年),自注:徐骑省《南唐后主挽词》:"此身虽未死,寂寞已销魂。"都透露出一种"故国之思",而1913年法京选花魁诗对民国大总统之调侃,更是明显的例子。这种在思想感情上不占主流却又不时流露的"遗少"心态,当年我从家中父辈们身上也曾在许多方面体验到。这也许是晚清封疆大吏等高官家庭的子弟们进入民国后的一种失落感,是一种还未冲刷净的阶级烙印吧?

陈先生1925年回国后,对于北洋军阀及以后国民党的统治,是有看法的,所以1932年才有对俞平伯先生的两句名言:"吾徒今日处身于不夷不惠之间,托命于非驴非马之国。"我体会,陈先生认为当时的中华民国既不如"承平""全盛"的光宣之年,又不像他留学十多年的欧美之邦,故而名之为"非驴非马"。从我们的观点看来,陈先生虽不信马克思主义,这种认识确也打中要害。如果把"非驴非马"的涵义理解为半殖民地半封建,不是异常恰当吗?

至于"不夷不惠"，实即"亦夷亦惠"。在这样的国家内，陈先生既能像柳下惠那样混迹于旧京茫茫人海之中，又能像伯夷那样，躲进西山之畔的清华园里搞自己的学问。尽管1930年有"最是文人不自由"的慨叹，但他还是享有足够的余裕与宽松，本着独立之精神与自由之意志来从事学术研究的。1929年赠北大史学系毕业生两首诗的第二首不啻是陈先生的宣言："天赋迂儒自圣狂，读书不肯为人忙。平生所学宁堪赠，独此区区是秘方。""读书不肯为人忙"是陈先生这一阶段的宗旨，也是一生治学的宗旨，难怪他要自诩为秘方了。如果一旦否定以致剥夺他的秘方，他的痛苦又将如何！

顺便提一下，此题第一首开头两句是："群趋东邻受国史，神州士夫羞欲死！"陈先生这种心情完全可以理解。六十余年后的今天，不仅"群趋东邻"，而且横渡太平洋；不仅"受国史"，而且是以国史求东西洋博士学位，这是陈先生始料不及，也是世界文化交流共同进步的一种反映吧。

1937—1949年这一阶段，虽只十二年，诗集中留下了八十二首诗。这十二年中，陈先生颠沛流离，生活极不安定。1948年12月离北平南飞诗第一句："临老三回值乱离"，自注："北平卢沟桥事变、香港太平洋战争及此次。"三回乱离都在这一阶段内。其次，陈先生目疾由轻而重，中间赴英医治无效，终至失明。国事方面，外有强敌侵略轰炸，内则政治腐化贪污，民怨沸腾，日本才投降而内战即起。陈先生自然感慨万端，烦冤苦楚都出之于吟咏，"只余未死一悲歌"（1939）了。除去抒发幽忧郁抑之情以外，时事在诗中的反映比第一阶段更为频繁与明显，如"看花愁近最高楼"（1940）、"九鼎铭词争颂德"（1943）、"自我失之终可惜，使公至此早皆知"（1949）。《哀金圆》（1949）长诗明白点出"临安书棚王佐才"的王云五。对于日本投降、"满洲国"的覆灭、南北朝局势之可能出现、国民党借助美军等，皆有诗咏，表达了欢愉快慰与忧心忡忡。当然，有些诗如1945年8月"铁骑飞空"一绝，我还弄不清其含意，有待专家探讨。

这一阶段欢庆抗战胜利的诗之外，有一首《漫夸》，是咏伪满覆灭的。首句"漫夸朔漠作神京"，批驳了郑孝胥在长春建"新京"，自称"欲回朔漠作神京"的妄想。据云罗振玉、王国维之间的龃龉，王反对溥仪被日本利用是其一端，可能也是"寒夜话明昌"的内容之一。陈先生坚决反对日本帝国主义，七七事变后散原老人尚未出殡，陈先生即匆匆离平南下。香港沦陷，陈先生坚拒日人馈米，困处四月余，终于间关脱险，"故邱归死不夷犹"，经澳门回到桂林。但另一方面，我们今天一旦政治上成为敌我即一切抹煞，陈先生对有才学的人还是恨其行而爱其才的。如1947年读黄秋岳笔记诗就有"今日开编惜此才"之句。1944年12月《阜昌》云："阜昌天子颇能诗，集选《中州》未肯遗。"阜昌是宋代降金傀儡刘豫的年号，元好问《中州集》收有刘豫的诗。"阜昌天子"当是指汪精卫，死于此年11月。诗之末句"冤禽"亦与汪关合(吴小如先生说，并谓当时关于汪之死有种种传闻)。这种态度，就和抗战胜利后胡适、俞平伯两先生为周作人求情有些近似了。

1950年到1966年4月，十六年中，共存诗二百一十四首，每年近二十。抒发感情之外，吟咏时事之作远多于前两阶段。这十多年中，陈先生"自处与发言亦极审慎，即不谈政治，不论时事，不臧否人物"(吴宓先生日记)。然却借诗篇议论了时事，借吟咏臧否了人物。北京解放后不久，范老嘱我写信给陈先生，代他致意，陈先生没有反应。后来陈先生寄给我几首诗，嘱我转呈邓文如先生。

周一良:毕竟是书生

记得其中有 1951 年的《八股文章试帖诗》一首。邓先生看后笑着对我说:"这是陈先生的谤诗啊。"等到 1954 年,汪篯先生奉命到广州去请陈先生北上就历史二所所长职务。他信心十足地说:"我这个老学生去请他来,一定请得动。"我说未必,不要太乐观,结果如我所料。

陈先生曾说,他在瑞士听过列宁讲演,也读过《资本论》。又告诉浦江清先生,他不喜欢苏联共产党。但新中国成立前夕国共两党对峙时,他似乎更不喜欢国民党。他对八一九清华大搜捕甚反感,教师的某些反蒋宣言上,他也签名。有人告诉我,陈先生说:"我的一些好学生都是共产党。"此语确否不可知,所谓共产党盖指进步学生。《寒柳堂集》中收有 1948 年写的《徐高阮重刊洛阳伽蓝记序》,对徐的工作加以肯定。而徐高阮其人据我所知在清华读书时是地下党,且为市委负责人之一,后脱党。陈先生看清了国民党的腐败,所以坚决不去台湾;对中国共产党不了解,持观望态度,所以留在广州。余英时先生最初的文章中说陈先生开始就打算离开大陆,那是片面的议论,蒋辑《编年事辑》足为明证,余先生自己后来也放弃此说。1989 年 5 月我重访普林斯顿大学,承余先生以最后结集成书的《陈寅恪晚年诗文释证》见赠。我读后觉得虽个别地方或许失于求之过深,近乎穿凿,但就总体说来,这部《释证》是触及陈先生心事的,是研究晚年陈寅恪的人不可不读的。

陈先生晚年诗篇中出现的所感受的客观环境与自己的主观心态,用 1950 年《经史》绝句中的七个字可以概括无遗:"谿刻阴森惨不舒。"(此诗未注明年月,排在 1949 年与 1950 年之间。我以为 1950 年的可能性大些)学术上的态度,1964 年《赠蒋秉南序》中"默念平生固未尝侮食自矜,曲学阿世,似可告慰友朋"数语,和赠

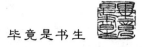

蒋诗"俗学阿时似楚咻,可怜无力障东流"两句,是最明白不过的。1989 年我在小文《我的"〈我的前半生〉"》中有"理解陈先生"一节,就是从赠蒋诗文得到启示,自信没有歪曲陈先生的用意。陈先生的睿智并未因失明而失去辉光。1966 年 1 月《丙午元旦作》有句:"一自黄州争说鬼,更宜赤县遍崇神。"五个月后就开始了"文化大革命"!

陈先生诗句中四次出现食蛤的典故:《重庆夜宴归作》云"食蛤那知天下事",《己丑元旦作》云"食蛤那知今日事",《乙未阳历元旦作》云"食蛤那知天下事",《乙未除夕诗》云"那知明日事,蛤蜊笑虚盘"。《南史·王融传》载:"因遇沈昭略,未相识。昭略屡顾盼,谓主人曰:'是何年少?'融殊不平,谓曰:'仆出于扶桑,入于旸谷,照耀天下,谁云不知! 而卿此问!'昭略云:'不知许事,且食蛤蜊。'"(参看拙著《魏晋南北朝史札记·南史》)沈昭略蔑视王融,说"我不知道你这些事,先吃蛤蜊吧"。因而食蛤与"不知"连贯为文,成了典故,不一定再含轻视之义了。

1990 年 4 月,在哥伦比亚大学东亚图书馆得读老友俞大纲先生《寥音阁诗话》,其中主要谈散原老人诗,亦论及陈先生《再生缘》书云:"姻连中表,谊属师生。闻弦辨音,具知危苦。地变天荒,人间何世。春寒凄冷,揽涕读之。"大纲固真知寅老者,惜寅老恐未得见《诗话》,而大纲在台湾早逝,又未及见《柳如是别传》也。

1993 年 7 月 4 日写成

回忆两件事纪念吴晗同志

吴晗同志含冤逝世十年以后,得到平反,隆重地开了追悼大会。我由于某种原因,不能参加,只得在事后反复阅读民盟的盟讯专刊,借以寄托沉痛悼念之情。我当时曾想,这个遗憾终生无法弥补了。我也曾对人说,恐怕只有见马翁于地下之时,才能顺便去向吴晗同志致敬了。现在北京市历史学会给我机会,在纪念文集的一角表达对吴晗同志的哀思,我是十分激动和感谢的。

在纪念吴晗同志的时候,我回忆起两件事。

1965年冬,文痞姚文元的《评新编历史剧〈海瑞罢官〉》发表时,我在郊区参加"四清",回校时去见了翦老和邵循正同志。我当时的思想和许多史学工作者一样,对于文章后面一段联系政治"上纲",攻击吴晗同志反党反社会主义,是不能接受的。我曾对翦老说,若说吴晗同志某些学术思想、观点不完全正确,我是同意的。例如,他所倡导的要用当时当地的标准来评价历史人物和事件,我觉得不一定符合马克思主义(今天我还是这样想)。但是,如果说吴晗同志这样一个几十年来全心全意跟党走的人,是反对共产党、反对社会主义,我决不相信。当时翦老处境已很困难,他表示同意我的话,但很谨慎,未加发挥。邵循正同志是和吴晗同志私交甚笃的,我又向他了解。邵循正同志说,我最近特意去找了吴晗,问他这到底是怎么回事,"吴晗只是摇头叹气,一言不发"。1966年初秋,北大东操场上有一次大规模的批斗会,很多人都被拉来,吴晗同志也在被揪斗之列。我那时还厕身于"革命群众"之中,只见吴晗同志被两名红卫兵左右抓住肩膀,推上台来。他双目紧闭,毫无表情。我不禁想起邵循正同志所说的八个字"摇头叹气,一言不发"。这是我最后一次看到吴晗同志。当然,我与他的瓜葛并未就此终结。为他所主编的《中国历史小丛书》当编委,免不了罪状一条;写过一本小书《明代援朝抗倭战争》,更必然是"为彭德怀歌功颂德"。

"文化大革命"这场史无前例的内乱,它的性质已由党中央做出了明确的结论。而运动开始时,翦老、吴晗、邵循正,以及像我这样的人,可能对运动各有不同的理解和不理解。但是谁能料到,《评新编历史剧〈海瑞罢官〉》竟是发动这场内乱的信号弹!谁又能料到,它竟成为持续十年之久的大灾难!吴晗同志"摇头叹气,一言不发",他是有口难开,有难言之隐啊!吴晗同志在这场大灾难中悲惨牺牲,而我自己,由运动之初被揪出来时在群众大会上的不肯低头,几经周折,最后却被认为是能够"正确对待文化大革命"。新中国成立以后一直受党的教育,诚心诚意接受马克思主义的知识分子,在这场内乱开始时,看来并非完全不能明辨是非。周扬同志说得好:不能把迷信当作忠诚。这句名言,我认为,给无数"毕竟是书生"的人们在"文化大革命"中的行动总结了经验。或者更正确地说,总结了教训。可悲又可惜的是,吴晗同志还没来得及吸取这个教训,就被折磨致死了!

另一件事,把我带到更远的回忆之中。30年代前期,七七抗战

周一良:毕竟是书生

之前,天津《大公报》有所谓星期论文。每逢星期日,由当时所谓的
名流轮流替报纸撰写社论文章,它在读者中颇有影响。我记得是
1932年暑假,胡适在他的一篇星期论文中,主要谈了当年夏天北
大和清华两所大学的两名毕业生。文章称赞他们的辛勤努力和突
出成就,好像还举出了具体例子,详细内容我已记不清了。胡适写
此文的政治目的为何,这里姑且不论。在当时我们这些青年学生
中,确实纷纷谈论,引起了注意。这两个毕业生,一是北大国文系
的丁声树,一是清华历史系的吴晗。这也是我第一次听到吴晗的
名字。据我所知,胡适以后一直很关心他们两人,他们和胡适在学
术上也有过不少往来,丁声树还曾被推荐到北大任教。

但是,半殖民地半封建的旧中国里,身受三座大山压迫的知
识分子,和资本主义社会里的知识分子究竟不同。抗战后期,当胡
适在美国替国民党政府充当大使时,吴晗同志开始积极投身于火
热的反蒋斗争和民主运动,在党的领导下,做了大量有益的工作。
新中国成立以后,他一方面作为副市长,一方面作为历史学家,精
力旺盛,意气风发,卓有建树。他那种夜以继日的"双肩挑"的干
劲,今天是很难见到的。丁声树同志,历史语言研究所的"丁圣
人",没有在傅斯年的劝诱之下离开大陆,而是留在南京迎接了解
放。三十几年来,踏踏实实的思想改造,使他甘为沧海一滴水。他
积劳致疾,缠绵病榻,中国社会科学院表彰了他,并且号召向他学
习。吴晗和丁声树,正如胡适当年在学术上所期待的那样,新中国
成立之前都已成为中国第一流的学者。同时,他们也都违反了胡
适的愿望,背叛了胡适所走而且也希望他们两人走的政治道路,
先后成为光荣的共产党员。这当然是胡适做梦也未料到的。虽然
吴晗同志和丁声树同志晚年遭遇有所不同,他们共同走的革命道

158

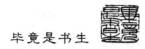

路,则是旧社会过来的知识分子应当走的道路。我认为,吴晗同志在抗战前学术上受知于胡适,不必为他讳言。更可贵的要害,是吴晗同志最后走上了革命的道路。"四人帮"为加害吴晗同志,公布了他给胡适的一些信札,适足暴露其险恶用心而已。

今天,在三中全会正确路线指引之下,知识得到重视,知识分子成为工人阶级的一部分,知识分子政策日益落实,知识分子日益在四化建设中找到用武之地。吴晗同志地下有知,一定会像当年那样,憨厚而爽朗地放声大笑吧!

1983 年 9 月写于北大燕东园

纪念杨联陞教授

杨联陞(莲生)教授是在海峡彼岸、新旧大陆以至港澳等地都蜚声驰誉的学者,而国内对他的著作反而颇为陌生。

美国哈佛大学为他发的讣告说:"杨联陞教授在国际上以学术辨析能力与才思敏捷著称, 是几代学生所亲切怀念的好老师,是协力培养与造就美国汉学的先驱学者之一。"

法国汉学耆宿戴密微 (Paul Demiéville,1894—1979) 说:"总之,杨联陞的学问继承了中国百科全书式学问的优良传统,发挥其个人天赋之才,在广阔范围的资料中,以细致严密的分析做出综合性结论。"①

这两段话准确而恰当地概括了杨联陞教授一生的学术与事业。

杨联陞教授原籍绍兴,1914 年生于河北保定。1937 年毕业于清华大学经济系。1942 年在哈佛大学获硕士学位,1946 年获博士学位。1947 年在哈佛任助教授,1951 年任远东语言系(后改称东亚语言及文化系)副教授,1958 年任教授。1961 年入美国籍。1965 年

---

① 杨著《汉学散策》(1969 年版英文本)戴密微氏序言。

获哈佛燕京中国历史讲座教授称号。1980年以名誉教授退休。1990年11月16日逝世。

杨联陞教授1959年当选为台湾"中央研究院"院士。1962年在巴黎法兰西学院及日本京都大学讲学。1970年及1976年先后获美国圣路易华盛顿大学及香港中文大学名誉文学博士。1974年获法国铭刻与文学学院德卢恩奖(Drouin Prize)。他还担任过《哈佛亚洲学报》编委会编委及新竹《清华学报》主编。

除多篇论文和书评之外,杨联陞教授结集成书的英文论著有《中国史专题讲授提纲》(1950)、《中国货币及信贷简史》(1952)、《中国制度史研究》(1962)、《汉学散策》(1969)、《汉学论评集》(未见,出版年月不详)。与赵元任先生合编过《国语字典》(1947)。部分论著译成汉文,汇集为《国史探微》(1983)。北京的社会科学出版社出版有杨联陞教授晚年手订的论著选集,收论文书评共十八篇。

我与莲生订交已逾半个世纪,又是40年代阔别后国内老友中唯一有幸与他三次重逢的故人。虽然长期踪迹暌违,而相知之深,相交之笃,相慕之切,相念之殷,固未尝少减。他的遽然化去,使我异常悲痛。

回忆与莲生初识,是七七抗战爆发后不久,在当时尚未沦为汉奸的钱稻孙教授家中。30年代之初,钱稻孙在北京西四受璧胡同他家里办了一个"泉寿书藏",向外人开放他的日文藏书,还出版一种不定期的小小刊物名为《学舌》,报导日本学者有关中国文史研究的消息。我有时去帮他整理图书。钱稻孙主编一本日汉字典。莲生那时毕业不久,大约一时找不到适当工作,在钱家协助编字典,我们因此相识。莲生考取清华经济系的同时,还考取了北大中文系。那时没有统考制度,好学生不怕艰苦,可以报考一所以上的大学。由于服从家长的愿望,莲生去清华学了经济,但他的修养与兴趣仍在中国文史方面。所以在清华广泛选听诸名家的中国文史课程,受知于陈寅恪先生和陶希圣先生。学生时代就在《清华学报》和《食货》上发表文章。他的毕业论文有关唐代经济史,是陈先生指导的。现在北大任教、曾长期担任陈先生助手的王永兴教授回忆,他就是在清华西院陈先生家中认识莲生的。由于同样有志于文史之学,同样"崇拜"陈寅恪先生,又同样喜欢涉猎日本学者的论著,有许多共同语言,我们两个青年意气相投,一见如故,很快熟悉起来。我发现莲生头脑敏锐,记问渊博,悟性记性都远胜自己,迥出侪辈之上,极为折服,遂成莫逆。

当我滞留平津、俟机南下时,燕京大学的老师洪煨莲先生介绍我去协助美国贾德纳(C.S.Gardner)博士工作。贾德纳著有《中国传统史学史》,时任教哈佛大学,来北平从事研究。我的任务是替他翻阅有关东方学的刊物,做成论文摘要,得到一些报酬。1939年春夏之际,又推荐我领取哈佛燕京学社奖学金,秋天去哈佛留学,贾德纳处的工作不能再继续。贾问我有无合适的人代替,我立即推荐莲生。有些回忆文章说是洪先生或钱稻孙向贾推荐,都属误传。1940年贾德纳博士回到哈佛,希望我仍旧协助他编日本论文摘要。我因领取哈佛燕京学社全时奖学金,按规定不得另搞业余工作。贾德纳家比较殷实,于是自己出钱聘请莲生自北平赴美,继续协助研究工作。莲生先住在贾家,工作之外,从学业到生活得到贾不少帮助。以后在哈佛立足,以及后半生的学术和人生道路,都与贾德纳博士之聘请赴美不可分。莲生为人谦虚厚道,不忘旧谊。三十年之后,当他已成名、担任哈佛大学讲座教授时,1969年出版

的《汉学散策》书前献词中,称早被排挤离开哈佛的贾德纳博士为
"把我引进西洋汉学之门的君子人、学者和朋友"。称贾夫人"宽
厚、机智、善良","与她丈夫一起对我体现了无私的基督教人生道
路"。根据我和贾家的接触,我认为莲生这些话真诚地表达了他由
衷之情;对贾而言,也确实并非虚誉或溢美。

　　40年代前半叶,我们在剑桥的学生生活是紧张而愉快的。珍
珠港事变后,哈佛大学举办陆军特别训练班,一部分中国学生辍
学协助。我协助日文班主任叶理绥(S.Elisséeff)教授教日文,莲生协
助中文班主任赵元任先生教中文。他在教学上初露才华,以钻研
语法受到赵先生赏识,成为赵先生的得力助手。赵师母好客而长
于烹调,当时赵府成为中国学生聚会的中心。而少数带家眷的留
学生不待岁时伏腊,也竞相招待单身汉同学,莲生就是我家常客。
记得他曾在我家纪念册上题过"推潭仆远"四字。此为《后汉书》所
记西南夷语,义曰"甘美酒食"。

　　40年代末以后,天各一方,不相闻问,直到1974年莲生夫妇
同来北京,才得晤面。他当时极为小心谨慎,许多老朋友都未要求
会面,只提出见我。我当时已调到"梁效"工作,"纪律"奇严,居然
得到允许去北京饭店会晤,原因为"此人是很有影响的美籍华裔
学者"。记得这一上午的会面他异常兴奋,谈了很多,而我却"乏善
可陈"。我问他在哈佛有无接班人,他举出余英时。这是我第一次
听到余英时教授之名,而识荆又在十五年之后。这次会晤给我留
下最深印象的,是在饭店门口握手告别时,他突然说:"咱们行个
洋礼儿!"紧紧拥抱了我。我平生无此经验,当时想,"洋礼儿"云者,
只是表面戏言,他也并未欧化到非如此不足以尽礼节,实际是表
达了三十年阔别后的深挚情感。今天看来,也可算我们半个世纪

以上纯真友情的迸发。1977年夏,莲生再次来北京,那时"梁效"成员正在政治审查中,我根本不知道他有此行了。

1982年我以卢斯基金到柏克利加州大学做访问学者,6月偕老伴重游剑桥,与莲生欢聚数日。头天他陪我们步行访赵元任先生和洪煨莲先生故居,邀我们在剑桥湖南饭店午饭。次日又与老友于震寰(镜宇)先生一同在阿令屯家中设宴。我6月8日日记云:"杨在办公室以抹茶相待,又赠诗二首。精神甚好,健谈如昔。颇以法兰西学院讲演为荣,数年前在北京饭店即以此见告矣。赠著作三册,论文多种。"6月9日记云:"杨家晚餐,又赠论文多种。杨公兴奋,大谈读书心得,new ideas甚多。"我离剑桥前夕又记:"杨公电谈甚长,诉受西人排挤之苦,同时畅谈成就之多。"我则"告以博闻强记之外还深思,尤难能可贵。但更须宽怀,方免于病"。据我侧面了解,西人待他不薄,排挤云云未必尽然。遇事有时想不开,恐怕是莲生晚年致病之根由吧?

莲生手书赠诗二首:

　　赠老友周太初(一良)兄,喜闻其《魏晋南北朝史札记》即将出版,洛阳纸贵,可以预卜。
　　北人渊综无多子,
　　寅老家风学步难。
　　谁道沧桑荒旧业?
　　犹能健笔作龙蟠!

　　赠萝庵嫂
　　燕园佳侣几人同,

164

柳色伤离韵自工。

犹记妙人绝妙句：

"春衫闲却一肩红。"

末句是嫂寄玉照与太初兄，题此一句，时在 1941 年。1946 年后久别，1982 年 6 月来访，小住数日，同访洪煨莲先生旧居及赵元任先生夫妇在行者街之赵家楼。前辈风流，追怀无尽。太初兄自觉宝刀不老，弟当勉力追随。

莲生老友阿其所好，勉励有加。录赠诗以资纪念，弥增愧恧。

1989 年我赴纽约就养，10 月底到阿令屯探视莲生。这时他已是小中风愈后，走路须用"行者架"①，与七年前大不同了。我当时带着两个想请教的问题：一、他数十年来有哪些得意的及门弟子？二、华裔学者在欧美汉学研究领域前途的展望。遗憾的是，那时莲生虽然头脑清晰，而思路已不太连贯，口齿也欠清楚。一个上午的相聚，只能听他谈，无从对话提问。我的日记上只留下了"回忆杨公所谈，竟无法记"十个字。同时又觉得，来此一趟会面完全应该。

那天杨夫人缪宛君大姐特地买来龙虾相饷，盛情可感。而她对病人无微不至的照顾体贴，在短短三四小时中已使我感佩无已。我那天怀着极其复杂难以形容的心情，离开穆尔顿路 63 号。莲生去世后，缪大姐 1990 年 12 月 18 日有一封给亲友们的信，其中一段话说："1990 年是我一生中最有意义的一年。以一个没有护理常识的人，只凭着一颗爱心和耐心，来接受上帝给我的任务。用我坚强的毅力来克服了困难，服侍得他起居饮食得当，度过了四个月伤女之痛之后，竟能快活地生活到最终。"这段话，可以作为

---

① 英语 walker，井字形极轻金属架，病人用手臂撑以行走。

周一良:毕竟是书生

我在阿令屯杨家所见的注脚。

1990年7月15日我们离纽约返国,头天晚上打电话到杨家。夫人先接,说报告我好消息:莲生自12月女儿去世后,每天昏睡十六小时,书报一切不看。5月以来情绪渐好,睡十二小时,开始读书报,看电视。只是上身不能自由动转,须人扶才能起床。但等莲生自己听电话时,与缪大姐所说的"好消息"恰恰相反,给我极大震动。他说了十几分钟,我一句话一个字都没听懂。两人就这样永远诀别了,悲夫!

日本吉川幸次郎教授《知非集》康桥次韵答杨莲生诗云:"茂堂小学竹汀史,君兼其长非模拟。"莲生的学问包括中国历史与语言两大方面。语言兼及古代和现代,历史则上起先秦,下迄清末,领域涉及经济、社会、政治、文化、宗教,以至考古、艺术等部门。他善于发现问题,从大处着眼,小处着手,由小以见大。论著每多创获,深得陈寅恪先生学风的三昧。莲生所写书评也极受推重。刘子健教授说:"他最精彩的学问,多半见于他写的书评。"①余英时教授说:"杨先生的博雅,在他的书评中显露无遗。《汉学论评集》所收四十几篇英文书评,便遍涉语言、官制、考古、地理、边疆史、文学史、科技史、哲学史、经济思想史、书画史、佛教史、史学史、敦煌学等专门领域,包罗了中国文化史的全部。更难能可贵的,是他的书评篇篇都有深度,能纠正原著中的重大失误,或澄清专家所困

---

① 《斯学传斯风——忆杨联陞先生》,《史学月刊》第37期。
　周法高先生《读书集序》(1977)也称赞莲生的书评知识广博而细心,"对于大义微言和细微末节都不肯轻易放过"。

惑已久的关键问题，其结果是把专门领域内的知识向前推进一步。"①莲生自己也说过，书评是"心血所集"②。我认为莲生的书评可以媲美法国汉学家伯希和，他覆信说："来示以双承寅老与伯希和为说，万不敢当，廖化作先锋而已。伯公晚年以汉学界之警犬自命，不可向迩。其书评不留余地，非弟所从。"③他对伯希和的批评，正与他一贯为人忠厚的作风相一致。

莲生的学问用"历史学家"四个字不足以范围和概括，汉学家也许对他倒是一个更恰当的称号。他对美国汉学的贡献，他的学生和同事余英时教授有中肯的说明："杨先生对于西方汉学界的最大贡献，毋宁在于他通过各种方式——课堂讲授、著作、书评、学术会议、私人接触等——把中国现代史学中比较成熟而健康的成分引进汉学研究之中。"④莲生之所以成为掌握多方面知识的汉学大师，当然与他学问渊博有关，同时客观学术环境的要求也起了作用。用他自己的话说，就是"在美国讲中国学问，范围很难控制。因为学生的兴趣各有不同，先生也就不能不跟着扩大研究的领域"。⑤莲生所倡导的"训诂史学"，主张彻底掌握史料的文字意义，要求扣紧史料的时代而得其本义，我看也是针对外国学生读中国文献有时理解不够确切、意以为之的倾向提出的。假如莲生在本土的学术环境之中进步成长，可能他的学问会另有一番境界吧。

---

① 《中国文化的海外媒介》(上)，《时报周刊》1991 年 309 号。

② 1984 年 6 月 7 日致周函。

③ 1982 年 8 月 23 日致周函。

④ 《中国文化的海外媒介》(上)，《时报周刊》1991 年 309 号。

⑤ 《中国文化的海外媒介》(上)，《时报周刊》1991 年 309 号。
    莲生在别处也曾把自己比作"杂货店"，因为"汉学原本就包括哲学、文学和史学"，见福井文雅《欧美的东方学与比较论》(1991 年日文版)第 70 页。

周一良：毕竟是书生

　　莲生作学问胸襟宽广，从善如流，绝不抱任何成见偏见。对于前辈如柳诒徵、吕思勉诸家著述，都极为尊重，随时参考。其处世为人也同样宽厚公正，喜抱不平。据云台北"学术界主流"曾对钱穆(宾四)先生有"牢不可破的成见"，而莲生对他却极为推重，说"钱先生的中国学术思想史博大精深，并世无人能出其右"，认为钱先生《朱子新学案》提纲"胡适之先生恐怕是写不出来的"。①

　　莲生还曾在信中谈道："论明清史料史事，今日当推房兆楹杜连喆夫妇，皆燕大高人。弟已做初步准备，两年后提名房先生为院士。哥大已赠予二人文博，洪师大慰。有明清两传，Mary Wright、Jonathan Spence、David Nivison 皆北面称弟子。燕大在中院(周案：指台湾"中央研究院")向来受屈，煨莲先生尤甚。弟希望打此不平，能有效也。房先生如过此关，弟决出席力荐。"②可惜的是，房先生未及待莲生推荐，就在北京溘然长逝了。莲生这种对学人尊重爱护，对学术出以公心的精神，在各地学术界都喜欢搞山头、分门户、闹派系、不团结的今天，是极可宝贵，永远值得效法的。

　　莲生虽久侨花旗之国，最后入籍，但我认为，从他的志趣、修养、人生哲学以及生活习惯等等而言，他始终是传统的中国文化人。因此，他内心中故国山河时时萦绕，传统文化的浸润从未稍减。从他的信札中，足以窥见一二。1982 年 8 月送我们归国函云："下月底可以返国，大佳。'虽信美而非吾土'，'应知异国误华年'，弟四十年前早为语谶矣。"③1989 年 5 月函云："又值洋清明。近阅

---

① 《中国文化的海外媒介》(下)，《时报周刊》1991 年 310 号。
②③　1982 年 8 月 23 日致周函。

书报,看 TV,皆少好怀,记得'白下有山皆绕郭,清明无客不思家'一联。"①陆惠风先生挽莲生联云:"万里乡心埋异土",是能道出莲生心事之语。我因偶然机会,看到郑骞(因伯)先生挽台静农先生联语,其下联云:"八千里外,山河故国,伤怀同是不归人",语极沉痛而真挚。看来无论大洋彼岸也好,海峡彼岸也好,只要稍有中国文化的培养熏陶,这传统文化就会超越于任何政治、经济或民族的因素之上,成为强大的向心力和凝聚力,我们应当充分尊重并发挥其作用。

由莲生的成就,我联想到他成材的途径和抗战前北平的大学。当时北平主要的大学五所:国立的北大、清华、师大和私立的基督教会的燕京、天主教会的辅仁。30 年代,以中国文史方面系科而言,五校教学各有传统,研究各有特征,各有自己的刊物,也各培养出不少人才。当年青年学生心目中最为景仰的两所国立大学——北大与清华,似乎难分高下。五十余年后的今天,再来考查,我的印象是,莲生出身的清华似乎办得更成功。我在院系调整后的新北大参加过一次会议 (记不清是系主任会或其他什么教授为主的会),环顾在座,北大毕业者二人(党委书记与哲学系主任),燕京毕业者二人(地理系与历史系主任),其余的教授如果我记忆不误都是出身于清华的。这种情况当然有很大偶然性,恐怕也不能否认它说明一些问题。清华一位老教授回忆,梅贻琦校长曾开玩笑地说:"京戏舞台上的皇帝身穿黄袍,坐在当中。但真正有戏可演的,大都是那些文臣武将。皇帝往往没什么表演,我就像是个皇帝。"此话说明,梅校长虽然自谦,实际他的作用正在善于延揽

---

① 1989 年5 月 27 日致周函。

教授。只要有高水平师资,各尽其责,就有保证把合格的学生培养成高水平人才。当年清华的教授会很富权威性,或称为"教授治校",看来未可厚非。

从莲生的例子,我还想到清华办学的另一特点,即悬统一标准,要求所有学生的基础具备大致相等的水平。北大却容许录取中文突出优异而外文不及格的新生。莲生自谦说,英文程度在清华学生中只居乙丙之间,而日文下过深切功夫。①然而莲生在美国很快适应,讲课、写论文、讨论等应付裕如。而北大毕业的一位久居美国的历史学家,学问精深渊博与莲生相伯仲,只是外语受到限制,不能像莲生那样发挥所长,因而在美国汉学界始终未得到应有的承认。这一对比的例子可能也并不典型,但足供知人论世,有助于理解莲生之所以成为国际知名学者。

莲生不仅学识渊博,而且多才多艺。在美国同学时,只知其能诗而不知其善画;只知其精于桥牌,而不知其兼擅围棋麻将,甚至三者都有著述;只知其为京剧戏迷,不知其能写能唱子弟书。陆惠风先生悼词中说莲生是"certainly one of the most colorful intellectuals of his generation"(肯定是他这一辈知识分子中最为多彩多姿者之一)。仅从上述意义而言,colorful 一语也确切之极,更无论他的学术活动了。莲生由于人品、学业、才艺等方面原因,在哈佛中国学生中群众关系甚好,被选为中国学生会主席,并被吸收为中国学生的兄弟会"成志学社"(CCH)会员。

40 年代之初,哈佛搞文史哲的中国研究生有四个人年辈相近,意气相投,常在一起,以齿相序为任华(贵州安顺人,清华大学

---

① 赵赓扬:《东方伯希和:汉学家杨联陞》,《中外杂志》(根据复制件,卷期不详)。

毕业,清华留美公费)、周一良(安徽东至人,燕京大学毕业,哈佛燕京学社奖金)、吴保安(后更名于廑,安徽休宁人,东吴大学毕业,清华留美公费),而莲生最年轻。吴杨两人时时写诗唱和,记得他们的《哀香港》七古长篇在哈佛中国同学中传诵一时。吴保安住处是30年代翁独健教授求学时所住之地,当年的房东已然是白发皤然的两姊妹,也曾成为吴杨诗中主题。①莲生赠吴保安归国诗云:"思能通贯学能副,舌有风雷笔有神。同辈贤豪虽不少,如君才调恐无伦。"②八年抗战胜利结束,1946 年任周吴三人"青春作伴好还乡",先后回国。四十年来,由于客观情况,业务上展转流离,游骑无归,成就寥寥。拨乱反正之后,周一良始得重理旧业,吴保安奋其雄心壮志,开创 15、16 世纪世界历史转折点之研究。西洋哲学长期被冷落,金岳霖大师之高第弟子任华几于投闲置散,今年届八十,老病因循。共话剑桥旧事,既悲莲生之永逝,又不禁庆其学术硕果之长存也。

《梁书·朱异传》载:"异遍治五经,尤明礼易。涉猎文史,兼通杂艺。博弈书算,皆其所长。年二十,诣都。尚书令沈约面试之,因戏异曰:'卿年少,何乃不廉?'异逡巡未达其旨。约乃曰:'天下唯有文、义(周案:指谈义)、棋、书,卿一时(周案:犹言一齐)将去,可谓不廉也!'"借此典故,撰联以表达哀思:

任周吴杨异域同游,俊彦独推魁首;
文义棋书一时将去,不廉更迈前修。

---

① 三四十年代时,美国对华人种族偏见甚深。剑桥留学生租房每遭闭门羹,只有少数房东愿收中国房客,因此中国学生住房常有"世袭"现象。

② 1983 年 10 月 18 日致周函。

平生读史叹无边
——纪念老友吴于廑

　　1993年4月6日,我接到吴公4月1日亲笔来信:"弟自上月检查出院后,情况良好。医生嘱毋过用脑,每于阅读书报,都注意适可而止。这点自病后已习以为常,即偶或清理旧稿,也是慢慢来,做一点算一点。人总得服老,莫奈何也!"不意一周以后突闻于廑于4月9日仙去,晴天霹雳,欲哭无泪。我得他信后,日记中曾

1984年11月23日,剑桥三公:左为吴于廑,右为张培刚

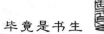

记下他"一切颇好,唯医嘱勿多用脑,一切放慢也"。谁料这封报告好消息的信竟成绝笔!

1940年秋间吴公来到剑桥,我们都不过二十多岁。那时哈佛大学的中国留学生约四五十人,有个中国学生会,属于联谊性组织。学生会职务有会长与文书,一般推选为人正派、业务与群众关系较好的同学担任,前一任的文书大抵被推选为下届会长。1940—1941年会长是政治系同学刘毓棠,现为台北文化大学退休教授,我任文书。次年我任会长,文书推选了无线电系同学冯秉铨(归国后任华南工学院副院长)。1942—1943年冯任会长,吴于廑任文书。1943—1944年吴任会长,化学系同学高振衡(归国后任南开大学教授)任文书。美国男女大学生有所谓兄弟会和姊妹会,是一种社交性结社。早期中国留美学生也组织了两个兄弟会,其中之一名为"成志学社",我与吴公皆其成员。这些松散的结社,在"文革"期间都被目为反动政治组织,多次调查审问。我与于廑之由相识而莫逆,却与这些组织上的联系无干。最根本原因是文化教育背景相近,气味相投,所以五十余年交情,历经风雨而始终不渝。

50年代末,中宣部、高教部共同领导了高校文科教材编写工作。历史组由翦伯赞任组长,郑天挺先生和我任副组长,由我负责世界史。当时名为在群众所搞教材的基础上修订,实际是由各段主编(上古齐思和,中古朱寰,近代张芝联、杨生茂、程秋原)另起炉灶。根据吴寄寒同志建议,调吴于廑来京参加《世界通史》主编工作。这部通史框架仍不脱苏联教材窠臼,但材料较为丰富,论点较为平实,加强了亚非拉部分,增加了中国与外国文化交流章节,比苏联教材多少有所改进。我们两人与各段主编通力合作,一起通读定稿。全书论点之商榷,资料之核实,文字之打磨,以于廑同志出力为多。1962年出版后，受到各校历史系师生的欢迎。仅仅因为我是历史组副组长，故而署名在前，此乃所谓"周编四卷本"之由来也。

1979年在于霮同志主持下，此书又做了大幅度修订，臻于完备，获1988年教材一等奖。然于霮为学志向固远不止此。他原本治英国史，回国后因服从需要，搞了一阵希腊罗马史，以后又被拴在世界通史教材上。1979年修订告一段落，他返回武汉，有诗一首，写寄给我：

> 枫叶惊秋又一年，京华回首胜游仙。
>
> 金薤玉砌长安道，紫苑红旗万里天。
>
> 临老著书知不足，平生读史叹无边。
>
> 解牛待有操刀手，伫看新编覆旧编。

虽是谦挹之词，也表达了踌躇之志。但我体会，他心目中的"新编"，不局限于日后新著通史，更主要是他后来发表的关于世界历史上农本与重商、农耕世界对工业世界的孕育等理论上富于开创性的论著。80年代，于霮在武汉大学创立15—16世纪世界史研究室，领导开展了成绩卓著的研究工作，在我国世界史领域放一异彩。

在参加主持编写《中国大百科全书·外国史卷》的同时，他纠集各地志同道合的同志，主编一部世界史。正是在这部书的讨论会上，于霮同志阐述了指导性意见之后，又一次突发脑溢血而倒下。这是八十高龄老兵在驰骋多年的战场上的最后战斗。

记得去年春间，一些青年同志筹划给我出一本八十生日纪念论文集。我提出两点:不惊动与我同年辈的人写文章,但要请吴于廑先生题写书名。不为书法而是为纪念我们多年的友谊。于廑4月22日给我信中说:"这个想法好极好极,我为此十分高兴。不用毛笔写字又已很久很久,今早把笔墨给找了出来,先涂写了几张废纸,然后才取宣纸写定。""今天写了这几个字,可说是从医院回来后做的最有兴趣的好事。"老友出自内心的欣喜之情感人深矣!于廑兄与我同庚,也于今年庆八十。他在4月1日函中也提道:"在如何对待过八十生日这一事上,弟从兄去年信中学到一条原则,即同辈以上概不惊动,校内校外都如此。"不幸就在庆典之后紧张的学术活动中,习惯于慢节奏的久病之躯便难以适应。温文潇洒的于廑同志就这样平静地走了,带着几分悲壮的色彩,哀哉!

最近三年,我连续失去三位论交五六十年的挚友——哈佛的杨联陞、复旦的谭其骧、武汉的吴于廑。因业务相近,三人与我关系密切,而噩耗传来,并未起昭告与他们三人从此人天永隔的震撼作用,却像是预报将与他们殊途而同归。记得若干年前有一次北大教授们从八宝山追悼会返校,吴组缃同志在车中说:"我们这些人是 one by one(一个挨一个)啊!"这句名言又几次在我耳边回响。于廑同志逝世,我感到在老境中又迈进了一大步,所以心里还想着:吴公去得那么洒脱,值得艳羡!

1993 年 6 月 3 日写成

钻石婚杂忆

两人先后大学毕业

从专修科到正途出身的历史系

我在私塾读书,又受教于唐兰先生,读了一些如《经义述闻》《观堂集林》之类的书,对于清代朴学颇为向往钦佩。当时很爱读的一部书是支伟成编的《清代朴学大师列传》(此书最近重印)。对于北平国学界的情况颇为熟悉,很感兴趣,诸如清华国学研究院的刊物《国学论丛》,北京大学的《国学季刊》,清华和燕京的学报都买来看。1927年,王国维先生自沉于昆明湖,也使我很震动和哀伤。我想离开天津到北平去寻师深造。因为我没有数理化的基础,不可能考大学,而兴趣又在国学方面。清华国学研究院当时已停办,燕京大学有专门训练中学国文老师的二年制国文专修科,入学不问资历,只考国文、历史,自己觉得还有希望可以考取,而我父亲这时可能也感觉到只读私塾不够,同意我去北平,于是我1930年秋进了燕京大学国文专修科(学号 30604)。

专修科的同学大约有二十多人,和我最熟的是瞿润缗(子陵,苏州人)。他和我当时都喜欢古文字学,听了容庚先生的课,他协助容庚先生做研究,并编录燕京大学所藏的甲骨。1932年毕业后,曾在中华书局参加《辞海》的编辑工作,虽然时间不长,编辑人员的名录中却列有他的名字,因为他工作比较出色。近年我才知道,他

周一良：毕竟是书生

1937年左右在赵守俨先生家里教过家馆，为赵讲授《汉书·艺文志》，以后的情况就不清楚了。另外两位比较熟的，一是后任人民文学出版社编辑的黄肃秋先生(毓霖，吉林人)，一是现在兰州大学的沈国华先生(心芜，河北人)。还有一位上一班的同学是王重民先生的夫人刘修业，直到晚年，我们同住在燕东园。王先生逝世后，她以全力搜集整理王先生的遗著，一本一本地出版，这种精神和毅力极可钦佩。可惜她耳朵聋，听不见我说的话，她所说的南蛮鴃舌的福建话我又听不懂，所以失去了关于国文专修科共话沧桑的机会。

国文专修科1930年班班长和泰(培元，河北人)是一位中学教师，很活跃。听说他毕业后去了陕甘宁边区，与范文澜、于光远等同志大约同时在延安。他到延安后入党，据说曾任毛主席的哲学秘书，延安《解放日报》登载过他的一些抗日文章。后来在延河游泳时不幸溺死。

我在燕大国文专修科时，表兄孙师白已从上海交通大学毕业，在清华大学电机厂任工程师，我们两人过从甚密，每到周末，就到北平城里的四叔父季木先生(周进)家里去玩儿。四叔父喜欢金石之学，所藏汉晋石刻甚多，①方地山先生赠他的对联有"所得汉碑堪作屋"之语。商承祚先生赠以手写篆书横幅，称"二百汉晋石斋"。②在天津时，曾选印成《居贞草堂汉晋石影》，由柯凤孙老先

---

① 季木先生收藏甚富，后人编有《季木藏匋》《魏石经室藏玺印景》，他所藏铜器由商承祚编入《十二家吉金图录》。关于季木先生的生平，请参看《收藏家》杂志1993年第2期周珏良文。

② 罗振玉曾以篆书为家父书写"孝经一卷人家"横幅。二者之一曾流传海外。"文化大革命"后，阴错阳差，师徒二人为兄弟二人所书横幅现同归于幼弟景良收藏，实为巧合。

生题写书名,他命我写扉页背面记载印行时间、地点的几个字,我因楷书太差,就用笨拙的篆书写了,这是我的篆书首次印刷出来。直到 90 年代,北大选印教师们的书法,我的篆书才第二次见于印刷。

孙师白与四叔父的长女琬良恋爱结婚,当时师白为了疗养肺病,与琬良住在香山半山亭,我常去他们那里玩儿。师白病中性情暴躁,一方面非常爱琬良,另一方面又常有很野蛮的举动,使琬良不堪忍受。有一次,琬良忍无可忍,不辞而别,师白着了慌,深夜跑到燕京来找我。两人雇了汽车,打着手电,爬到半山亭,还是没有找到,只好下山来,在清华同学会住了一夜。最后是在琬良的外婆家找到她,两人言归于好。深夜打着手电上山,寻找出走的爱人,这在孙师白来讲是一次深刻的教训,对我来说也是从没有过的事情,所以印象颇深。

师白后来改行研究硫酸,成绩斐然。新中国成立以后,他在国内硫酸界的贡献非常突出,与侯德榜先生并称为化工界的两位大师。很多地方建设硫酸厂,都请他前去指导。在他逝世以后,由他创建起来的硫酸厂为他竖了一尊铜像。师白活到差不多九十岁,在他七十多岁的时候夫人去世,他与一位比他年轻四五十岁的中学教师结婚。此事本来无可非议,但在周围的人们看来,这种老夫少妻似乎是很不名誉、很不道德的事情,他的政协委员就因此被撤掉了,对他的待遇也有种种不公道的表现。但他完全不在乎人们的议论,依然苦心钻研,不断有所发明,并在国际硫酸学会议上发表论文。在他逝世以后,我曾作一挽联:"半山槐宝,踪迹相寻,平生见待,真如兄弟;理论工艺,创新不断,化工齐哭,顿失宗师。"

周一良：毕竟是书生

香山的半山亭和后门的槐宝庵均为师白兄旧居之地也。①

我觉得专修科不是正途出身，就想转学。这时，对北平各大学的情况了解得比较多一些。国立学校转学不但要检验中学文凭，而且还要考一年级入学的所有科目，我当然没门儿。

刚刚成立的辅仁大学查验文凭比较松，当时造假文凭风甚盛，我在琉璃厂假造了一个安徽高中的文凭。同时，辅仁入学考试也比较松，数理化中只考数学一门，我就请我的表兄孙师白替我去考。他是上海交大电机系毕业的，考大学一年级入学的数学显然不成问题，我就这样进了辅仁大学历史系。

新开办的辅仁大学，对于一年级的课程很不重视，我感到不满足，同学们的水平似乎也不高，不少学生并不安心读书，例如我同屋四个人，一位叫廖鸿恩，一年后转学到北大教育系了；一位叫张矩祖，爱好踢球，经常和球队高手赵锡田(北大同事赵锡霖教授之兄)去踢球，一年后转学到杭州笕桥航空学校去了；我最后也离开了，只有来自四川大邑县信仰天主教的李姓同学留在辅仁。

辅仁大学历史系一年级的同班，我只和两位有来往，一是山西人杨德铨，西北军将领薛笃弼的女婿，后到美国在哥伦比亚大学从海士教授研究欧洲近世史，那时我们还曾见过面。另一位是叶公超夫人袁永懿的弟弟袁永熹，汇文中学的学生，尚未毕业，用他姐姐的毕业文凭考取了辅仁大学。此人一年后转到清华大学，后来参加革命，失去联系。

当时只有燕京大学转学是只考国文、英文两门，我当然优为

① 师白有子启治，通《说文》及先秦诸子治学，协助顾廷龙先生整理《尚书》文字，是顾的得力助手。近年整理研究上海图书馆所藏碑帖，时有创获。女启康，高中特级教师，推行心理咨询，甚见功效。

之。这样,我就以辅仁大学一年级生的身份转入燕京大学历史系二年级。这年级一共三人,另两位都来自广东,一为张家驹,专治宋史,后在上海师范大学任教,著有《两宋经济重心的南移》。他的夫人杨淑英,燕大社会系学生,也是邓懿的好友。家驹的公子在"文化大革命"中失踪,家驹去世后,杨淑英和孙儿张飚相依为命,在上海教中学,极受学生欢迎。另一位同班同学刘选民,毕业后回香港,在教会从事与教育有关的工作,数十年未通音信。90年代末得知他已定居加拿大,急忙去信,并互赠照片,已经完全认不得了。

历史系比我高一班的学生中只有一女生,后在天津广东中学教历史。比我低的几班中,则人才济济。如侯仁之先生,后来与谭其骧先生从不同方面创建了中国历史地理学科,两人又一同被选为第一届中国科学院院士。仁之以所学对国计民生做出了重要贡献。此外还有王伊同,江阴南菁中学高材生,燕京毕业后辗转在美国教中文,主持宾夕法尼亚大学东方语文系。他中英文俱佳,曾翻译《洛阳伽蓝记》为英文。1989年我们共同评论马瑞志教授的英译《世说新语》,确切的英文翻译多由他提出。还有王钟翰先生,他钻研清史,得邓文如师之真传,蔚然为当代清史老专家。

历史系研究生当中,我熟悉的有谭其骧和国文系毕业而进入历史研究院的张玮瑛。邓懿毕业时,张玮瑛在她的纪念册上写的一句话:懿的温柔秀美是神的杰作。①玮瑛当时是虔诚的基督教徒,这句话出自她口,是很有分量的。所以我始终记得这十一个

① 这本纪念册中还有一幅画我至今记得清楚。那是邓懿的挚友范炳桓和她的丈夫沈祖徽所画的,一个鸟笼子里有两只小鸟,象征他们自己。而有另外一只小鸟在笼外飞翔,大约是象征自由之身的邓懿。这时或者还没有"泰山情侣",或者有而他们不知道。

《北洋画报》所刊天津名闺
邓懿女士像

字。我每次看到玮瑛就想到古书上说的"温柔敦厚，诗之教也"。那时她尚未结婚，我和邓懿就给她起了一个外号"慈母"。还有陈沅远，他的硕士毕业论文《唐代驿制考》至今被认为是这一问题的经典著作。还有两位国文系的研究生。顾廷龙(起潜，苏州人)来燕京一年，即获得硕士学位。他后来的贡献世所共知，这里不必说了。我曾请他写一副对联，文曰"不如意事常八九，可与言人无二三"，不知何故，他把下联"言人"二字倒了过来成为"人言"，意思便大不一样。我在这里说明此事，以免日后有人误会。谭、顾两先生虽非燕京本科毕业，但在燕京的熏陶与学习，对他们以后的学术成就与贡献是起了极其重要作用的。他们两人应该是燕京的骄傲，而燕京大学始终没有聘请他们为燕京的专任工作人员，这和胡适之先生的诗句"纵然不是家园柳(指清华杨联陞、燕京周一良)，一样风流系我思"所表现的胸怀岂非大异其趣？另一位国文系研究生刁汝钧(士衡，河北人)来自暨南大学，曾专门赴巴黎抄录敦煌变文，郑振铎先生编写的《插图本中国文学史》提出

1938年戴上方帽，终于正途
出身成为燕京文学士

变文问题,引用资料甚多,即利用了他所搜集的材料。刁喜欢戏剧,在内地协助熊佛西从事戏剧运动很有成绩,新中国成立后在陕西师范大学任教授,父子祖孙三代人都是戏剧家。

最后应该提到的历史系研究生是邓嗣禹(持宇,湖南人),他与我同学四年,在湖滨宿舍的东窗下名副其实地同窗二年。此人艰苦卓绝,发奋用功,以后在中国近代史、外交史、考试制度、秘密会社、太平天国以及近代史目录学等方面都有著作。他任教于美国印地安那大学,获得"大学教授"称号,去世后,系里给他立了铜像。在美国大学任教的燕京大学历史系同学,还有教梵文与佛教的陈观胜和宋史专家刘子健。此外,历史系出身的知名学者还有聂崇岐、齐思和、翁独健、瞿同祖、郑德坤、李晋华、赵丰田、冯家昇、王育伊等许多位,这里就不一一介绍了。

国文专修科时期,我唯一熟识的外系同学是政治系的叶笃

1992 年 5 月 4 日,燕京校友返校日叶笃义来访

义。他也是安徽人，我们两家是世交，他祖父曾任陕西巡抚。他毕业后参加了革命，"文革"中"四人帮"因为要整刘少奇同志，就先整徐冰(当时负责统战工作)，而叶笃义当时是民主人士，与他有联系，因此把叶笃义关在牢里四年三个月二十天，想从叶笃义这里寻找徐冰的把柄。这一点直到叶出狱以后很久他才知道。他现在担任民盟中央副主席，著有《虽九死其犹未悔》。90 年代以后，燕京大学的校庆也定在 5 月 4 日，他每年校庆必来，但不到礼堂开会，却到燕东园我家叙旧。燕京大学虽不存在，但是燕京的凝聚力很强。这种凝聚力，这种双重的关系，使我们每年一度的会见维持了很久。后来他中风，不能出门，我便去看他。他说话已经不太流利，而两人握手对坐同样感到温暖，我常想起老友杨联陞当年要与我"行个洋礼"，不也是出于同样的原因吗？

燕京大学男生食堂 30 年代包饭，每人每月八元五角，凑足四五人一桌，还可额外点菜。和我一起包饭的有邓嗣禹、化学系的傅缉明(抗战胜利后赴台湾任制糖厂技师)、医预科的邓庆曾(后赴美行医)、社会系的杨骏昌 (新中国成立后任天津食品研究所所长)。傅、杨两位近年先后去世了，邓大夫 80 年代在美国还曾见过面。

上述这些同学都成绩斐然，各有贡献，不就是燕京校歌中所唱的"人材辈出，服务同群，为国效尽忠"吗？

燕京岁月

　　燕京大学国文专修科虽然有不少女生,但我当时没有什么社交。辅仁大学历史系则根本没有女学生。1932年转回燕京,全系的女生也很少。到1933年春,学生会组织去泰山旅游,才开始与邓懿(生于1914年4月17日)相识。其实我对她早有所知,她毕业于天津南开女中,原名邓婉娥。当时,燕京大学与南开中学之间有所谓保送制度,凡中学品学兼优的学生可以不经入学考试,直接升入大学。她各门功课都很好,尤其喜欢文学,颇受知于南开高中著名国文教员关健南、孟志荪两先生,作文常受表扬,贴在墙上"示众"。她父亲对她的文学修养并没有加以栽培,只是耳濡目染,受到一些影响而已。她

《北洋画报》所刊天津名闺邓懿女士像

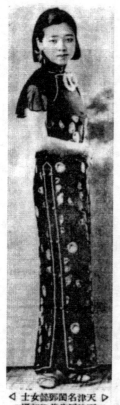

《北洋画报》所刊天津名闺邓懿女士像

◁ 士女懿邓闺名津天 ▷
○ 摄部术美生同津天。

非常喜欢京剧，特别是程砚秋的戏，很欣赏他的低徊婉转的唱腔。她自己也喜欢唱，但嗓音嘹亮，与梅兰芳相近。南开女中学生曾在"九一八"以后排演过爱国话剧《反正》，男人都由女生扮演，如著名妇科医生严仁英饰师长、马珠官(在台湾)饰副官。据当时还在初中的马珠官的弟弟桂官(现也已八十出头)前不久来信，说邓懿背向观众，念长篇台词，声音响亮，台下听得入神，寂然无声(南开女中 1932 年毕业生年刊载有当时剧照多幅)。她在入燕京后改名邓懿。

30 年代，天津有一家名叫《北洋画报》①的刊物，是赵四小姐的姐夫冯武越所办，雅俗共赏，颇受欢迎。该刊每期的刊头上都是一位女士的玉照，或两位女士的合影，其中有电影明星，如胡蝶、阮玲玉等，或者就是当地的大家闺秀。这些大家闺秀的照片是怎么来的呢?据说是由她们常去的天津同生等著名照相馆提供的，《北洋画报》毋需付稿费，而照相馆则可借此做广告。当时尚无肖像权一说，所以这些大家闺秀的照片就由他

① 1999 年 11 月，由白化文先生指引，从旧书店购得影印全套《北洋画报》，价 3000元，对一介书生而言不可谓非"豪举"。《北洋画报》中陆续刊载邓懿照片共十五六帧，最早者 1931 年，时年十七岁，于今已七十年。《北洋画报》所刊人物中，长寿至今者，邓懿即使非仅存之硕果，恐亦寥寥无几矣。

们随意刊载了。邓懿的照片就经常上《北洋画报》。

我是从外校转来的二年级学生,按规定必须补修一年级的中国通史,由邓之诚先生讲授。当时邓懿是国文系一年级学生,也在这个班上,不过我们没有交谈过。1933年春到泰山旅行时,我们开始有了接触。邓懿为我在虹桥飞瀑拍照。照片洗出后,我送给邓懿一张,背后附题记"廿二年春游泰山邓懿同学为我拍因赠一良"。后来我的钱包和大衣被土匪抢走,当时认识的天津同学只有邓懿,于是就向她借了五块钱。回天津以后,上她家里去还钱,才逐渐对她的家世有所了解。她的父亲邓镕,字守瑕,四川成都人,出身贫寒,清末留学日本学法律,回国后做了律师,同时也靠吃瓦片(做房东)有所收益。他还是一位诗人,著有《荃察余斋诗文存》。汪辟疆的《光绪以来诗坛点将录》里用一首诗评论了他和傅增湘两个人。黄濬的《花随人圣庵摭忆》中曾有两处提到他的诗,一处亦将他与傅增湘相提并论,另一处将他与樊增祥并提。守瑕先生殁后,黄书中称"荃察余斋诗中长篇歌行不少,颇有感时纪事之作",故挽诗有云"记事解为长庆体,沈忧还遭广明年"。因此,我和邓懿的家庭背景和文化教养都比较接近,谈起来有很多共同感兴趣的话题,比如我们都喜欢听顾随先生的课,都喜欢看京剧,都喜欢听刘宝全的大鼓书,等等。

幼时的邓懿

邓懿是上过《北洋画报》的

女生宿舍二院门口，男生止步。每年只有
返校节那天可以在女生宿舍招待男生

"名媛"，所以入学后颇为引人注目。据说她刚入燕京时，就有一位同班同学追求她，那人西装革履，对她百般逢迎、千依百顺，反而引起她的反感，断然拒绝与他交往。而我呢，一身蓝布大褂，像个老学究，不穿西服，——事实上，我家里也从未给我做过西服。我每学期从家里带二百块钱到学校来，除交学杂费和伙食费以外，所剩无几，没有多余的钱做衣服。直到我有稿费收入以后，才做西服穿。另外，在我与邓懿的交往中，决不唯命是从、唯唯诺诺，倒是经常与她发生争论，这也是与那位男同学大不相同的地方。或许就是因为这两个原因吧，邓懿对我似乎较有好感。

就这样，一来二去，我对邓懿逐渐由最初的好感产生了爱，但她心里是怎么想的，我不知道。有一天晚上，我陪她从图书馆回到女生宿舍二院门口，就在我们即将分手时，我毅然决然地用动作明确表达了我的爱情，我的这种冲动对她来说大概有些意外，又似乎是在意料之中。恰好这时钟亭的钟敲了三下，是九点半(此系采用西方海上报时方法)。当时我们都在学法语，因此事后常常用

钻石婚杂忆

法语"neuf heure etdemi"提起这个时间。当时邓懿对我表示，由于她父亲过早去世，母亲又体弱多病，弟弟、妹妹还年幼，她必须主持家务，不能结婚。我的回答是，这一点儿也不成问题，对于她的母亲，我是会负责到底的。四十年来的事实证明，我实践了当时对她许下的诺言。

当时燕京大学规定，女生宿舍的一、二、三、四院男士免入，男生来访只能在门口按铃，请女生出来谈话。女生宿舍的北面有两座小楼——姊妹楼，靠北面的那个小楼，就是专门为女生预备的会客室，屋内摆放着许多沙发，沙发的靠背都很高，是为了方便学生躲在沙发背后谈心。燕京大学的校园非常美丽，湖光塔影，草坪上、柳荫下、湖水畔、钟亭边，无处不可留连，都是情侣们谈情说爱的天然胜地。记得俞平伯先生曾经说过，清华园好比是一篇散文，而燕园则好比是一首诗。燕京的学生可以说是在诗一般的环境里学习和生活的。

此外，还有一处情侣们经常光顾的地方，就是燕京大学东门对过的常顺和饭馆，饭菜可口，而价钱不贵，环境也比较干净。男生们常在此宴请女生。直到今天我还能数出常顺和的

1935年，游十三陵

191

一些菜名，如糖醋熘松花、焦炸土豆丝、叉烧肉、白烧白菜等等。还有家常饼和伊府面，也都很受欢迎。说到这里，我可以再举出一件邓懿与别的女生的不同之处。通常男女同学出去吃饭，理所当然地是由男士付账，而邓懿遇到这种情况，总是和我争着要付账，由此可以看出她所具有的那种独立自主的新女性精神。

前面说过，邓懿在大一时已经拒绝了那位追求她的男生，但我并没有因此而放松警惕，甚至变得有些疑神疑鬼。邓懿有一位很要好的女友，论才论貌都远不如她，这位女友有一位燕京毕业的表兄，一表人才。他们三人很谈得来，常在一起。当时虽然听说那位表兄对他的表妹很中意，但让我觉得蹊跷的是，为什么他在如此优劣悬殊的两个女友中，不"择优录取"呢？我一直为此怀有醋意，感到忐忑不安。直到那位表兄最后与他的表妹结了婚，才消除了我的担心。

另外还有一位男同学也曾引起过我的疑心。他是比邓懿低一年级的医预科同学，这位同学多才多艺，经常去找邓懿，在她面前每每以小弟弟自居。促成我和邓懿在泰山结识的那次旅游，他也去了。就在我们从泰山回来后的那年秋天，邓懿与一位女友，还有这位"小弟弟"，一起去过一次十三陵，这自然引起我的注意和警惕。不过在那之后不久，亦即"九点半"之后，我就打消了这种顾虑。1935年春，我和邓懿两人一起，无拘无束、自由自在地做了一次明陵二日游。这位同学后来在北京行医，我们两家经常来往，成了很要好的朋友。

我把1933年到1938年这五年恋爱时期概括为甜甜蜜蜜的五年，在甜甜蜜蜜之中掺入一些酸味，也许就更显得甜蜜了吧。在我这方面虽然没有使邓懿感到疑虑的事情，但遇到过一些人为我提亲说媒。初入燕京时,我的姨母就曾想把我舅父的女儿说合给我。当时不懂什么近亲不婚的道理,但认为婚姻大事应当由自己选择,所以婉言谢绝了。在辅仁时,柯燕舲先生也曾想把湖北藏书家徐行可先生的女儿介绍给我,我也谢绝了。还在燕京国文专修班的时候,容庚先生曾想把他的得意弟子、一位比我高一班的女生介绍给我,先从侧面了解她的想法。这位女生表示,她将来非博士不嫁。后来她果然嫁给金陵大学的一位教授刘博士了。此事是多年以后朋友讲给我听,我才知道的。可是,周一良以后不也成为博士了吗?父亲对我的教育是非常保守的,可是在婚姻方面他却向来不加干涉,这样就省去了很多矛盾。

恋人之间不管如何相爱,总不免会有一些摩擦和误会。有一天晚上,我和邓懿在二院女生宿舍门口,因为有什么事情存在误会,没有能够澄清,可已经到了关门的时间,只好分手了。我那时忽然想起黄仲则的两句诗:"如此星辰非昨夜,为谁风露立中宵。"于是就想试一试"风露立中宵"的滋味,在二院关门熄灯以后,仍在门口独自徘徊不去。后来校卫队来巡逻,觉得我可疑,经过一番盘问以后,就把我带回男生宿舍去了。

在燕京同学们的眼里,我和邓懿这一对恋人大概是很让人羡慕的。有一次,学生会在礼堂演京戏,其中有一出《群英会》,由政治系同学蔡国英扮演周瑜,经济系同学李公原扮演蒋干,当蒋干被周瑜逼得只好点头连声说"兵精粮足、兵精粮足"时,李公原的表情令人叫绝,不由得哄堂大笑。我和邓懿坐在前排,事后我的好友俞大纲给我写信,提到此事,说"足下'供奉内廷',在前排'璧合仙姿',令人艳羡"云云,这就是我们当时留给同学们的印象吧。

1935年夏,我从燕京毕业。那个暑假我没有回家,留在学校,和邓懿两人花前月下,尽情享受恋爱的甜蜜。1935年秋,我入燕京大学历史系的研究院,主要目的就是再待一年,等她毕业之后,再一起离开燕京。就在这一年冬天,我们在正昌饭店宴请师友,宣布订婚。

史语所:非常愉快的一年

　　1935 年从燕京大学历史系毕业后,我在燕京领取哈佛燕京学社奖学金(年五百元),做了研究生。当时燕京的制度是第一年按照两个颇长的书单自己阅读,学年终了举行笔试。中文书单包括《资治通鉴》等,西文书单有吉本的《罗马帝国衰亡史》等。我当时未作长久之计,认真读这些书。这一年的时间,大部分用于陪女友在诗一般的燕京校园共度花晨月夕。她当时是国文系四年级学生,在写毕业论文。我实际上在等待她毕业一同离校。

　　另一方面,这一年我在学术上却又有极大的收获,这就是偷听了陈寅恪先生讲魏晋南北朝史课,眼前放一异彩,使我佩服得五体投地,决心走他的道路。关于这一情况,我在别处已谈得很多,兹不赘述。1936 年暑假中,忽然得到同学俞大纲自南京来信告诉我,经陈先生推荐,史语所聘请我去工作。原来他已向陈先生(历史组组长)介绍了我的情况,陈先生同意向所里推荐通过,他才通知我。接受陈先生指导和搞研究工作,这两个条件对我而言都是求之不得的,我当然极愿意去。女友当时刚考上清华大学中文系做研究生,对我去南京也支持。我父亲与陈家关系很深,我祖父殁于南京,墓志即出于散原老人之手。师曾先生是我父亲的老友,为

他画过不少画,刻过不少印章。我父亲又与方恪先生是思益小学
(柳诒徵留学日本归来,借用陈散原房舍开办的新式学校)时代的
同学,莫逆之交,至老不渝。父亲听说是陈寅恪先生推荐并跟他工
作,也很高兴。父亲怕我在南京人地生疏,让我带信给在南京的八
姑父张佛昆,托他在我困难时给予资助,"以二百元为度"。

我对去南京又有一点儿顾虑,怕燕京的洪煨莲先生为燕京保
存可能有用的力量,不同意我走。以前燕京搞明史的李晋华先生
去史语所工作,洪先生曾为此大不高兴。俞大纲当已考虑至此,在
信中赘了一句:"至于哈燕社奖学金、燕大硕士学位,我兄谅无所
留恋也。"这话说得对,我当时对寅恪先生景仰之诚和追随之幸都
远远在名利与学界派系考虑之上。凑巧当时暑假,洪先生不在学
校,对我的决定未形成阻力。

南下前,我叮嘱女友,到清华后一定去听陈先生的课,并做详
细笔记,以便我学习陈先生的最新研究成果。

赴南京前,到清华园西院谒见陈先生。他对我情况似颇了解,
未多垂询。说他做历史组长,也是遥领,参预决策,组中一切事务
均由所长傅孟真先生处理。但研究工作中的问题由他负责,可以
通信联系。

俞大纲先生到浦口相迎,共乘轮渡过江。黄而浊的扬子江水
使我颇感失望。中央研究院在北极阁下,史语所占其中一座大楼。
傅先生见到我表示欢迎后说:"请你来做助理员,但目前没有名
额,暂时给你图书员名义,但做助理员工作,薪水同样八十元一
月,明年再改为助理员。"这些我都无意见。傅先生交代我的研究
任务是魏晋南北朝史,并说:"将来写出文章,够水平就在集刊发
表。"他没有命题作文,也没有给任何条条框框,更没有把文章和

升级、提薪联系起来。因此我感到,史语所的研究工作是纯粹为学术而学术,不带任何一点儿功利主义,是完全自由研究。

我在燕京时写《魏收之史学》,对北朝史有所涉猎,因此现在计划从南朝着手,先读沈约《宋书》。我仍采用私塾办法,用朱笔点读。因为只有自己断句,才能理解得比较确切,而无遗漏。如果自己断不了句,必然是没懂,就迫使你思考。

史料多多益善,越完备越好,才便于比较,去伪存真。在索引工作很不完备,更无计算机可言的年代,只有靠笨法子。我每逢人名就去查本传,逢地名就查地理志,逢官名就查职官志。关于重要时代和事件,我必然翻阅《资治通鉴》。宋代保存的魏晋南北朝史料比今天多,而司马温公断制有方,所叙多可信赖也。清人长于史料考证,读史必须利用。我读正史必同时检阅钱大昕《廿二史考异》、赵翼《廿二史札记》、王鸣盛《十七史商榷》。钱书考订最精,赵书融会贯通史事,王书稍差,亦不无用处。

在精读正史之外,我还涉猎一些有关时代的子部著作,如《世说新语》《异苑》《颜氏家训》等;集部著作,如《全上古三代秦汉三国六朝文》中有关部分;金石书如《金石萃编》《八琼室金石补证》等。

总之,在史语所的这一年,我比较仔细地读了八书中《隋书》以外的七部,参阅了《南史》和《北史》,打下了较好的基础。

在广泛阅读史料过程中,自然遇到某些引起注意的现象。对这些现象进行比较、分析、综合、思考,得出所以如此的原因。再从其他未利用过的书中,有针对性地寻找补充证据,最后形成结论,一篇论文也就完成。我这一年中,写了四篇文章:《南朝境内的各种人及政府对待之政策》《领民酋长与六州都督》《论宇文周之种族》《评魏楷英译魏书释老志》。宇文周一文是根据傅先生启示，为之论证。书评不算所里工作，给了母校历史系的《史学年报》。另外两篇则是在广泛自由阅读基础上水到渠成写出来的。南朝各种人一篇，人口的计算方式可能不妥，但关于南北人在政治、社会各方面地位之消长，以及少数民族问题，所论在当时却颇新鲜。关于溪人曾通函请教陈先生。陈先生喜欢用明信片。想到一点儿就寄一张明信片，有时我一天收到好几张。他说自己"胸无定见，殊可笑也"，实际反映陈先生思想之敏锐与活跃。后来陈先生在关于《魏书·司马睿传》江东民族条文章中，回忆当时研讨之乐，有一段颇富感情的话。我在美国，胡适之先生举以见示，我读后深为感动。领民酋长与六州都督，都是北朝史中习见之称而不得其解者，我的文章初次做了解释，遂成定论。

　　史语所的办公室，一间约有三十多平米，几人合用，每人一书桌、一书架。平均占有的空间相当之大，各不相扰。记得我被安排的屋中，有劳幹、李家瑞两先生和一位书记。单身宿舍比较简陋，先在蓝家庄，后迁成贤里，我一直与全汉昇先生同屋。宿舍内不好工作，所以我晚间仍去办公室。有一晚我正在读法文，傅先生进来，说："你将来还可以学点儿德文，以便看兰克和莫姆森的原著。"我当时想，这谈何容易！以后在哈佛为拿学位，学了德文，突击过关，后来不用，也就还给老师了。

　　所里有早晨签到的制度，考古组有一位青年名刘耀，总是蓬松头发，常常与我先后签到，相视一笑。他的姓名引起我的注意，此人即后来的尹达。所中不定期由各组举办报告会，有一次会上讨论中，傅先生对张政烺说："你是最critical的，你对这问题怎么看？"可见傅先生对所中每人的业务情况是胸中有数的。有一次陈先生来南京开会，在所里与大家座谈。结束时傅先生对大家说："陈先生不能在京久留，因为陈太太将要生儿子。"可惜傅先生善颂善祷的"吉言"未能实现。我还在全院大会上听过俞大维报告绥远抗战情况。哈佛大学学哲学的博士，竟成为全身武装的兵工署长，我想是效法他的外曾祖曾国藩既能治学又能治军吧。

当时所里除历史组同仁外，与语言组的丁声树、周祖谟两位较熟，后来也都留在北京。我曾请教丁公京剧中尖团字问题。他说他的家乡河南方言里就有此区别，举出许多例证见告。我也从而悟出日语汉字读音中也区分得很清楚。如弓箭之箭与宝剑之剑、白雪之雪与红血之血。关于文字音韵方面，常常请教周祖谟。前几年研究日本新井白石，关于他所参考的明末清初字书的评价，都是得之于周公的。

1937 年在南京

史语所这一年中社交活动不多。傅先生曾邀我到家吃便饭，向傅老太太介绍说："他的祖上在咱们山东做过大官。"所外史学界朋友只有陈沅远。他是燕京研究院毕业，以论文《唐代驿制考》知名，当时在水利部门工作，仍做些研究。我经常从所里替他借书，如《册府元龟》等。燕京1935年毕业班在南京约四五人，亦曾聚会。其中经济系的黄晟乃黄秋岳之子，抗战开始不久即以出卖军事情报,父子同处极刑。此外德国卫礼贤教授的儿子任国民政府顾问,其母也在南京,我曾去访问她。德国老太太看见二十多年前自己哺育过的中国婴儿长大成人,异常高兴,相聚甚欢。她在所写卫礼贤的传记中记了此事。在南京见到的家里人,只有炜良新从德国回来,在中央大学教书。我和他只在南京见过一面,以后同在美国,只是通过电话联系了。还有八姑母家的张崇姜表妹和二龙表弟有来往。最后一次见到崇姜是她生小孩后我到医院去探望,碰巧护士抱婴儿来哺乳。这个婴儿四十余年后在北京见面,已经是北京市社科院吕恢文副院长了。

1937年夏,我回天津探亲。抗战爆发,史语所内迁,我滞留天津租界家中,准备结婚后去内地。后有赴美机会,改变计划。

我在史语所办公室的藏书,由于傅先生的关怀,与所里藏书一起南运,在李庄曾起作用。周法高先生就曾利用过周乙量批注的《颜氏家训》。我的藏书和所中藏书一起复原到南京,后来又寄到北京。这件事使我非常感动。1946年,傅先生又有信给我,约我回所任历史组长。我已与燕京有约,当然不能应命了。

结婚生子

1936 年夏，邓懿从燕京大学毕业，她与我一样，因为品学兼优，也被选为斐陶斐学会的荣誉会员。当时我们曾在司徒雷登家照过相，这张照片后来在"文革"中成为亲美的罪证。

我对邓懿所学的专业中国文学很感兴趣，她写的毕业论文是纳兰性德词，而我也很喜欢读《纳兰词》。现在她手边还保存着一张纸条，是我用毛笔写给她的短笺：

着学士服的邓懿

《宋名家词选》奉缴，曾略读之，误字颇多，惜未能一一勘出也。书中犹存牡丹一瓣，良以买珠还椟，意有未安，特留此最艳丽者随书奉还，敬希詧纳。明早课毕望即至校门，一良当在彼恭候也。郭家晚饭如何？小萝晚佳。

一良 八点半。

周一良：毕竟是书生

可见当时我们两人在这方面的共同兴趣。但从她那一方面来说呢，对我的历史专业可说是一点儿也不感兴趣，认为历史学枯燥无味。我这一生所写的东西，除了自传《毕竟是书生》以及我污蔑她是漏网右派的大字报外，恐怕她从来没有从头到尾地读过我的任何一篇学术论文。

当时我们印制了带有红叶标志的信纸和信封，所以弟妹们每看到邮差递来带有红叶标志的信封，就大嚷大叫地给我送来。这些红叶书信在邓懿去美国时都留在家里，珍珠港事变后日军进占英租界，怕惹麻烦，家里人就把这些红叶两地书都付之一炬了。如果保存下来，这篇杂忆之文可能更丰富一些。

1936年夏，邓懿考入清华大学中文系研究院，第二年春天到南京来看我，住在女青年会的宿舍里。我们在玄武湖畔、燕子矶头，流连了一个星期。我还记得当时南京冬天不生火，女青年会宿舍很冷，我给她买了一床五斤重的棉被。

1937年暑假，我回天津，恰逢抗战爆发，不久南京史语所内迁，我准备在天津结婚后自己到南方去。1938年4月3日，我们在天津结婚。当时北平、天津都已沦陷，但英租界、法租界等外国租界内未受影响。天津历史最悠久的饭店要算英租界的利顺德，是在八国联军侵华时期就有的。法租界的国民饭店建于20年代，是当时天津最大的饭店，号称可以举行数百人的大型宴会。我们是在国民饭店举行的婚礼。30年代的婚礼可以说是中西合璧，先在饭店里用西方方式举行，然后再回到家里按中国传统礼俗重来一遍。

西式婚礼中，证婚人是很重要的人物。本来想请傅增湘来证婚，因为他是当时文化学术界的头面人物，同时与周、邓两家都有

202

渊源。但因平、津之间交通不便，所以改请了开滦矿务局的总经理孙章甫先生。孙是美国留学生，同时又是与我们有亲戚关系的前清学部大臣孙家鼐之孙，像他这样的身份，在当时半殖民地半封建社会里也是非常合适的头面人物。双方出席婚礼的家长，男方是我父亲，女方是邓懿的嫡出长兄邓宝名。他是一个甘守本分、缺乏进取心的烂好人，安心在父亲的庇荫下生活。父亲去世后，仍靠吃

1938 年 4 月 3 日，结婚

瓦片为生。据说他曾说过这样的话："如果大热天里，正阳门的地上有十块大洋，让我坐洋车去取，我都不愿去。"到了晚年，他由身为共产党员干部的儿子供养，所以我称他是"少年公子老封翁"。

除证婚人外，男女双方各有一位介绍人，其实这只是名义上的，"泰山情侣"的月老是东岳泰山嘛。此外还有伴郎和伴娘，伴郎是我的五弟杲良，伴娘是我的大妹珣良，现在都已去世了。另外还有一个小男孩和三个小女孩，小女孩的任务是在新娘的身后牵着委地的长纱，小男孩则负责在新娘的前面撒花。其中有一小女孩是我家邻居书法家郑诵先先生的女儿，后来在北大历史系任党总支书记的郑必俊。

新郎和新娘的衣着都是西式的，新郎黑色礼服、白手套。新娘白色衣服，长纱委地。新娘手里拿的花束是自己设计的，用白色马蹄莲扎成。结婚前一天，我们到一家白俄经营的利佛西茨照相馆

照了相。当时还准备了一个精美的小纪念册，由我十岁的小兄弟景良拿着，请来宾签名。这个纪念册后来的遭遇留待下面再说。

婚礼结束后，客人入席，而新郎、新娘回家。按照旧习俗，回到家门口时，男仆把住门不开，必须给赏钱才让新人入门。回家后，脱去西式服装，新郎换上长袍马褂，新娘上身穿花色短袄，下系红裙。两人先拜祖先，后拜父母，然后向来宾中的长辈行礼，完全把旧式婚礼重演一遍。新娘除嫁妆以外，还有陪嫁的保姆一人。新郎献给新娘的是一只钻石戒指，重一克拉，价七百元。新房里挂的礼品，有傅增湘送的对联，还有顾羡季(随)先生写的一个条幅，上书四个大字"屏除丝竹"，另有几行小字："余旧曾有联曰'臣曰期期扶汉祚，将称艾艾渡阴平'，以赠萝庵女士与太初学兄。兹值吉日良辰未可录旧，更致新词，即博双粲。廿七年四月三日。"我的五弟杲良也用白话写了一首长诗，裱成横幅挂在新房里。桌上还陈列着同学们赠的礼品：谭其骧《中西回史日历》；邓嗣禹《居里夫人传》(英文)；侯仁之、张玮瑛《牛津诗选》(英文)等。

说到顾随先生，我又想起一件事来。回燕京历史系以后，我曾选修过顾先生的诗选一课。这门课程的考试方式很别致，顾先生写出一首诗，让学生就这首诗谈自己的体会，加以评论。我的考卷侥幸得了优等，但是内容究竟说了些什么，现在一个字也想不起来了。不过这首五言绝句诗直到六十年后，在我脑子里还记忆犹新："淡淡长江水，悠悠远客情。落花相与恨，到地一无声。"至于是什么时代什么人的诗，一直不清楚。多年以后，从国文专修科的同学黄肃秋先生所编的绝句选里，才知道这是唐人的一首绝句。

太平洋战争以前的天津租界相当平静，因此我们婚后的生活是比较恬静安稳的。当时我在读有用书斋刊本《六朝文絜》上题写过这样一段话：

> 此书刻印皆极精工，纸张亦好，殊为悦目。廿七年孟冬予
> 以病后静养，不能治史，因取是册与室人萝厂共读之，期以能
> 背诵而后已，亦怡养性情之一道也。惟予藏此书止存上卷，盖
> 有赵中令半部《论语》治天下之意。十一月十二日灯下，一良
> 识于泰华里寓庐屏除丝竹之室，时萝厂在侧，为予制无缝之
> 天衣，炉火熊熊，一室皆春。

这段话基本上可以代表我那一时期的心境。当时我们的计划是，等1939年春天邓懿生了孩子以后，我再只身到内地去。在这期间，因在天津找不到工作，于是洪煨莲先生介绍我到北平去为哈佛大学的贾德纳(C.S.Gardner)教授工作，主要是为他阅读日本史学杂志。也就在这个时候，洪先生提出送我去哈佛留学，条件是回国以后到燕京服务。在30年代的北平，燕京大学与北大、清华鼎足而三，蜚声中外，无论从人才培养、学术贡献来讲，都不逊于别的学校，所以我觉得回燕京也很不错，并不比史语所差，于是就欣然接受了洪先生的条件。谁知十四年后学习苏联的院系调整，燕京大学竟被肢解，我们这些燕京人都成了亡校之人。

1939年2月，长子启乾降生。邓懿是在家里生产的，所以我这个产父也能留在产房里。

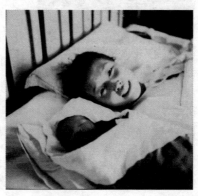

第一个孩子来了

我站在产妇的头后边,按住她的双手,当婴儿呱呱落地,哭声响起时,我亲了一下产妇,表示我的敬意和慰问。1945年6月,次子启博在美国波士顿的妇产医院降生,我在家等候到深夜一点多钟,接生的大夫给我打来电话,说他给周太太接来了一个胖儿子。三子启锐1947年3月生在天津,那时我在北京,每两三周回津一次,所以启锐出生前后,我始终没有到医院里去过,邓懿后来一直引为遗憾。也许因为品种没有改变,所以重视不够,同时大概多少也有点失望的心情吧。

邓懿很喜欢照相,启乾是头一个孩子,所以照的相也就格外多,在他们母子相处的两年半时间里,启乾的相片攒了一大本。启乾1961年从南开大学历史系毕业,考入北大做我的日本史研究生,因在"文革"中,没有写毕业论文就分配工作了。后赴日本留学,现在他已年逾花甲,从天津社科院日本研究所所长的任上退休。名父之子不容易当。他通俄文和日文,可以在日俄关系方面做些工作,希望他在日本史领域内能够跨灶,不过这还需要做出更多的努力。大儿媳郭蕴静,店员家庭出身,南开大学历史系毕业,已从天津社科院历史研究所研究员退休,专攻清代经济史。孙女晓丰,日本留学,任天津财贸管理干部学院副教授,有外曾孙一人。

这里把其他几个孩子的情况一并做一交代。次子启博是按计划出生的。在美国没有保姆,什么都得父

第二个孩子

母自己干，所以花的时间和精力比较多。他苗壮胖大，美国母亲称他为"大黄油球"。他在中学文理科功课都好，性情实际倾向于文科，但在当时风气之下，他报考了清华大学无线电系，三年级结束时"文革"开始，没能毕业。结果学无线电的大学生被派到东北去爬电线杆子，后来又调到工厂。"文革"结束后，他报考清华大学研究生，当时我正因"梁效"问题接受审

1969年，二子启博在东北部队锻炼

查，负责招生的人对他的政审问题感到很棘手，不敢录取他。当时，凡是"梁效"成员的子女即使入学考试成绩及格，也一律不予录取，只有一位是在武汉报名考试，得以混入北大。幸亏当时清华大学的负责人何东昌发了话："你管他父亲干什么，只要看他本人表现就行了。"最终还是录取了他。启博后来又到美国西密歇根大学和布鲁克林理工学院学习，毕业时已经四十岁了，也就没有再继续念学位。当初我父亲给他取名启博，是因为我在美国拿了博士，我当然希望他也"博"一下，但终因年龄太大，只好作罢，满足于担任工程师。我们1946年回国时，有人说可以把启博的出生证卖给当地华侨，能值好几千美元呢。我觉得很可笑，没有理睬这种建议。回国以后，据说如果每年到美国领事馆去注册，仍可保留他的美国国籍，但我们也没这样做，因为根本就没想让他当美国人。

谁知道他80年代到美国留学时，出生于美国这件事倒成了一个有利条件，帮了他不少忙。二儿媳周翠珍，贫农家庭出身，清华大学精密仪器系毕业，赴美后一直在隔音设备工厂任工程师。孙女小舟降生时，我六十左右，家中已许久没有小孩，所以颇享受了含饴弄孙之乐，这可以算那几年酸甜苦辣中的甜的部分吧。小舟十四岁赴美，语言不通，经过一段艰苦的努力，终于进入一个很好的中学，以后从长春藤六校之一的康乃尔大学毕业，在美任保险公司精算师。2000年秋，她和一个越南裔的美国同事黎王昇结了婚。

三子启锐喜欢画画，曾经从著名美术家李宗津教授学习，可惜他高中毕业时正逢"文革"，成了老三届，失去上大学的机会，结

三子启锐下放在京郊顺义县陈坨，后为自己盖的小屋

果到京郊顺义县插队。他在农村插队时，农村时兴悬挂大幅毛主席像，他就揽下这个活儿，一个村一个村地搭架子，画大幅的油画主席像，虽然没有丢下画笔，但对于美术画却没有多少帮助。后来调到工厂做江米条。当时大学吸收工农兵学员，他被厂里推荐到

师范大学去学日语，家里都很高兴，因为这样他可以继承我的事业，但当时在"读书无用论"的影响之下，无论家人怎样动员，他也没有上学。最后从工厂调去西城区副食部门做团干部，相当负责。粉碎"四人帮"以后，理所当然地被撤职，并受到批判。他失去政治热情，放弃了团的工作，改行经商，现在是北京竹吉乐公司的总经理，从事水泥批发。在他高中的同班同学中，他还算是比较幸运的一个。启锐从小擅长品尝食品，鉴赏力很强，我们说他将来定会成为美食家，果然他后来很喜欢做菜，而且也很会做菜。三儿媳黄晓维，在清华大学通力公司工作。其父黄爱(雨石)，人民文学出版社编审、著名翻译家。母亲彭光玉，清华附小模范教师。孙周展，北京理工大学计算机系二年级学生。

我们教育儿童从来不用体罚，但也有两次例外。一次是启博六七岁时，倚仗他身体强壮，把小他两岁而身体弱小的启锐按在地上打，我把启博揪过来打了一通。另一次是启锐从他妈妈的钱包里拿了十块钱，和同院住的蒙古专家的孩子到燕东园门口一个卖玩具的摊子上买了十块钱的玩具。我们发现后，逼着他把玩具全部退回，当然也免不了一顿打。

1953年冬，女儿启盈出生，算是酸甜苦辣中最甜的一件事，

女儿启盈在黑龙江生产建设兵团

属于感情喜怒哀乐中的喜与乐部分吧。因为改变了品种,有耳目一新之感,而且孩子又聪明可爱,更增加了全家欢乐的气氛。当时与我一起在北大民盟支部工作的陈阅增同志也刚生了一个女儿,他表示"如果品种一样,就没有必要了"。我们两人可谓人同此心。

启盈因为跟三个哥哥一起长大,所以性情习惯都和男孩子比较接近。"文化大革命"开始时,她小学刚毕业,和一帮小女孩跟随在大学生哥哥们的后面,一起反对"老佛爷"。她体力也很健壮,一般力气活都不在话下。在大人睡午觉的期间,她曾一人独力把燕东园住宅里约占半间厨房面积的大灶拆掉。她1969年初中毕业后便去了黑龙江生产建设兵团。1974年,作为工农兵学员被选拔到北京师院体育系学习,毕业后分配到门头沟矿上学校教书。1978年,考进北京体院的研究生班。1981年以后,担任体院英语教师。1983年,到加拿大渥太华大学学习儿童发展专业,获得硕士学位。1985

弄孙图(孙女小舟)

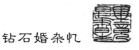

年回国后,在中国儿童发展中心从事科研工作。她认为那里的领导守旧拘泥,不敢创新,事业没有什么发展,于是1988年又去美国,经过端盘子、当舍监等等,一边工作,一边学习,在乔治亚大学读儿童心理专业,并于1994年获得博士学位。从1994年至今,一直担任电脑程序师和分析师。婿李安宁,其父清华旧制留美,哈佛大学毕业,任职贸易促进会。李安宁先在门头沟煤矿做矿工,后提为矿上学校教员,又改任《煤炭报》记者,1989年6月9日赴美,经过打工及学习,现在亦担任电脑程序师。外孙李思萌到美国读小学,刻苦用功,全面发展,他由初中转入另一学校高中,三年之内由全班的第二十五名跃居为毕业时的第二名,也在1999年秋进入了康乃尔大学。

周启盈是周家第三代获得外国博士学位的女性,第一代是我的九叔祖的女儿仲铮二姑(法国巴黎大学政治学);第二代是我的二妹与良(美国芝加哥大学生物学,南开大学教授)。仲铮与德国人克本结婚,在德国以卖画为生。克本博士以有限的财力为北京图书馆购置了大量德国书籍,仲铮也有著述,促进了中德友好关系,他们夫妇死后都归葬中国。

哈佛生活

　　关于我在哈佛七年的情况,《毕竟是书生》一书[①]中已有叙述,这里只补充几点。

　　我在哈佛的导师叶理绥教授(日本译名英利世夫,1889—1975年),是一个很有意思的人。他1908—1914年在日本学习,毕业于当时东京帝国大学的文学部,日本的《广辞苑》等辞典中,都有关于他的辞条。他的家族是莫斯科有名的一家大食品店的东家,十月革命后归化法国。哈佛燕京学社成立时,由法国汉学家伯希和推荐他担任了哈佛燕京学社的主任,远东语文系的主任(后改名为远东文化语言系)。他生性诙谐,爱开玩笑,后来在美国西部的一位美国女教授跟我说,叶理绥教授就喜欢说一些"dirty jokes"(猥亵的笑话)。但是,他也有严肃的一面,对于我,就起过很好的作用。我在国内旧日的私塾里读书时,喜欢在书上圈圈点点,随意批写,到燕京以后,旧习未改,对燕京图书馆的公家的书亦复如此。我写毕业论文《大日本史之史学》时,在那一部每日新闻社出版的铅印本《大日本史》上,画了很多道道。到哈佛后,旧习仍未改掉,从叶理

---

① 见本书第一部分。

212

绥教授读日本古典文学时,又在图书馆的书上随意批画,叶理绥教授看到后,正颜厉色,但又很诚恳地对我讲,公家的书不能这样子随意涂抹,毁坏公物。他的一番话给我很深的印象,从此以后,几十年来绝未再在公家图书上勾画过,且常常以此告诫学生。同时也常常想到,燕京图书馆那一套《大日本史》上我的缺乏公德的痕迹,永远让我感到惭愧。

　　说到《大日本史》,还想补充一点以前没有谈到的。这篇论文的题目是导师洪煨莲先生指定的,看来他当时是准备培养我成为燕京大学所缺的日本文史方面的教师。他并未做任何具体指导,我也确实花了不少气力,以中国旧史学的标准衡量此书,指出优缺点,后来看到加藤繁教授的《日本史学史》提及此文,大段征引了我称赞此书长处的地方,关于我的批评部分却略而不谈。我当时对这篇论文题目的意义认识很不够,同学中如谭其骧先生也说过:"你花么多的精力搞这本书,太不值得。"现在看来,这篇文章是中国学者研究并评论日本重要历史著作的第一篇文章,而且引起了日本学者的注意与重视,不宜妄自菲薄。

　　我在哈佛大学的博士论文题没有做日本史,而是做了中印关系方面的题目,意在走陈先生的道路。当时自己定名为《唐代印度来华密宗三僧考》,意思是想利用印度方面的史料补充赞宁《宋高僧传》之不足,而论文的英文名却是按照哈佛中文教授美国人Ware(魏鲁男)定为"*Tantrism in China*"(《中国密宗》)这样一个更加堂皇的名称。可惜印度史料保存太少,对于赞宁的书未能多加补充,但此文究竟提供了一些密宗早期发展的材料,所以西方学者很重视,有人所拟佛教密宗参考书中,此文列为必读。而我回国后因与西方学界完全隔绝,竟然不知此文在西方所起作用;在国内,此文发表五十年后，到90年代才由钱文忠同志译成中文。

我到哈佛两年以后，邓懿也于1941年夏由父亲资助200元旅费来到美国，先在哈佛女校法文系读了一学期，因学费没有着落而辍学。为了补助生活，到远东语文系中日文图书馆工作，同时协助柯立夫教授教一点儿中文。1941年秋，美国政府为了对日战争的需要，在几所主要的原有中文和日文课的大学里设立了"陆军特别训练班"，分别开设陆军士兵的中文和日文班。哈佛的日文班由叶理绥教授主持，由一位美籍日裔和一位美日混血的美国人以及我三人协助，暂时停止了学习。中文班由赵元任先

1941年赴美途中，太平洋上

生主持，找了一批说北京话的中国学生协助，邓懿也在其中，由赵先生讲大课，包括课文、语法等，再分小班分别训练。赵先生非常注重语音的纯正，例如，"老虎"二字作为一个词的时候，北京发音就是"(牢)虎"。邓懿说的是纯粹的北京话，成为赵先生在语音方面的得力助手。她也在做赵先生助手的过程中，从赵先生学了不少汉语语音、语法的知识，为她以后回国教外国学生汉语打下了良好的基础。我们的好友杨联陞先生对于语法颇有研究，因此，他成为赵先生语法方面的重要顾问，以后并与赵先生合编过字典。

邓懿初去的头两年，我们住在汉盟街58号房东老太太出租给学生住的房间，白天屋内摆放的沙发，晚上就铺开当床。这间房

还附带有一个只容一人站立的小小的厨房。当时哈佛大学中国学生带家眷的极少，因此有家属的同学自然而然地有义务招待同学到家里吃中国便饭。如果有中国同学新到哈佛，我们通常都欢迎他们来。其中有的同学光临过一次以后就没再见过面，如后来在社科院哲学所工作的温锡增先生、给周总理当过翻译的浦寿昌先生兄弟等等。

1943年秋天以后，邓懿到美国陆军中国语文训练班工作，经济条件得到改善，我们就迁入哈佛街333号，一个犹太房东三室一厅的公寓，每月房租60元，恰为我月薪的四分之一。地方宽敞了，约请同学来家里聚会的次数与人数都比过去多了。经常到我们家里来聚会的有以下这些人(姓名后面的单位是回国后服务的学校)：任华(清华大学)、杨联陞(未回国)、王岷源(北京大学)、吴保安（武汉大学)、关淑庄(社科

美国陆军特别训练班毕业典礼，
中为赵元任先生及其女儿，右一为邓懿

215

院经济所)、张培刚(武汉大学)、冯秉铨(岭南大学)、高振衡(南开大学)、陈梁生(清华大学)、施于民(未回国)、赵理海(武汉大学)、李惠林(东吴大学)、王伊同(未回国)、蒙思明(华西大学)，以后还有中央研究院的丁声树(史语所)、全汉昇(史语所)、梁方仲(经济所)。通过我们的招待，那些"独在异乡为异客"的单身同学得以慰其思乡之情。

每次请客，我都起个大早，到波士顿中国城去采购一些中国菜所需要的原料，比如说豆腐、竹笋之类的。买回来后由邓懿下厨

1940 年初访问耶鲁大学，与王岷源合影

操作。记得我们最常做的菜，首先是牛肉汤，我们曾自诩为"此汤只应周家有，人间哪得几回尝"。还有邓懿从天津家里一位扬州老汪师傅那里学来的一道菜——狮子头，这是扬州的名菜，据说周总理也擅长。这道菜的特点是，肉馅里加一些豆腐，不是用手捏肉丸子，而用两个手掌来回抛掷，这样做出来的肉丸子就松软可口，别有风味。还有一道菜，是从剑桥中央区买来的半成品，一种烤好的小饼，上面带盖，把煮好的鸡肉和鸡蛋弄碎放到里面做馅，这是一道很特别的外国风味菜。多年以后，在海外遇见哈佛老友关淑庄，她还记得邓懿给她做红烧肉"解馋"。

哈佛经济系同学张培刚，博士论文题目是《农业与工业化》，得到最佳博士论文奖，现在武汉华中理工大学工作。最近曾给我

们来信,回忆起当时在哈佛周家欢聚的情况,信中说:

> 兄姊贤伉俪当年在哈佛同窗期间对弟等(包括联陞、于廑
> 兄)的深厚情谊。我记得那时差不多每年暑假,贤伉俪必邀约
> 弟等欢聚一次,美酒佳肴,高谈阔论,如此者二三回。我还记
> 得早先一次是在汉盟街 58 号,后来二次是在哈佛街 333 号。
> 我在《选集》中的这个补充说明,写于 1997 年。我只隐约记得
> 我们的这几次聚会,似乎都是为了我们几位同庚庆祝生日。
> 实际上我只知道于廑兄和我都是出生于 1913 年,他 4 月、我
> 7 月,但一直不知兄姊和联陞兄之确切寿辰。文中记述我"想
> 当然地"认为一良兄长我一岁,邓懿姊小我一岁,故称之为
> "平均同庚",真可说是又一大"创见"!今读大作(指《毕竟是书
> 生》),始知一良兄只大我半岁。可见当时的"想当然",亦"八九
> 不离十"。只是对联陞兄则估计过高,浮夸一岁了。现在回首
> 当年,这样的欢畅日子,今后恐怕只有永远在回忆中寻找了。
> (写于 1999 年 4 月 17—21 日)

这些当时意气风发的青年各有一套回国后干一番事业的想
法,而回国以后绝大多数没有能很好地发挥作用,这是我们在哈
佛时意想不到的。例如,华南工学院的冯秉铨教授在无线电方面
有很深的造诣,在教学、研究、培养青年教师、编写教材等方面表
现都很突出,群众极为爱戴,只是因为说了一句:"运动之风何时
去,读书之风何日来?"就被打成右派,多年靠边站。"文化大革命"
中,又遭受不少折磨,听说外调时让他交代认识的人,他一口气写
了740 人的名字,可见他有惊人的记忆力。幸亏三十多年后右派得

周一良：毕竟是书生

到改正，作为华南工学院的院长，又做出了不少贡献。再如张培刚同志，他在哈佛的论文所指出的中国工业化的方向，与党的方针完全符合，却未受任何重视，反受到打击，开除出党。改革开放以后，他的论文才翻成中文，得到承认。关淑庄同志，经济学方面有一些新的想法，回国以后在社科院经济所却受到批判，而美国某些经济学家同样用她这些想法，在理论和实践上都取得了很大成就。丁声树同志，没有随傅斯年的史语所离开大陆，忠心耿耿地坚守岗位，入了党。他要求自己非常严格，身为一级研究员，却拒绝房屋等等一切较好待遇，最后得病成了植物人，近十年之久。不但他专长的方言调查未能完成，他扎实的古汉语方面的成就也丝毫没有留下。赵理海同志1944年与我同在哈佛获博士学位，他专攻国际法。我的以拉丁文写在羊皮纸上的博士证书，在"文革"中自己销毁了。他的证书怎样了，我不知道。他一直默默无闻，在"文化大革命"后期管理阶级队伍时被逼得做假交代，承认自己是蒋帮留在大陆的潜藏特务，由张道藩当面交给每日"剪贴《人民日报》"的任务，这样就顺利过关。直到90年代，国际法庭需要兼通英、法语的国际法官，中国法律干部中无人可派，只好派已七旬有余的赵理海教授去担当。他工作出色，受到国际上同事们的赞扬。因国内国外奔波劳碌，2000年刚从德国执行任务回国五天，就因心脏病突发去世。哈佛同学蒙思明教授，回国在四川大学任职，"文革"中被逼惨死。其他如陈振汉、梁方仲等同志，无不受到迫害，类似的不再例举。从哈佛归国的同学如此，其他美国学校回来的知识分子情况亦颇类似，这里就不多谈了。

我们于1946年回国。当时抗战刚刚结束，中美之间的交通运输都掌握在美军手里。我们在剑桥虽然归心似箭，"漫卷诗书喜欲狂",但因船只都用于运兵复员,等了许久才动身。中间经过密歇根大学,在邓懿的老同学康金梅家中住了约一星期,经过芝加哥来到旧金山。谁知仍然没有船位,只好再等,到10月份才真正上了一只兵船"野猫号",驶向离别将近八年的祖国。船上除美国兵以外,有不少中国学生,记得那年的双十节就是在"野猫号"上度过的,还听了成都燕大校长梅贻宝先生的讲话。这艘船不是普通客轮,男女分开。邓懿已经怀了第三个孩子,整天只能躺在妇女舱中。次子启博刚过一岁,我得用带子牵着他满船上下地跑来跑去,颇感疲惫。到上海后,幸亏老友俞大纲先生与招商局有联系,较快搞到北上的船位,于是与陈寅恪先生全家同船回到天津。

国民党刚刚接收的平津一带,当然远远不是我们在美国时所想象的那样好。为了给启锐买奶粉,把一些洋书甚至写字的派克自来水笔都卖掉了。

1948年4月3日,我们为纪念锡婚,居然特意到当时专门出租新郎、新娘服装的紫房子去,穿上新人服装合了一张影。但是到1958年适逢"大跃进",1968年"文革"已开始,我被揪斗到太平庄去劳动,1978年我正因"梁效"的问题受审查,都不可能有什么纪念活动,更谈不到粉墨登场照这种相了。

大概是在1948年12月10日左右,解放军已逼近西郊,国民党军节节败退,形势比较紧张。那一天我进城去办事,陈寅恪先生托我到胡适之先生那里去看看,打听打听情况。因为当时情况比较紧张,我跟邓懿说好,当天白天一定回来。谁知到城里去见胡适之先生时,胡先生正在会客,只见到他的秘书邓广铭先生,也不得要领。等我乘末班车回到家里时,天已经全黑了,邓懿非常着急,质问我为何这么晚才回来,说着说着就一巴掌打将过来,当时我顾不上解释，赶紧吃饭，准备去向陈先生报告情况。这是我在"文革"以前所受到的唯一的一次体罚。

为了躲避炮火，学校让住在校外的老师晚上全家都到图书馆地下室去过夜，紧接着清华园就解放了，我左颊挨的这一巴掌也就没有下文。在接下来的相当长时期的混乱之中，也就不再提起这件事。也许这就是以后风风雨雨三十年的一个预兆吧。

奉养岳母

"九点半"时,我曾对邓懿保证,将来照顾她的母亲,事实上我确是这么做了。岳母因岳父突然去世,受到很深的刺激,因此神经上出了毛病,大概是一种神经分裂症,而且越来越严重。在抗战八年中,他们孤儿寡母,坐吃山空,瓦片越来越少。等到1946年我们回国之时,他们家已经很困难了。此后不久,唯一留在北京的小儿子又被下放到北大荒,她一个人住在城里,几乎无法生活。我们回来后,1947年在清华有了房子,于是就把她接到清华来住。她的病每隔一段时间就要犯一次,犯病时常常几夜不睡,嘴里念念有词,有时破口大骂,扰得四邻不安。我的原则是,当她正常的时候,我对她以礼相待;当她犯病时,我就把她当病人对待,一概不予理睬。每次犯病,闹到十天或两个星期左右,慢慢地也就好了。她经常吵着要去找小儿子,有一次小儿子费了很大的事,把她接到北大荒,那里的居住、饮食条件当然要比北京差得多,她在那里很不习惯,住了不久又回到北京。从北大荒回来以后,又因病折断了一条腿,一只小脚不能拄双拐,于是只好"坐地日行三万里",幸亏我们家有一个保姆可以帮帮忙,大小便都得用便盆往厕所搬运,我有时也帮她倒便盆。

谈到保姆，这里附带提一下。我们家对待保姆的态度是，人格上平等相待，待遇工资上宽厚一些，说到底，仍然是忠恕之道。例如，自1946年回国以后，我们家的保姆凡经过试用合格的，其离去都是因为她们自己的某种原因，而不是我们主动辞去她们。特别应该提到的，是在我们家工作了近二十年的"胖子"于淑萍。她出身贫农，按所谓"阶级路线"是大可恃自己"依靠对象"的身份傲视我这种资产阶级出身的知识分子的，但她对所有极"左"政策的反应都是逆其道而行之。她没有文化，仅凭朴素的人性判断是非，反而比被"再教育"搞糊涂了的知识分子更容易达到符合事实的结论。对每一个新出的极"左"政策、口号和人物事件，她总是先于我家每个人表示反对和鄙视，而时间总证明她是对的。我的孩子们与她关系良好，儿子出国后给她写信，她也请人代笔回信。儿子回国时也去看她。她与我老伴儿同庚，丈夫是电工，早已死去，有两个男孩，小的给了人，她跟大孩子相依为命。"胖子"为人心直口快，工作认真负责。我老伴儿去江西劳动期间，年老残废而又有神经病的岳母，亏得她照顾。日常生活、生病、丧葬等等，都由"胖子"一手照料。"文化大革命"期间，红卫兵小将让保姆们对主人吐苦水，有的保姆剪了女主人的头发，有的无端造谣，如此等等。"胖子"却一言不发，说没的可说。当时红卫

在我们家工作了二十年的"胖子"于淑萍

兵强迫她们回家，让每家主人出几百元钱。红卫兵散去后，她们就又回来了。"胖子"对这事儿始终深表歉意。她知道我们不会做饭，所以在将近二十年当中，每年她都是除夕晚上包好饺子以后才回家，大年初一的中午必定赶回来给我们做午饭。这在保姆中是很少有的事，我非常感动。"胖子"后来中风，回家休养，我们有时去看望她。1989 年我们出国探亲之前想去看看她，快到她家的时候，在路上碰见邻居，才知道"胖子"已在两周之前去世了。她的儿子因考虑到我们岁数大了，所以没有通知我们。"胖子"永远活在我们心中。

"文革"中，我们夫妇的工资都被扣发，每人只发 12.5 元的月生活费，家属每人 11.5 元，但孩子们还是想方设法地让外婆生活得好一点儿，比如说买牛油来煮土豆、胡萝卜，美其名曰没有牛肉的"古利亚什"(俄文"土豆烧牛肉"之意)。还经常买猪的大棒骨，打碎煮骨髓汤、熬小白菜，然后将骨头晾干卖给收废品的，五六分钱一斤。我的绝大多数的弟妹们都不顾"老佛爷"的凶恶气焰和红卫兵的野蛮行动，偷偷地用各种方式接济了我的孩子们。

三十年来，我与岳母和平共处，只有一次与她大吵一场。大约是在 1950 年左右，有一天我从学校回到胜因院家里，见外婆坐在饭厅里靠墙的长藤椅上，三岁的启锐站在藤椅上她的身旁，手里拿着从墙上撕下来的一张条幅，外婆笑嘻嘻地看着孩子，墙上的另外三张条幅也已经被撕坏了，扔在地上。这四幅条幅原来是先叔季木先生所藏的晋代石尠、石定墓志的精拓本，裱得也很小巧精致；另外，由于在我比较满意的一篇文章《乞活考》里使用了这个墓志的材料，所以对它很有感情，特地挂在墙上。三岁的孩子当然不懂事，但是外婆不但不加制止，反而笑嘻嘻地看着孩子毁坏东西,我不免和外婆大吵一场,这是我们之间唯一的一次冲突。

被撕破的那几张条幅现在还躺在书箱里,而当时三岁的孩子现在已成为中年人了。1988年以后,我们四个孩子中唯有启锐留在北京,因此照顾我们晚年的责任就完全落在他的肩上。有时候,一个星期中一半以上时间都用在联系医院、探望病人、送吃食、买药品、报销药费等等事情上面,我一生病,吃喝拉撒睡,差不多全包在他一人身上。父母在家用开塞露通便,也一概由他负责。我曾经说,古人有所谓二十四孝,启锐可以算是第二十五孝了。①

这里可以看出,由宗法社会蜕变而来的中国家庭制度还是百善孝为先,与西方的小家庭制度迥然不同。在今天的中国,父母年老以后,总会有一个儿子或女儿和他们同居,加以照顾。而在西方各国,子女结婚以后绝少再与父母住在一起,父母年老体弱以后也从不改变这种方式。中国学生久居美国后,也都习惯于美国这种制度。例如,杨联陞先生的夫人和王伊同先生都已八十开外,仍然一人常年住在自己的大房子里。杨太太有严重的心脏病,身上挂着一个急救的报警器,当她躺在地上不能动弹时,身上这个报警器就会通知急救站派车来救她。

独自住在一所很大的花园洋房里的王先生,前些年还一个人开几天的汽车去中西部他儿子和女儿的家里过圣诞节。现在开不动车,儿女就在圣诞期间到他这里来住一两个礼拜,团聚数周之后到下次圣诞再来。邓懿挚友陶葆楏(任之恭教授的夫人)在任先生去世以后,他们的四个已经成家的女儿分住美国各地,却无一人"迎养"。老人卖掉华盛顿的大房子,住进养老院。当然,也有极

---

① 关于二十四孝的起源,见《中国典籍与文化》1998年第1期赵超论文。

个别的中国家庭,遵行中国旧习,如成都燕京大学校长梅贻宝先生夫妇,就始终和儿子住在一起,这是极为个别的例子,也许这是陈寅恪先生所谓教会大学犹有古风吧。60年代访问加纳时与英国女画家 Jo Marles 夫人相识,四十年来联系不断,每年通信一二次。她喜欢李可染的作品,我曾给她寄过。她也曾索取周启锐的画给予评论指点。90年代末周启博从美国到英国出差,才见到我称为 Whimsical 的这位夫人(60年代她在加纳街头写生民俗,本地人飨她以一杯啤酒,她与我共饮此杯,当时西方妇女甚少这样做的,所以我称她古怪)。她已从三十四岁的盛年变成七十四岁老妪,我也从四十八岁的壮年变成八十八岁米寿老人了。前几年她在电话中告诉我她将到女儿家住一段,因为女儿、女婿外出旅游,她要去给他们喂猫。我问她何不与女儿、女婿一同旅游?她纵声大笑,说,哪有带着岳母旅游的道理,这就是中西文化的不同。至于近几年美籍华人迎养父母到美国去同住,这多数主要是为了找老人去看孩子,与上述情况又有所区别。

风风雨雨

八年离乱之后,1947年的全家福。兄弟姐妹十人中,缺杲良(在美国)、
珣良(在解放区),儿媳三人,孙男女共七人

　　1948年以后的三十年中，酸甜苦辣喜怒哀乐经历了不少,前
后变化也很大。从政治上讲,我开始既悔且恨,悔的是当初没有参
加革命,也未去后方,而是跑到当时号称天堂的美国去读书;恨的

是自己出身剥削阶级。在这些压力之下，我决心改造自己，力求进步，这也是当时一般知识分子的共同情况。当时确实一心一意跟着党走，力求做到党指向哪里就打向哪里。自己对于马克思主义的道理并不太懂，也未深究过，这样经过多次运动，直到史无前例的"文化大革命"。回顾自己在极"左"路线的指引和造神运动的笼罩之下，过去自己认为甜的却应该是苦辣的，过去认为可喜可乐的事今天看来不免可哀可悲了。

新中国成立后，1950年我在清华第一次参加党领导的政治运动——反贪污、反浪费、反官僚主义的"三反"运动，当时很天真，觉得自己与运动沾不上边，冥思苦想，曾有一桩小事迹近贪污。1941年珍珠港事变后，哈佛大学的日本留学生都被迫离校。有一天我在哈佛燕京图书馆的书库中，看到大批从日本留学生那里没收来的书籍。其中有一部仁井田升编的《唐令拾遗》，是一部很难得的书，我很想要，于是问图书馆日文部的负责人，我可否花钱买下这部书。他很为难，因为这些书籍身份未定，无法出售，他说："你要，就拿去吧。"我于是拿了这本书，又给这位馆员照了一张相作为报答。在运动中，我想这是非法据别人的东西为己有，应该算是一种贪污吧，于是坦白了此事，将书交出，给了清华历史系图书室。其实，运动的重点并不在此，就像其他一切运动一样，最后都归结到政治问题上去了。

1952年院系调整是学习苏联的结果，学校对性质分得太细，课程的设置太多，过分注重讲授，学生没有多少自由思考的学习余地，在一边倒的思想指导之下，认为苏联制度一切都好，中国过去是学习英美的，都是资产阶级一套，应该彻底砸烂。我们并没有亲身到苏联去考察体验过大学教育，仅仅依靠陈庆华同志翻译的苏联高校历史系教学大纲，就盲目地把苏联大学的课程设置、考试等等一切(如改笔试为口试)照搬过来。我自己作为积极分子还在旧燕京的大礼堂上做过典型发言，批判旧大学历史系课程的种种不合理，对苏联制度盲目地夸了一番，当时还自鸣得意，后来才认识到这种盲目一边倒的错误。院系调整中，还把旧日北平与清华、北大鼎足而三的燕京大学予以肢解消灭。当时作为燕京毕业生，在一心一意跟党走的指导思想下，竟没有发生一点儿疑问。我自己对于院系调整未提任何不同意见，许多其他教学科研骨干也未置一词，例如：社会学系吴文藻、林耀华、严景跃、雷洁琼；历史系邓之诚、翁独健、齐思和、侯仁之、王钟翰；中文系高名凯、谢冰心；英语系俞大纲、赵萝蕤；理科李汝祺、蔡镏生、陆志韦、胡经甫；少壮骨干夏自强、谢道渊、郑必俊、石幼珊等等。现在回顾起来，院系调整和取消燕京都是错误决定。近年来清华全面恢复被院系调整取消的文法科系，真是早知今日何必当初。

燕京大学虽然是教会大学，只有三十三年的历史，但在三四十年代蜚声中外。它的办学方针，主要是和蔡元培先生提倡的"兼容并包"一致的。它比清华、北大只多一个宗教学院，训练教会人才，但学生中教徒并不多，更不强迫学生相信宗教。近来有人研究旧中国的高等教育，充分肯定了燕京在当时的作用，认为司徒雷登是一个教育家。

无论从人才培养、学术贡献来讲，燕京都不比别的学校逊色。当时一些优秀的中学毕业生，如林耀华、翁独健、瞿同祖、姚曾廙、叶笃义、吴世昌等，虽然有条件考上其他大学，却还是选择了燕京(如叶笃义就是既考上清华物理系，又考上燕京政治系)，可见燕京自有它的特色，具有它独特的吸引力。1952年进行的院校调整，把已经收归国有并且任命了校长的燕京大学加以肢解，现在回想，真是非常痛心的事情。我回国后因为待遇不公，愤而离开燕京。如果事先知道燕京遭到这样的命运，我绝对不会离开。

1936年和1947年我两次离开燕京，当时洪先生都不在学校，如果他在的话，肯定不会放我走。也许有人以为我是想攀"高枝"，到所谓国立的机构，其实不是那么回事，洪先生当然也了解我的想法，所以对我两次离开并无芥蒂。当他后来将藏书捐给民族学院时，曾把所藏砚台分赠各位同学，我也有一个。他还把我父亲送给他的《史通》嘱托王钟翰同志还给我，书中有他的题识。为留作纪念，我将此书捐给了北大图书馆善本部。洪先生对我的培养、提携和厚爱，我永远也不会忘记。遗憾的是，在我1936年离开美国以后，于1982年再访剑桥时，洪先生早已作古，不能畅谈，只好由杨联陞兄引导我去参谒他的故居了。

1953年批判胡适。从我当时的地位及与胡适的关系来说，自然应当积极参加。也许由于我的阶级觉悟不高吧，参加批判时就想到日后可能还有与他见面的一天，至少地下还会相见。虽然当时领导认为他是罪大恶极，我却有所保留。当然，这些保留的意见并未公开。我一直认为胡先生在新文化运动当中的丰功伟绩不可磨灭。在提倡白话文、研究小说、中国哲学史、佛学研究等等方面，不但开了风气，而且身自为师。早期的学生如傅斯年、顾颉刚等，较晚的如罗尔纲、吴晗等，无不是在他的影响之下成长起来。他的"大胆假设，小心求证"这两句话可谓至理名言，能应用于一切学问。其次，我佩服他的道德，即为了不伤寡母之心而违心地与江冬秀结婚，终身不渝。前几年我才知道，他的美国女友始终没有结婚，而且两人通信不断，江冬秀也知道此事，实属难能可贵。第三是他自由主义的政治态度。虽然一度几乎进了中华民国的总统府，但未成事实。到台湾后，与雷震合办刊物。虽然他多少有点儿对不起雷震，但终究保持了他当年的气节。听说他去台湾当"中央研究院"的院长，也是怕"中研院"落入张其昀之流的手里。

对我个人来讲，他在美国时就有所垂青，约我回国到北大去教书。有人说这与我是他安徽同乡有关。回国以后，常常见面。我父亲并且赠书给他。因此，我当时对他的批判，只集中在一点上，就是他的历史观——历史如同一百个大钱随人摆布，或者像女孩子的脸任人涂抹打扮。我认为这种看法无论就人类历史发展的大趋势来说，或者就个别事件的发展来说，都是不妥当的。因此，援引马克思主义的道理，写了批判他历史观的文章，并做过报告。还有一篇《胡适与西洋汉学》，这是尹达同志出的题目，要把西洋汉学一概说成是为西方侵略势力服务。同时用八股文"截搭式"办法，把胡适与西洋汉学联系起来批判。其实，胡适与西洋汉学的关系并不深，文章也没有什么说服力。今天胡先生已经去世，我也没有机会去台湾参谒胡先生的墓地。如果能去，我当然还是要在他墓前深深致敬，并表示歉意。至于胡先生晚年对《水经注》的"研究"，无论是从方法论的示范来讲，或者从历史地理角度来说，我则都不敢赞同。当时进步学生给胡先生上了一个完全不符合的尊号"买办文人"。我在家信中也曾戏用此称，但并无恶意，说明我对胡先生的尊敬程度与对寅恪先生之五体投地，还是不一样的。1950年我撰写《〈牟子理惑论〉时代考》一文时，对于是否把胡先生讨论问题的来信附在文后产生犹疑，但在《燕京学报》发表之际，学报主编齐思和老学长说，政治与学术应该分开，发表没有关系。1962年我在出版《魏晋南北朝史论集》时主动把它删掉，追至80年代出版自选集时才又收入。后来看到胡适遗集，他只是改为与"友人"论学书信，由此可见，我在极"左"路线影响之下的狭隘，与胡先生的宽厚对比，相去何其远也。

1955年的肃反运动，是肃清"暗藏"反革命的简称。我当时非党非团，当然不能参与其事。只知道历史系有一个很优秀的青年教师坠楼自杀。那些被认为是"暗藏"反革命分子的学生，都处于监视看管之下，即使上厕所也有人在后面跟着他。有的肃反对象后来在工作中仍然受到不公正待遇。历史系有一位这样的同学，就因为医疗不及时而丧命。当时肃反对象中，有一位比较年轻的同学，我到90年代在前燕京大学的刊物中才获悉他的历史。他是旧燕京大学新闻系一位进步教授的小儿子，才十几岁就倾向于革命，极力要求同他哥哥一起去延安，未果。在路上，听到一位革命的青年被反动派害死，他就毅然决然地把自己的名字改成与被害

1951年到四川眉山土改的北京同志

青年的名字一样，一直沿用到今天。这位同学后来成为广东省社会科学院的院长。据说他当时被定成"暗藏"反革命的原因，是因为他有一把手枪，常常拿出来在同学面前炫耀的缘故。

　　1955年，我和翦老到荷兰参加青年汉学家会议，当时翦老运用他在重庆白区的经验，谈笑风生地既宣传了政策，又争取了朋友；而我呢，因刚刚解放，小心谨慎，唯恐犯敌我不分的错误，在这种左倾幼稚的思想指导之下，行为非常拘谨，对于燕京旧友郑德坤、哈佛旧识费正清，都未敢深谈，显得异常生硬，后来我写批判文章时甚至诬蔑费正清为美国"特务"。"文化大革命"后费氏夫妇来北京，我奉命与邵循正、陈振汉两先生共同接待，谈话稍有深入。而到1982年我重访剑桥时，费正清老先生竭诚招待，不但给我们安排住处，并且亲自给我们送早点来，盛情可感。

　　此外，那次在荷兰开会时，还遇到一位从台湾到巴黎学习的青年学生，名陈荆和，我们因为他是从台湾来的，当然不予理睬。几十年后陈荆和先生成了东南亚史的专家，访问北京，我才与他握手言欢，不免觉得当年实在是太狭隘了。

　　1956年，我与翦老、张芝联、夏鼐三位先生到巴黎参加第九次汉学家会议。这一次香港大学的罗香林和饶宗颐两位先生也出席了，罗先生是陈寅老早年的高第弟子，本应

1973中日友协访日，前左为谢冰心，
前右为中岛健藏

畅叙,饶先生尚属中年,未露头角。我们把港台看作一回事,也就一律不予理睬。直到几十年后,饶先生以文史之学闻名东亚,诗书画三绝,尤其令人折服,他到北京访问,我们相得甚欢。

1957年的"反右派斗争"是新中国成立后第一次大规模的政治运动。历史学界前辈如向达、雷海宗,我的同辈如孙毓棠、丁则良,我的学生如夏应元等,追究起他们的问题,不是曲解就是诬陷。例如,雷海宗是说"马克思主义史学著作,恩格斯以后没有发展",这就是抹杀了列宁和斯大林。向达的罪名除去想做他本县(民族自治县)县长以外,还有很多条,其中一条是他客厅悬挂的毛主席像旁边放着一只铜(?)质的老虎,是要吃掉毛主席!孙毓棠只在鸣放时说"科学院像个大衙门"。夏应元散会后在屋里说,他要"赶紧上街"办什么事,听到的人就汇报成为夏应元准备像匈牙利那样"上街"搞反革命暴乱。这些人都有言论或行动可以歪曲成为右派言行,而丁则良根本在国外开会,没有参加国内任何鸣放的会,也无任何平时的话可做把柄。据最近他在美国教书的儿子到北大数学系来暑期讲学,告诉我说,丁所在的东北人大有一位老党员领导,写了一部历史著作,让丁则良提意见。其实这只是一种姿态,而丁则良本着学术良心和对党负责的态度,尽其所知提了不少正确的意见。这就触犯了这位老党员领导,反右一开始,就缺席裁判把丁则良划为右派,并且捏造出一个小集团。丁则良被逼自杀以后,当局连他的子女也不放过。他的儿子丁克诠报考大学被拒绝,退而报考中专也不获准。丁克诠只能发奋自学,至"文革"结束后考取研究生,又赴美取得博士学位,获聘在伊利诺伊州大学任教,并受邀于2000年到北大数学系讲学。丁则良1957年至北大水塔下未名湖内含冤自沉,当客座教授丁克诠三十多年后来到湖光塔影的伤心地凭吊亡父时,丁则良夫人因饱受折磨先于几年前辞世,夫妇二人只能在九泉下庆幸儿子成才。

当时批判右派的大会,由各个组织召开。因为我是民盟的负责人之一,所以批判盟员王铁崖的会就由我主持。其实他只是想办一个大规模的法学院而已,批判会上的发言说不出所以然来,我感到很无聊,而又不得不去主持。《人民日报》曾找我写一篇批判傅种孙(数学家,师大校长)右派言论的文章,我也照办了,其实并不了解傅种孙是何许人。这种盲目的行动,现在看来既可悲又可笑。

1957年的反右斗争,我的两个妹夫都被卷了进去。三妹耦良(中学英文教师)的丈夫丁用洪是北京建筑设计院的工程师,工作成绩优异,只因说了一句"有些党员就像上供的点心,只摆样子不起作用",就被划为右派。他们住在城里,和我接触不多,也不知道什么时候摘的右派帽子。到1973年左右,五弟杲良从美国回来,我们在耦良家里聚会。照相的时候,大家在那里你推我让,闹成一团,而丁用洪却独自一人站在一边,我觉得这样很不合适,就热情地招呼他过来和我们一起合影。我想这样做是对的。

二妹与良的丈夫查良铮,即著名诗人、翻译家穆旦。他翻译的作品既精确且优美。尤其是他的诗集,1999年在百年百种优秀中国文学图书评选中当选,这是很高的荣誉。他曾参加中国远征军到缅甸抗日作战,1942年撤退时,历经千辛万苦,在深山老林里失踪五个月之后,才撤回到印度。就因为这件事,他在反右运动中被定为历史反革命,赶出南开大学的课堂,接受管制,到图书馆监督劳动,1962年结束管制后,降薪留用,在南开图书馆做职员。我们家大多数人对他过去的情况都不够了解,因此他每次到我们家

234

来，当大家(兄弟姐妹十人中六个党员，两个民主党派)欢聚在父母身边，兴高采烈，高谈阔论时，他常常是向隅独坐，落落寡欢。许多年中，我去天津，记得只上他家去过一次。现在回想起来，那时我们对他的态度是非常不公正的，感到非常内疚。他于1978年2月含冤去世，我正因"梁效"问题受审查，不能参加他的追悼会，由邓懿代表我去了天津。1981年，他最终得到平反，骨灰安放在天津烈士陵园，后葬在北京万安公墓，我专程去天津参加了骨灰安放实即平反仪式。还记得我乘332路公共汽车去北京站，车上很挤，在人民大学那一站停车时，我因站在车门边，被挤下车去，跌倒在地，连眼镜也掉了，当时我已68岁，居然没有受伤，所以记得清楚。

1985年5月20日十良盛聚

1958年"大跃进"时进行学术批判，我曾经做过批判陈寅恪先生的发言，事后多年才向陈先生"请罪"。当时我入党已经两年，对于党的号召更是无不积极响应，义无反顾。党叫我批判陈寅恪先生，我的态度和五年以前批胡适时就大不一样，不加任何思索就执行支部的意图，从未想到有一天万一跟陈先生见面的话何以自处，或者见陈先生于地下之时应该怎样。但是物极必反，这次批陈以后，我倒是逐渐更深刻地认识到陈先生学术的伟大。

1999 年 11 月，在中山大学举行的纪念陈寅恪教授国际学术讨论会上，我做了一个书面发言——"向陈先生请罪"。我说，

也是向大会交代一个问题，这个问题本来早应该在第一次会议或者第二次会议上讲过了，但是我确实是忘记了，不是文过饰非，隐藏罪证。最近(1999 年 10 月 9 日)我写别的文章，翻起我旧的笔记本，发现有一个批判发言稿，而这个批判发言稿就是批判陈寅恪史学的稿子，这才想起来这件事，一定要在这次会议上及时地把这个问题做个交代，不然的话，我的罪责就更重了。1958 年，在举国"大跃进"的形势之下，学术界进行学术大批判，北大历史系总支组织了一系列的批判会，批判史学界的种种思潮，组织教师指导学生写文章，同时也组织教师进行批判，分配给我的批判题目就是陈寅恪的史学思想。我 1956 年入党，由于"反右"斗争，迟了一年才转正。1958 年正是锻炼党性，不讲价钱，党指向哪里就打向哪里的时候。这个时候，我接受了任务，丝毫没有考虑，也没有任何顾虑，完全没有考虑到自己的马克思主义水平究竟如何，能不能批判得了，批判陈寅恪先生对陈寅恪先生将发生什么样的影响，陈先生如果知道我批判他，又有什么想法，以及将来如何面对陈先生等等，这些问题都一概不在考虑之列，因此也就不再记得这件事情。根据我当时的提纲，是批判了四点：

第一点是帝王将相是历史的主人的问题;第二点是注重文化的区别而不注重种族的区别的问题;第三点是陈先生的民族虚无主义,把中国很多事情从外国找到来源;第四点是陈先生讲善战的民族实际上是为帝国主义张目。我是从旧营垒里过来的人,我深知陈寅恪先生的研究成果和结论,我自己也知道我所掌握的马克思主义很有限,顶多只是联共党史四章二节,那些教条章句等等,是不能够驳倒陈寅恪先生的论点的。但是,我也不管这些,反正是根据党的指示,用所谓的马克思主义理论来进行批判就是了。作为一个新党员,我当时完全没有想到将来如何面对陈先生,更没有考虑到陈先生如果知道我批判他,将作何感想。当时的《光明日报》史学副刊选载了历史系同学批判陈寅恪先生的文章,但是没有登我的文章,可能因为只是上纲上线,而没有批倒陈寅恪先生的论点内容。所以当时校外的人不知道我也参加了批判陈寅恪,而寅恪先生自己当然更不知道,不然的话,我早已成了金应熙第二,被陈先生处以破门之罚,拒之大门之外了。随着时间的推移,我的学习逐渐深入一些,我觉得马克思主义一分为二、合二为一的辩证法在陈先生的许多著作中都可以找到,陈先生的思想实在是很符合辩证法的。同时,我觉得陈先生教导学生写论文要从史料开始,而史料必须要考订得扎实以后才能作为根据,这种思想实际上是存在决定意识的一种反映,而不是"我思故我在"的一种反映。我当时对学生讲过,陈先生文章中有辩证法。历史系工会或学生会小报上刊登了我这一说法,但此小报现已无从寻觅。后来我才知道,早在50年代,老马克思主义者杜国庠同志就曾经说过:"陈寅恪的史

237

学思想具有朴素的唯物主义成分。"①所以，在"文化大革命"之前，我又几次对同学讲过，陈寅恪先生的史学是具有辩证法的，但是，掌握辩证法的人并不一定能够写出陈寅恪先生那样的史学文章，因为他除了这点以外，还具有他个人特有的敏锐的见识和犀利的剖析的能力。根据他的敏锐的见识和犀利的剖析，才能发前人所未发之覆，每篇文章都有新的见解。陈先生这种辩证法思想并不妨碍他所标榜的以独立之精神、自由之思想作为指导的研究工作。而我自己呢，入党以后，既然树立了党的驯服工具的思想，自然而然就违背了独立之精神、自由之思想的这种标准，或多或少，这里或那里做了些曲学阿世的工作。比如说，我常常应报纸的请求，写一些中国与某国人民友好的文章，这些文章里面，只提友好，不提不友好的方面。但是我认为这只是常识，不是学术研究，也不能算完全违背事实，所以它不能算是曲学。至于写柳宗元《封建论》和诸葛亮法家思想等等，这些文章那就完全是曲其所学，阿谀世道了。而我当时还很自豪，以为用自己所学的古典文献为当前的无产阶级政治服了务。这真是参加造神运动、自己信神崇神的丑恶结果，完全违背了陈先生要在独立之精神、自由之思想指导之下来做研究的教导，是完全应该接受破门之罚的。

　　粉碎"四人帮"这一战役使我惊醒过来，感觉到自己过去参加造神运动、信神崇神的种种行为的荒谬可笑。就在这个时候我看到了田余庆先生关于魏晋南北朝史的研究文章，田

---

① 见1999年2月13日《文史读书周报》所载吴江同志的文章。

先生年岁小我一轮，我对他来讲，是师友之间的关系。可是我看了他这篇《释"王与马共天下"》的文章以后，大为惊叹，大为折服。我感觉到他不仅有辩证法，而且有自己敏锐的见解和犀利的剖析能力，所以他的文章就有像陈先生那样的发前人未发之覆的特点。以后看到他的其他文章，多有类似的感觉。因此我说，田先生在某些方面，他的工作胜过陈先生。有人误会，以为我说田先生全面超过了陈先生，我不是那个意思，我只是说，在某些问题上，田先生超过了陈先生。因为陈先生的天才和学力，在今天还没有人能够超过。

至于我自己的魏晋南北朝史研究，在停顿了三十年以后，重新又拣起来。在"梁效"受审查期间，我就开始温习魏晋南北朝史的史料，陆续写了一些札记，后来编成《魏晋南北朝史札记》。这本书实际上是以郝兰皋的《晋宋书故》为蓝本而写的，但是自信没有违背陈先生独立之精神、自由之思想的教导。以后又陆续写过一些文章，我自信这些文章也还是本着同样的精神，没有曲学阿世，是未负如来的。我相信我这个迷途知返的弟子，将来一旦见陈先生于地下，陈先生一定不会再以破门之罚来待我，而是像从前一样，进行和谐温馨的谈话，就如同在清华新西院、纽约布鲁克林 26 号码头轮船上、清华新南院和岭南大学东南区 1 号楼上那样的和谐和温馨。

发言后的反应强烈，有的同志落了泪。

在批判北大历史系《北京史稿》时，我错误地称商鸿逵先生是"黄色文人"。此事后由北大历史系党总支在赔礼道歉时讲过，后来在纪念商先生的会上，我仍然怀着非常歉疚的心情重谈此事。因为以后直到我因"梁效"问题受批判时，商先生一直是对我非常友好的。

邓懿调离中文专修班

　　1959 年之后到 1966 年"文革"开始以前，使我情绪波动最大、既哀且怒、不知道是酸甜苦辣哪一种味道的，那就是我的爱人邓懿被迫离开她工作十年的中文专修班。

　　我想这里应该先说明一个问题。我和邓懿两人之间，以前是共同之点为主，成为两人结合的基础。实际也存在着过去从来没有注意到的不同之处，新中国成立以后逐渐显现出来。首先，我出身于大资产阶级家庭，我父亲又是清王朝高级官僚的孙子，所以我经过学习后，负罪感特别沉重，总觉得自己出身不好，又到美国留学，因而悔恨交加，恨自己出身不好，悔自己未走革命道路。而邓懿呢，她的父亲出身贫寒，靠当律师为生，属于自由资产阶级，所以就没有我这样的思想负担，也没有负罪感。她在新中国成立后的欢欣鼓舞，主要来自妇女解放、男女平等这一点，她常常说："如果不是共产党来了的话，我到今天仍然只是周家的大少奶奶呢。"这是由于出身不同而形成的心态上的微妙区别。

　　其次是因为生活环境不同而形成的性格差异。比如说，我从小是没娘的孩子，比较拘谨、温顺，而邓懿则是父母的掌上明珠。外舅守瑕先生在邓懿出生之后即有诗云："胜无聊慰亦人情，荔子何妨是侧生。络秀小家知付托，金銮绮岁定聪明。诗篇咏絮当庭就，字格簪花下笔成。付与文姬传绝学，中郎身后不埋名。"(见《荃察余斋诗存》卷三)邓懿后来果然不负其父的期望，从小就不断受夸奖，在南开和燕京又都是成绩优异的好学生，于是就养成了一种比较刚毅果断、自信心很强、心直口快的性格。她的庶出的身份，也增加了这位"敏探春"的要强心理。在极"左"路线影响之下的党组织，对于我这样的驯服工具当然很欢迎，但对邓懿这样有自己的主张、敢于发表不同意见的人就看不顺眼了。她有一个兄弟，新中国成立前夕去了台湾，以后一直不通音问，不知他生死存亡，但这个社会关系给她带来了极大的灾难。50年代，邓懿给我在美国教书的弟弟写信，劝他回国，信中引用了一句中国人的俗语，"金窝银窝，不如自己的狗窝"。两种海外关系加在一起，于是这句话就被歪曲地解释为污蔑社会主义祖国而受到批判。她对家人和她领导的青年教师都严格要求，提出切中要害的批评。她说我因是大少爷出身不做家务劳动，因习惯南方口音而不分"n"和"ng"，因没学过力学而在体力劳动时用力不得当，以上全言之有理。她对青年教师严格要求，要求青年教师做到的自己先做到，批评时也有理有据。一部分教师因此不满。但到今天，有些仍在从事教学工作的先生，都承认当初邓先生对他们那样严格是完全必要和非常有益的。

　　我们两人虽然同样有海外关系，但所受待遇却完全不同。我一直得到党组织的信任，当时出国的一个基本原则是二人同行，而我却可以例外，曾经好几次单独出国。邓懿的遭遇与我大不相同，因为她有海外关系，就以不宜与外国学生接触为理由，于1960年被迫离开汉语中心，调到西语系公共英语教研室。有人听到当时负责语文专修班的支部书记扬言："我和邓懿是清华同学。她毕了业,今天当了教授,我没毕业就中途退学了。但是我现在管她。"从这一个"管"字,可见这位支部书记当时是一种什么样的心态。我作为党员曾被召到语文专修班的支部,支部书记要我汇报妻子的思想情况。我只好说："她不理解领导的决定,更不愿意离开教汉语这个岗位。但她一定服从分配,做好英语教学工作。"

邓懿调到公共英语教研室后,被作为犯错误的干部对待,由一位比她年轻的讲师领导。二人出差乘车时,座位由讲师坐,邓懿提着讲师的皮包在旁站立。她被逐出汉语教学岗位的理由是"因有海外关系而不能教授外国人",但在公共英语教研室她却奉派去教朝鲜和越南学生英语。她全力以赴做此工作,带领学生走出校园,到社会上开门办学,学生获益良多,与她建立了亲密关系。越南学生学业结束回国时,因对她依依不舍而泪流满面。

为了表明自己不是无所作为的,她参加了几项英语研究和编纂工作,并提出要与我合译一部美国人写的日本史,其实主要是由她执笔,我只是做了点校订工作而已。她译这部书的用意,就是想说明她不是无所事事的。这是当时被投闲置散,不能发挥作用的知识分子的一种普遍的心情。

我把1948年到1978年这三十年概括为风风雨雨、恩恩怨怨的三十年,风风雨雨不仅是我们一家如此,全国都是如此,恩恩怨怨则是指我们家庭的夫妻关系而言。"文革"初期,我是一个靠边站的干部,邓懿则完全可以当一个逍遥派,但是我要求锻炼,主动地跳出来反对聂元梓,在五四广场发表演说,结果介入派性斗争,遭到揪斗、抄家,被发配到劳改大院。邓懿受到牵连,以"周一良的臭婆娘"的名义也成了"院士",受了种种磨难。每念及此,我心里总是非常不安和难过，觉得很对不起她。最近西语系教师陈文如来信说："1967 年 5 月，我被新北大公社关进'牛棚'。当时我被毒打了三天，遍体紫黑，被送进民主楼后的平房，舌焦难忍。当时是邓先生给了我一杯水喝。后来邓先生告诉我，就为此事，她挨了打，还被罚双眼正视太阳。因为难友之间是不准交谈的，遑论表示什么同情和安慰了。我那时晕头转向，只想到自身的痛楚，大约也来不及向邓先生道谢，更没有注意到她为我吃的那些苦头，现在成为终身的歉疚。"

结婚四十年

在劳改大院里不许私自交谈，每天让大家背语录，并进行抽查，据说就是为了防止大家私下交谈。虽然每天两次排队出去劳动，但是我和邓懿一次也没有碰在一起过。她每周还可以请假回家，而我在请假一两次均遭拒绝之后，就索性不请假了，因此我与家人完全隔绝。有一天，我独自外出，从北往南走到旧图书馆门前时，迎面碰上邓懿。当时四周无人，我本可以和她谈几句，交换一下情况，但不知是出于什么心理，也许是怕被红卫兵发现，也许是怕被别的"院士"发现后回去揭发，也许是心里想说的话太多，千言万语无从说起，总之，不知何故，我对她直视而过，一语未发。几个月后，劳改大院解散，我回到家里，她对我提起那件事，感到非常生气，质问我是怎么回事，我无言以对。

运动开始时，我还乱上纲上线，贴大字报，说她是漏网右派，这些事情都是做得很不应该的，现在感到很对不起她。她仅有的首饰都在抄家中被抄走，而最令她伤心的是，她被抄走的结婚戒指，据说后来被历史系的红卫兵偷走，不知下落。另外一件让她伤心的事情是，我们家里保存了几十年的十几本相册也在"文革"中毁掉，而尤其不应该的是，这些相册并非扫四旧之初所毁，是红卫兵抄走又还回来之后，被我自己亲手毁掉的。我对于她穿着华丽的衣服，在照相馆摆出姿势所照的相，向来认为俗气，很不喜欢。但是当时究竟是受到什么思想支配，现在也说不清楚。总之是一种赌气的行为吧，就干脆付之一炬。包括我曾祖父写的一张条幅，也是还回后被我自己毁掉。侥幸的是，当时红卫兵为了保留罪证，把这张条幅照了相，后来将相片同条幅一起还给我，所以现在我手里还保存着这张相片。邓懿的相册虽然都毁了，但她过去一些重要的相片都给了三妹一份，而三妹的相册却至今保存完好。

写到这里，我想顺便交代一下另外一本纪念册的命运。前面曾提到，在我和邓懿举行婚礼时，有一本请来宾签名的纪念册。后来凡是应邀来我们家做客吃饭的客人，都在这本纪念册上签名留念。在哈佛时，来欢聚的客人都曾经留名，其中有胡适之、赵元任、张其昀等各位教授。在这本纪念册上，还有一些今天政府领导人的签名,如朱镕基、艾知生等。新中国成立前夕,局势混乱,清华组织了一些青年教师,每天晚上到教授住宅附近去巡逻,以防不测。我们准备夜宵招待,同时也请他们签了字。当时我虽然不认识这些人,但记得其中有朱镕基、艾知生两个名字。就是这本纪念册,也在"文革"开始时被我亲手毁掉了。

"文革"中固然有许多可气可恼的事情,但也有可笑的事。比如当时"院士"们每次去领导的办公室,必须在门外高喊报告,得到允许后才能进去。有一次我在门外喊了报告后推门进去,看见胡德平(胡耀邦同志的儿子、当时的历史系学生)在里面,他看见我这位老教授正经八百地高喊报告,不由得忍俊不禁。还有一次,我喊了报告之后进去,是郑必俊同志在里面,她当时也忍不住笑了。

审查"梁效"时,最使我恼火的,是监管我和洪肇龙同志的那个监改组的头头。他大概是地质地理系的教师或干部,在归他监改的半年中,他对我始终是沉着脸,就像对待犯人一样,我当然对他也没有好气。几年以后,有一次工会组织大家去避暑山庄旅游,我在火车上的座位恰好在他对面。当时他似乎有和我打招呼的意思,我当然不予理睬,并且还与我爱人高谈阔论,故意讲起当初监改的事情给他听。

"文革"中的恩恩怨怨虽然很多,但粉碎"四人帮"以后,仍有许多令人不快的事情。在我因"梁效"问题受审查时,有一次为了证明什么事,我去图书馆查《参考消息》。管理报刊的那位女同志(老干部、某系副主任夫人)见我是"梁效"成员,就沉着脸,没完没了、翻来覆去地盘问我,使我非常不耐烦,但也无可奈何。"梁效"成员当时都要回本系去接受几次批判斗争,有一次回历史系接受批判,会议开始前,先让我在另一间房子里等着,再派人来叫我。

我一进会议室，主持会议的那位同志就高声大喊："周一良，你从来都是反对华主席的！"我听了这话，真是觉得又好气又好笑。我过去根本不知华国锋其人，当他接班时，党组织会上学习讨论，我的发言只能说我们相信毛主席，他所信任的人，一定错不了。孰料现在我却成为从来都是反对华国锋的，真不知从何说起！不过对主持会议的这位同志我很了解，他是我熟悉的学生和同事，当时大概也是出于无奈吧。

1996 年，君子兰盛开

"文革"后期，还有一件引起我们夫妇情绪波动的事情，就是女儿的婚姻问题。启盈从体育学院毕业以后，到门头沟矿上的学校去教书，在那里结交了一个男朋友，他的父亲是清华旧制学生，哈佛大学毕业，在贸促会工作，也可以算是门当户对吧。但麻烦的是，他的姑姑李效黎嫁给了一个英国人，我们听说后就非常紧张，觉得旧的海外关系还没了，又来了新的海外关系，这岂不是自找麻烦吗？于是我们就劝说启盈，希望她放弃这个朋友，但她无论如何也不肯，这样相持了很长一段时间。后来我们才得知，那位洋姑夫是英国的进步人士，名叫林迈可，曾在燕京大学做过导师，同情中国革命。后到解放区工作，对解放区的无线电通讯做出了很大贡献。这样我们才放了心。

郊叟曝言

1998 年 11 月 9 日，最得意的一张单人照

追忆胡适之先生

　　我最早知道胡适之先生，是十六七岁时读了他的《中国哲学史大纲》上卷。我家居天津，长期在私塾里攻读"四书""五经"。那时上海有一家用邮递方式出借"五四"以来新书籍的图书馆，我从那里借到此书。读了以后，感到既平易，又清新，似乎赋予了自己熟悉的那些古书以新的意义和生命。后来一位表兄来自上海，送我一本当时新出版的胡先生选的《词选》。这本紫红色硬封面的小书，启发了我对长短句的爱好，以后长久留在手边。

　　第一次见到胡适之先生，是 30 年代前期，我在燕京大学读书时。大约是 1933 年或 1934 年，我到北平城里协和医学院的礼堂听他讲演。内容已经不记得，好像是用英文，但他当时的一件小事给了我深刻印象，也给了我长远影响。胡先生身穿长袍，头戴呢帽，上台一站，摘下呢帽，不是放在面前的桌上，而是随手扔在桌旁地板上。我当时非常诧异。因为我的老师邓文如先生(之诚)总是戴一顶有红结的瓜皮小帽。(他常说，这就是明朝人所谓的"六合一统帽")走上讲台，摘下帽子，一定是放在面前的讲桌上。我看到胡先生这种做法，心想大约是西方绅士的教养，可能为了表示对听众的尊敬吧？从此以后几十年来，我每遇到这样场合，总是按照胡先生的办法处理，自己觉得还是颇为得体的。由此可见，当年长者的一举一动，对于青年学生都会有影响，虽然多年之后始终没想到和胡先生谈起这件事。

第一次和胡适之先生谈话，大约是又过十年以后了。20世纪40年代前期，我在美国哈佛大学读书，担任哈佛大学中国学生会会长，为了中国留学生服兵役事，中国留学生向中国政府有所建议。我被推为同学代表，到华盛顿去见了当时任大使的胡先生，和任特使的宋子文。谈话情况及内容早已忘记，但二十多年之后，史无前例的"文化大革命"中，北京大学大礼堂批判斗争我的大会上，因为我这次去见了宋子文，而给我加上了"宋子文亲信"一条"罪状"！

我与胡适之先生谈学术，是在他大使卸任后到哈佛大学短期讲学时，我当时在那里做日文教员。胡先生住在剑桥的旅馆里，但在赵元任先生家吃中国饭。我听过几堂课，常在赵家碰到，有时去旅馆拜见。记得他那时研究《易林》作者问题，谈起来眉飞色舞，滔滔不绝。他所引证的句子，如"蚁封穴户，大雨将集"之类，我至今还有印象。我的感觉是，他很会把颇为枯燥的内容讲得通俗易懂，引人入胜。读过他的《四十自述》的人都知道，他在童年即已擅长讲故事，看来他把讲故事的本领带到考据之学的领域里来了。关于胡适之先生所谓的"考据癖"，我认为根源在于知识分子的求知欲，曾有论考据与推理小说一篇小文涉及(载北京大学日本研究中心的《日本学》第一辑)，这里不赘述。由此也想到胡先生的名言："大胆假设，小心求证。"这两句话后来受到种种无理非难与批判，其实本属至理名言，是做学问必经的步骤。犹如把对学生的教学比作应当给猎人一杆猎枪而不是给一袋干粮一样，都是真理而被错误地荒谬地批判。胡先生这两句话,近来已有人为之"平反",恢复名誉了。

在剑桥时,曾请胡先生书扇,另一面是抗战前在南京时张政烺先生所写篆书,不幸在"文革"大灾难中化为灰烬。只记得胡先生写的是辛弃疾的词,末二句是:"醉疑松动要来扶,以手推松曰去。"他似乎颇喜稼轩此词,我后来在别处也看到他写的这一首。1945年4月12日,我们夫妇请胡先生和赵元任先生与杨步伟师母来家吃饭,恰恰传来罗斯福总统逝世的消息。可惜现在记不起当时胡先生对罗斯福有什么评论,而赵先生却在我们的纪念册上写下"今天罗斯福总统(去世)",下面画了一段大约是哀乐的乐谱。赵先生用自己熟悉的方式表达了他的悲伤。

胡先生回国后任北京大学校长,曾约我到北大任教。由于种种原因我没有接受,但仍到北大兼课,讲日本史。当时班上一位历史系四年级学生,日文很好,提出要到清华做研究生,搞日本史。我辞以清华大学的日本史专家王信忠教授尚未回来,我自己日本史造诣不够,无指导资格。后来这位同学进了考古研究所,成为出色的考古学家,即夏鼐教授的接班人王仲殊先生。而王信忠教授也始终未回清华,听说放弃了"冷板凳",在日本面团团做富家翁矣。多年之后,我深幸当初有自知之明,没有误人子弟,同时也不得不慨叹人生变幻,难于预测。胡先生回国后一度据云要出访日本,我心慕杨守敬其人其事,于是向胡先生毛遂自荐,做他的随员。蒙胡先生同意,但他后未成行。我则等到1973年才有机会东渡扶桑,距离我开始学日语已经几乎半个世纪了。

胡适之先生倾注几十年精力,研究《水经注》赵戴公案。我虽喜欢南北朝史,对他所钻研的赵戴公案,却毫无兴趣。我父亲叔殁先生是藏书家，不搞学术，但一向热心从藏书方面为学者提供资料。他听说胡先生研究赵戴《水经注》问题，命我把他所藏一册写本《水经》本文送给胡先生。后来胡先生考订，这是根据戴震整理的本文抄写的。又如我的老师洪煨莲先生研究刘知几《史通》，准备勘成定本，父亲便把一部旧版《史通》交我转赠洪先生参考。洪先生生前把留在北京的藏书捐给中央民族学院，特别嘱咐代他处理的王钟翰先生，把这部《史通》还给我，而我早忘记了此事。1948年我写过一篇《〈牟子理惑论〉时代考》，就正于胡先生。他写了长信讨论。后来我在《燕京学报》发表此文，附载了胡先生的讨论函。1963 年结集论著，收《牟子》文而删除了胡函。(参看拙作《我的"〈我的前半生〉"》中"新史讳举例"条，载台湾《千秋评论》第一百期)近来思想认识有所提高，决心如再印文集，一定要再收入胡适之先生这封信。这些有关学术的活动，昔人所谓"翰墨因缘"，本不应受政治影响也。(此信收入《胡适手稿》第八集，题为"从牟子理惑论推论佛教初入中国的史迹——与友人书的一段"。)

　　50 年代中期，"批判胡适唯心史观运动"中，我曾写过文章，做过报告，参加了批判。现在回想：第一，当时确实是诚心诚意，认为自己作为新中国知识分子，应当改造思想。"不破不立"，应当根据自己的理解进行批判，即使是过去所敬重的人。第二，确实认为，历史长河从总的看，从大处看，从长远看，应当是有规律可循的，是有其必然性的。但另一方面，历史上千百年来的人和事千变万化，又有无数偶然性，是不能用一成不变的规律来解释的。因此，历史的进程是必然性与偶然性辩证地相互作用而发展的。这个看法，我今天仍然相信其能够成立。话又说回来，胡先生说，历史犹如十七八岁女孩子，任人涂脂抹粉加以打扮；或如一百个大钱，任

人随意摆布。这些话,今天看来,也并非全无道理。世界上多少伪造的历史,包括伪造的当代历史,不就是这样写成的吗?古今中外胜利者所写历史,都逃不脱胡先生所指出的现象,此秉笔直书的董狐南史之所以可贵也!

1989 年访问普林斯顿大学,听"中央研究院"来美的先生们说,胡适之先生之所以回台就任"中央研究院"院长,因为当时形势下如果他不出山,院长之位将落在某人身上,"后果不堪设想"。又听说,他在酒会上讲话中,谈到自己被"围剿",因而犯了心脏病。听了这些之后,我深深感到,胡先生仍是 30 年代的胡适之,政治上、学术上的自由主义者,始终未变。我相信,在中国近代文化史上,他是一座永远推不倒的丰碑。

1990 年 5 月 16 日写成于布朗克司

补记　戴震自定《水经》抄本今藏北京图书馆善本室,编号18235。适之先生在书尾跋云:"民国卅五年八月我才看见北京大学图书馆藏的李木斋旧藏的戴东原自定《水经》一卷。我在八月里写了两篇文字,指出这稿本的重要。卅六年一月十日周一良先生来看我,把他家叔弢先生收藏的一本东原自定《水经》一卷带来给我研究。我今年才得空写成两篇文字,其中一篇是比较这两个本子的。简单说来,周本是从东原在乾隆三十年写定本抄出的精抄本。……周本抄写最精致可爱。今年一良奉叔弢先生命,把这本子赠送给我,我写此跋,敬记谢意。胡适,卅七、八、十二。"

1993 年 3 月 13 日看校样时周一良补记于北大

哈佛大学中国留学生的"三杰"

　　盛巽昌、朱守芬编著的《学林散叶》共4033条,其中2419条记"1919年,中国留美学生誉称陈寅恪、吴宓和汤用彤是'哈佛三杰'"。①《汤用彤年谱简编》1919年也说"暑假期间与吴宓同留哈佛校园,进暑校。此顷,公与陈寅恪、吴宓被誉为'哈佛三杰'"。据汤一介同志说,《汤用彤年谱简编》中"三杰"一条,是根据李赋宁先生在纪念吴宓先生的一次会上所说,必然可信。从《吴宓日记》1920年12月4日所记"工校[工学院]中国学生,于宓等习文学、哲学者,背后谈论,讥评辱骂,无所不至。至谓陈寅恪、汤锡予两君及宓三人,不久必死云云。盖谓宓等身弱,又多读书而不外出游乐也。呜呼,为功名权利之争,处升陟进退之地,则忌嫉谗谤,诽怨污蔑,尤在情理之中。今同为学生,各不相妨,宓等又恭谨待人,从未疏失之处,而乃不免若辈之咒诅毁骂。为善固难,但不肆意为恶,

---

　① 《学林散叶》材料丰富,如陈寅恪共有36条,其中说到蒋介石曾请陈先生写"唐太宗传",陈先生未加理睬。又一条记着陈先生上课时,讲普通历史,使用黑色包袱包书,讲有关佛教问题时,使用黄色包袱包书。这两条不见于其他著作。但此书亦有错误,如506条记载周叔弢上课云云,先父平生从未教过课。《散叶》盖误解黄裳同志一篇文章,讲到他与舍弟杲良在南开中学同学,国文教师指定戴震的《屈原赋注》为教材,图书馆找不到,而杲良次日即从家里带来先父所刻的此书。

已不免宵小之中伤"。这也可从反面证明陈、汤、吴三人的特殊。

"三杰"之称自然是因为他们的学习成绩杰出,可能还有一个原因,即他们三人到哈佛大学本来只是求学问,不求博士学位。哈佛的规定,研究生选课够一定学分,即授予硕士学位,《吴宓日记》1920年3月10日说"硕士得之甚易"。而博士学位则颇为复杂。除选修一定学分之外,经过一次由四位教授同时参加的口试,这一般包括考四门课程,通过以后才允许写论文。论文完成后,还要就论文考一次口试。在论文完成以前,还需要通过英文以外的两门外语,一般是德语和法语。两门外语的要求是具备阅读能力,因此必须记忆大量生词。为了不妨碍业务课程的时间,学生往往利用暑期学校学习两种外语,有的学生把德、法语言的单词卡片堆积起来,用它的高矮来计算记忆了多少生词,开玩笑地用英寸来计算卡片的高矮。

当时旧制清华学校的规定,留学五年为期①。一般是到美以后,先入普通的大学,完成大学毕业的课程,然后进入有研究院的大学,如哈佛、哥伦比亚等,做研究生,时间已经很不富裕,一般很难在短期内再作毕业论文争取博士学位。如果写博士论文就会影响广泛知识的获得。所以像吴宓、汤用彤诸先生都是只求学问,不求博士学位。而像陈寅恪先生是江西省官费,又常常不能按时寄到,以致陈先生以白面包度日,所以陈先生表示如果把时间放在一个小题目作博士论文,影响广泛知识的获取和材料的收集,所以也是只求学问,不求博士学位②。

40年代的中国留学生情况与清华旧制的学生不同,都是在国

---

① 《吴宓日记》1920年2月24日至28日,见第二册134页。
② 见《文汇读书周报》2001年3月17日智效民《陈寅恪是否获得过学位》。

内已大学毕业，到美直接进入研究院，一般用四五年时间既可以广泛获得知识，又有足够时间选择一个题目写博士论文，因而是既求学问又求博士学位了。20年代哈佛的中国学生不多。到40年代增加到五十多人，这时文科的留学生中又有三位既求学问，又求博士学位。我"私谥"他们也是"三杰"，这就是杨联陞、吴保安(字于廑，归国后以字行)、任华。

20年代的"三杰"，回国以后在文化学术界起了很大作用，有目共睹。40年代的"三杰"，有的回国，有的留在国外。回国者因为时移世易，发挥的作用就很不一样。一般说来，与20年代的"三杰"相去甚远。

现在以年龄次序，先说任华。

任华(1911—1998)，字西岩，贵州安顺人。父亲任可澄，光绪二十九年(1903年)中举，次年丁忧回籍，开办师范传习所，招收各县生员入学培训师资。光绪三十三年(1907年)创办优级师范。分国文、史地、数理化等三系，学生二年毕业，可以担任中学教员。光绪三十四年(1908年)筹办"贵州通省中学堂"，规模宏大，设备周全，培养不少人才。当时朝廷准备立宪，推行新政，宣统二年(1910年)任可澄等创立"宪群法政学堂"，分政治、法律两系，做培养干部之准备。

武昌起义后，贵州宣布独立，设立枢密院，处理本省一切政务，任可澄任副院长。袁世凯复辟帝制，蔡锷抵达昆明，与唐继尧、任可澄等决定推翻帝制，拥护共和，宣布云南独立，出兵讨袁。任可澄撰拟通电全国，电文中有句云："成则为少康一旅之兴夏，败则为田横五百壮士之殉节。"任可澄以后历任云南省省长、教育总长等职。他对地方文化学术之贡献尤为显著，负责总撰《贵州通志》,共一百一十卷,其中十九个专志的古代部分即所谓《前世志》,上起殷周,下迄清末,皆由任可澄一人撰写,字数约占《通志》的三分之一。此外,他还编印《黔南丛书》网罗前人著作,共出版正集六部,别集一集。任可澄有诗文集传世,关于骈文和联语也有专集,说明他中国文化修养之深厚。他对于贵州文物古迹之考察鉴定亦极为注意。

任华是任可澄第四子,出生后母亲去世,他又身染天花,眼睛高度近视,几乎失明。1921 年,到北京入中学,戴眼镜还要贴书至鼻才能阅读。然天性聪颖,又承家学。1931 年考入清华大学哲学系,成为金岳霖教授的得意门生。1935 年入研究院。毕业后,学校拟送他到英国牛津学习,由于第二次世界大战爆发,改派到美国哈佛大学。

任华在哈佛师从刘易斯(Lewis,C.I.),他对英美实证主义(广义的)思想的诸流派有较深的研究,他的博士论文题为《当代哲学中现象主义的三种形态》(*Three Types of Phenomenalism in Contemporary Philosophy*),具体地说,就是"罗素的结构论的现象主义""艾耶尔的语言学的现象主义"和"逻辑实证主义与实用主义的现象主义"。论文中所用的"现象主义"一词不是现在哲学界所讲的欧洲大陆的胡塞尔、海德格尔等人为代表的"现象学",而是广义的实证主义。任华在论文中明确表示,他比较赞成现象主义的第三种形态即"逻辑实证主义与实用主义的现象主义",他把这种形态的现象主义特意起了一个专门的名称,叫作"认识论的现象主义"(Epistemological Phenomenalism), 他认为这种现象主义应以他的导师刘易斯为代表。他强调, 这种现象主义与实在论(Realism)是可以调和的。他认为刘易斯的哲学——"概念的实用主义"是美国实用主义与欧洲逻辑实证主义相结合的产物,它发展了美国的实用主义。在博士论文中,任华倾向于把刘易斯的哲学看成与实在论相近,即与承认客观对象的存在的观点相近。关于各种流派的实证主义在中国的影响,任华认为其中实用主义比逻辑实证主义等的影响要大,逻辑实证主义等流派主要只是对哲学专业工作者的影响较深。60年代,由于时代的影响,他着重批判刘易斯的主观唯心主义而不及其他。

任华不仅有他自己的哲学主张,对于西方哲学史也很有研究,特别是古希腊哲学和当代西方哲学,他都曾细致深入钻研。新中国成立前大学哲学系虽设有西方哲学史的课程,但一般仅是根据西方教材加以介绍。真正把"西方哲学史"当作一门学科来建设,始于新北大哲学系。当时教师们一方面编译西方古典哲学的原始材料,一方面经常一起讨论方法论,任华都是积极参加者与组织者。特别是1958年,他任教研室主任以后,系统讲授了这门课。由于新中国成立后特别重视唯物主义,他又系统地研究了18世纪法国唯物主义。当时北大接收了各兄弟院校多名进修教师,如中山大学的胡景钊教授、辽宁大学的陶银骠教授等,他们至今仍念念不忘任先生的教导。1960年,中央组织全国统编教材,任华被任命为"西方哲学史"教材的主编,是当之无愧的。

他对中国传统文化的修养,可以和中国哲学史教研室的教授相媲美。50年代,教研室为编辑西方古典哲学原著选辑,翻译任务较重。虽然各位老专家外语水平都很高,但常常发生看懂了说不出来的情况,对此任先生总能找到一个合适的词来,这有赖于他对中国传统文化的造诣。

1952年院系调整,全国各大学哲学系都停办,哲学系的教师都集中到北大学习。以后虽然陆续地有几个大学的哲学系恢复，北大也在其中，但是西方哲学的课程很少，教西方哲学的人等于投闲置散，无所发挥，像洪谦、任华、熊伟、张世英这些西方哲学的专家，实际上没有太多工作可做。

在这期间，任华幸好在家庭生活方面得到了补偿。他由于年幼时出过天花，所以不得不与"江山九姓美人"为伍。大家对他的婚姻问题一直颇为担心，但他这方面的运气却非常好。陈宝琛太傅的侄孙女陈谦女士慧眼识英雄，1947年与任华结了婚。陈谦端庄贤淑、精明能干，而且也很有学问。她的欧体字写得清新秀丽，在数学方面也颇有灵感。陈谦女士在清华大学材料力学实验室工作被评为实验工程师，几乎年年都是清华大学的先进工作者。她生了两个聪明伶俐的女儿和儿子。任华得到很好的照顾，家庭生活极为美满。他虽然业务上不能有所开展，但生活上还是愉快的。不幸到了1967年陈谦女士突然因病逝世，这对任华来讲，实在是一个晴天霹雳，是个莫大的打击。

任华的近视程度日益增加，由1000多度发展到2800多度。陈谦去世后，儿子去山西插队，女儿分配工厂劳动，任华沉痛的心情可想而知。从1972年以后，任华除了多年的腹胀以外，常常感到头晕、心慌、心速加快、出汗、气闷等等，经检查之后，是得了甲状腺瘤，1974年到三院做了摘除手术。之后症状仍没有改善，又经过检查，有冠心病、白内障，特别是甲亢较严重，因此又在北京医院碘131放射性治疗，才得以控制。与此同时北大校医院组织高知检查身体，对他眼睛高度近视的特殊情况没有特殊考虑，像常人一样放大瞳孔检查，回家后不久就出现眼前黑影、复视，经查是视网膜脱离。预约到北医三院做手术，1976年唐山大地震，三院停诊,不接受入院,使病情耽误了,终不可治。任华的眼睛只有一些光感,距离很近才能看到几个手指的影子。原来比较好的一只眼完全失明,左眼仅有 0.05 以下的视力,进入盲人的行列,从此任华完全不能看书写字了,逐渐生活不能自理,需要别人照顾了。儿子年近四十为了照顾父亲没有结婚。女儿长期回娘家,也是为了照顾父亲。儿女无微不至的照顾,使他心里得到安慰,使他感到温暖。

1990 年任华突发心肌梗死,经过及时抢救,得以脱离危险。到了 1993 年,突然又大吐血,吐出来的都是大血块,经校医院给了云南白药才控制出血,原因始终查不出来。1994 年经常出现心动过缓的现象,经常靠间断走路来提高心速,误以为是冠心病。经常出现休克状态,脉搏微弱,嘴唇僵硬,几乎停止呼吸。这时家人非常紧张,在家自行抢救,掰嘴塞进硝酸甘油、速效救心丸等,居然多次转危为安。到 1995 年继而发现全身发红、脱皮,被诊断为红皮病,是非常罕见的,每天脱肤二三两,瘙痒难耐。他的儿女往往彻夜不眠,为他搔痒。有时出现暂时神志不清、说胡话。他的儿女倾注全部心血用各种方法,中西结合,最后不得不用少量激素才控制住。以后又有水肿现象发生。医院诊断为甲低,估计是 20 年前治疗甲亢服用放射性碘 131 的副作用,因此服用甲状腺素、阿托品,心缓多有好转。

到 1998 年,他已经是八十七岁高龄,经过风风雨雨,健康状况是比较稳定,精神状态也还可以,8 月份左右,右胳膊处发现一小块红肿,认为是丹毒,或者与皮肤病有关。送进西苑中医研究院,点滴、消炎、治疗。在医院传上了感冒,由于医院的医疗道德极差,严重不负责任,没有及时发现病情的发展变化,导致错误判断,而贻误了治疗,抢救也不及时,终因肺炎并发心梗,发生心肺衰竭而意外地去世了。

任华为人憨厚笃实,毫无机心,处事非常随和,有时甚至显得毫无主见的样子。比如说中国留学生到周末,或者是花四毛钱看一次电影,或者花一块钱到中国城吃顿中国饭,在这种情况下,任华经常是没有什么主张,别人到哪里,他就跟着走,非常随和。起初他总是跟我在一起,唯我的马首是瞻。后来我爱人来到美国,我不能总跟同学在一起了。他好像就改为隶属杨联陞,听杨联陞的领导。虽然他是很随和,但是遇到是非问题,他的立场还是很鲜明的。他住在赵元任先生家里,遇到不公平的事,他总会不顾情面站出来向不对的方面提意见。任华也很富于感情,1945年他父亲去世,不能奔丧回国,他到同学王伊同处痛哭一场。杨联陞1947年2月21日给胡适之先生的信里说:"1月20日,任华应回国,过纽约,保安请客,我们集体作诗给任华送行,保安写了两首,我写了一首,任华心烦意乱,未写成。从吴家辞出时,任华挥泪不止,我与保安都觉黯然。"①

吴诗云:"海外年年感物华,天涯何处不为家。载将风雪君归去,二月春明看早花。"又一首云:"老拥书城肩绝学,每令诗国纵奇兵。相纵天东怀知己,万水千山共月明。"杨联陞诗云:"海天空阔来玄思,故国山河有劫灰。追上东风先着力,满园芳草待君回。"②

任华的人缘很好,哈佛一位政治系毕业的华侨留学生,后来也在清华教书,1948年离开。80年代初从台湾和我开始通信,信

---

① 见《胡适书信选》(下),第175页。
② 见《杨联陞日记》。

里还问道"我们的哲学家怎么样了"。任华平常说话不多，但发言很幽默，有时唱两句京戏也很有韵味。据他的子女说，任华原来是想进大学学文史方面课程的，他的一位亲戚叫熊伟，自己到德国去学哲学，同时力劝任华也学哲学，他才进了清华哲学系。在哈佛，任华也曾跟我念道过他做的旧诗，可惜当时都没有记下来，只记得零星的断句，如咏抗战时期北方人士到西南来，有"今见衣冠度两盘"之句。他在美国患甲状腺机能亢进，在波士顿医院里割甲状腺，戏仿唐人诗句云："尚有群公日日来。"现在把他去世后，子女发现他写的一首诗抄在这里，借以窥见他当时的心情（当时为1969年12月任华爱人去世二周年）："两年老去谁存问，顾景无俦我自怜。音响常劳思虑转，梦魂不到枕衾边。鼓盆放杖真达者，落叶哀蝉亦枉然。幸有红书四卷在，好凭激壮为元元。"

　　如果把40年代的"三杰"和20年代的"三杰"比较一下，那么，任华就比较接近汤用彤先生。但汤先生回国以后，不仅教了西方哲学，而且还开创了中国佛教史的研究，后来在傅斯年跟胡适之先生还没到校以前，他还曾主持北大校务，鞠躬尽瘁，做了很多工作。虽然新中国成立以后他突然生病，仍然做了不少事情，写了不少文章，他主管基建的副校长是个虚名而已。而任华呢，回国之后从事业务的时间不多，除了教学、搞翻译、带研究生、发表一些文章，并与同仁合著《哲学史简编》《欧洲哲学史简编》《欧洲哲学史》三本书先后出版外，在60年代赴成都讲学，讲题为"现代英美资产阶级中的实证主义流派"，约16万字录音稿，回京后着手润色整理成书。在此期间，曾受教育部委托主编计划约百余万字的西方哲学史教科书，几经修改，准备出版。由于"文革"十年动乱，不能如愿以偿。"文化大革命"运动中，又遭鼓盆之痛，给他以很大打击。改革开放后，许多知识分子都在此时出成绩，而他却已进入高龄，只能与失明、病痛做顽强斗争，终未能继续工作，就这样度过了他最后的三十年。

吴保安(1913—1993)，字于廑，回国后以字行，安徽休宁人。休宁吴氏是清朝以来的世家大族，太平天国时吴保安的曾祖只身跑到江苏宝应。父亲在南货店学徒，虽是生意人，却略通文墨，讲究所谓"旧家风范"，从不因为离乡几代而更改他的籍贯。他要求儿子读书上进，恢复久已失去的书香世族之光荣。吴保安十五六岁时，父亲曾经失业，日子过得很艰苦。吴保安勉强念完中学，考进高中第一学期就因交不起学费而被迫辍学。有人介绍他到一个机关去当司书，那时他十六岁，怕别人不要，靠个子长得高，冒充十八岁。当了一年司书后，他的大哥学满三年生意，开始拿工资，他才又回去念中学。高中毕业考第一，得到升学的奖学金，又凑足了膳费、杂费和书籍费用，勉强进入苏州东吴大学历史系。又因成绩好获得奖学金，直到毕业。中间曾想转学到北平的大学，因经济困难而不得不打消此想，毕业后在东吴附中任教。1939 年到 1941年，吴保安到昆明南开大学经济研究所，和导师陈序经先生一席谈话，未经考试就被录取为研究生，毕业论文的题目是"士与古代封建制度之解体"。

在旧制清华学堂选送学生去美国读大学的制度废止以后，除去私人送子弟出国以外，公派学生有这样几种途径：学校选派、地方省市选派、工厂选派。而社会上认为最难的途径是英国庚款和美国庚款备学考试。各门学科都有，隔几年考一次，对学生要求较高，题目较难，因此考取的学生地位声望都在其他各种公费生之上。有人曾多次报考，如杨人楩先生是失败一次之后第二次才考取英庚款。吴保安 1941 年考取第五届清华留美公费，到美国学习历史。同到哈佛学习的还有张培刚(经济)、陈樑生(水利)等。

吴保安的导师是历史系和政治系合聘的英国史专家麦克文教授。他的博士毕业论文的题目是"中世纪东西方政治制度的比较"。1947 年回国，任武汉大学历史系教授，后兼任系主任、副校长。他还担任许多社会工作，包括史学会及世界史一些分支学科学会理事、理事长，武汉市、湖北省及全国人民代表大会代表，九三学社中央常委兼湖北省主委、名誉主席，等等。1979 年入党。

新中国成立后，大学历史系采用苏联教材，教条主义比较严重，资料比较陈旧，中国教师颇不习惯。60 年代初，根据全国高等学校文科教材会议的决定，吴于廑和北京大学周一良等共同主编了《世界通史》四卷本。这部书虽然没有完全摆脱苏联教材的影响，但在很大程度上打破了西方中心论观点，增加了亚非拉部分和中外文化交流的内容，许多观点采取了一般流行的说法，材料比较新鲜，一般说来，比苏联教材更适合中国学生。此书编写过程中，资料的核实与文字润色，尤其上古、中古部分，吴于廑出力最多。"文化大革命"后，吴于廑又与李世洞等，进一步修改此书，又有提高。

但是，吴于廑认为这种国别史的拼凑，终归不能成为世界史。他从马克思《政治经济学批判导言》中"世界史不是过去一直存在的，作为世界史的历史是结果"的话得到启发。又从马恩合作的《德意志意识形态》第一章"费尔巴哈"中所说"各个互相影响的活动范围在这个发展过程中愈来愈大，各民族的原始闭关自守状态则由于日益完善的生产方式、交往以及因此自发地发展起来的各民族之间的分工而消灭得愈来愈彻底，历史也就愈来愈大程度上成为全世界的历史",进一步得到启发,批评西欧中心论和各国历史汇编的做法。他明确指出:"世界历史是历史学的一门重要分支学科,内容为对人类自原始、孤立、分散的人群发展为世界成一密切联系整体的过程进行系统探讨和阐述。"他根据上述的论述,为《中国大百科全书·外国历史》卷撰写了"世界历史"这一概论性很强的条目。此外,还连续发表了四篇相互关联的重要论文:《世界历史上的游牧世界与农耕世界》《世界历史上的农本与重商》《历史上农耕世界对工业世界的孕育》和《亚欧大陆传统农耕世界不同国家在新兴工业世界冲击下的反应》。这四篇论文都是从宏观角度来写的,体大思精,体现了他研究世界史数十年的深厚功力,博得我国世界史学界的一致好评。他特别强调十五、十六世纪,他认为:"从全局着眼, 这两个世纪是历史发展为世界史的重大转折,也许是意义最深、最大的转折。这两个世纪是世界性海道大通的世纪。海道不仅取代了以往联结亚欧大陆东西两端的陆上通道,而且大大扩大了联结的范围,海流所至,无远弗届。由此开始,孕育诸古典文明的亚欧大陆和北非,与在此以前基本上处于隔绝状态的撒哈拉大沙漠以南的非洲,和旧大陆隔着两大洋的美洲和偏处南太平洋的澳洲,逐步联系了起来。各大地区间的闭塞,从此获得世界性的突破。这两个世纪也是资本主义生产方式以其初生的姿态登上历史舞台的世纪。世界市场自此渐次形成,资本主义最初以其触角、其后以其超越前资本主义一切生产方式所能产生的巨大力量,伸入地球的每个角落,终之席卷世界,在全世界范围内引起经济的、政治的、文化的冲突和对抗、适应和调整、新旧嬗递中的批判和剧变。世界各民族间'闭关自守状态''愈来愈彻底'的消失,从世界全局说,这个过程也要到十五、十六世纪才算真正开始。"

吴于廑在武大历史系创建了"十五、十六世纪史研究室",并有出版物刊行。1987年,国家教委委托吴于廑、齐世荣主编新的六卷本《世界史》。这部书把现代部分补齐,并有几个新的特点:①包括中国部分,体现了吴于廑对世界史学科的看法(见上述说明);②在分期上,上古、中古不分作两段,统一为古代部分;近代以1500年为起点,不以英国资产阶级革命为起点;现代以20世纪初为起点,不以十月革命为起点;③冲破了苏联学者沿用多年的某些观点,如不再用巴黎公社划分世界近代的两个阶段,等等。

吴于廑对希腊罗马史也有研究,多次讲授这门课,并有有关论著。西方史学史是他研究的另一个方面,他对修昔底德、伏尔泰、朗克以及现代的形态学派都写过一些很有深度的论文,他在《朗克史学与客观主义》一文中指出:"朗克曾经使两三代的西方史学家深信出自他笔下的历史是科学的、客观的、如实的历史,但是揆之实际,却往往是从内阁官房的窗口,按照官方提供的示意图,认真观察而又不能尽得其实的政治人物行动的历史。"中外学者论朗克史学的著作不计其数,但像吴于廑这样的深刻分析,尚属少见。他在主编的教材《西方史学名著选》中选译了普鲁塔克《传记集》和修昔底德《伯罗奔尼撒战争史》两种。

吴于廑中国文学的修养也很好,杨联陞赠他的诗云:"思能通贯学能副,舌有风雷笔有神。同学贤豪虽不少,如兄才调恐无伦。"1941年香港沦陷,吴于廑有诗和杨联陞,在哈佛中国同学中一时传诵,现录其诗于下:

　　　　莲生哀香港诗七古一首,西岩已依韵和之①。不自藏拙,聊复学步。

西方岛国夸艨舻,旌飚剑及势炎午。

楼船十万压海来,劫我咽喉尺寸土。

东方岛国无完片,酋首居然知教战。

一朝坛坫折盟符,天下睥睨棋局变。

(明治维新后,东西两岛国,三结同盟。)

神州荡荡起蛟龙,禹鼎重光歌大风。

方欣云汉中兴运,递报渔阳烽火通。

十年辽患倾巢窝,坐论非攻可奈何。

倭刀六月割占城,宰相衣冠尚驱娑。

(日本攻我十年,英美为国联及非战盟主,坐观不救。及日
本据安南,英伦及华府犹复议论逶迟,图苟安自保。)

忍从前史识兴亡,宋帝台边吊白杨。

蹈海大夫遗迹在,弄潮渔父说沉枪。

嶙峋故垒何堪视,哀古词人涕不止。

独当风落暮涛横,星影垂垂惭后死。

(九龙有宋帝昺及陆秀夫观海台。石城依山而筑,荒废已
无人居。日暮临风,唏嘘欲泪。)

珠帘常卷春三月,蜃市烟销鼙鼓发。

妖兵闪电出羊城,遍地洪流皆螯蝎。

孤峿负水初难保,况复偏师悬半岛。

六街芳树碧如油,弹裂飞花何处好?

凌波犹是旧鬠鬟,纵舻谁期以赘痈。

乃知士老不堪战,奇策盈廷空讼讻。

---

① 西岩是任华的字,当时没有听说任华有和诗。

周一良：毕竟是书生

昔闻雅典余残垒，文客一呼声贯耳。

临风悲诵拜伦诗，掷卷徘徊思登埤。

（希腊独立之战，英国诗人拜伦犹奋身从阵。文士死而壮士不作，英伦三岛为有人乎？）

从君上溯二千年，五百田横死敌前。

帐中今有将军印，捧献降图绝世怜。

云车朱旆浑无彩，欲上高峰窥碧海。

人间何处结豪雄，拳握扶桑投大鼐。

元凶宇内任披猖，诸夏男儿气未丧。

铁锁沉江夜拭戟，岳家军阵尚皇皇。

百年百战志无离，一旅犹尝复四陲。

会看风云渡辽西，万里长营尽汉旗。

　　　　　2月5日大雪之夜，于廑未是稿。

如果说任华的工作与汤用彤相近的话，吴于廑则和20年代的吴宓比较接近。吴宓在英美文学方面堪称多面手，好多时代和各种文学体裁他都能讲授。吴于廑对于西方的历史，各断代和某些国别都很熟悉。两位吴先生还有一点相似之处，就是他们的第一次婚姻都不美满而破裂。吴于廑在美国时，有一位他在中学教过的女学生陈安励，由于爱慕他，千里迢迢来到美国，要求与他结婚，吴于廑同意了。但是结婚以后，由于年岁过于悬殊，兴趣不太一致，吴于廑老成持重，乐在读书，而这位女生年轻贪玩，初到美国这样的社会，当然在家里坐不住。吴于廑常以老师的身份规劝她，因此感情不甚协调。这时，哈佛又有一个同学，也是我们大家的熟人，乘虚而入，从中离间。其实这位同学也是受害者，他的夫人被某"大少"作为闺中腻友,因此这位同学家虽然在剑桥,而有家归不得。最后,导致吴于廑夫妇离婚。吴于廑为人忠厚老实,他的离婚方式也很别致,可以说是君子绝交,不出恶言。离婚的证书是他自己写的,在他的一位叫戴振铎的朋友家中举行了离婚仪式。证明人有两位,戴振铎(哈佛物理学博士)、桑恒康(哈佛经济学博士)。戴振铎买了一束鲜花把屋里装饰了一下,就是这样在和平友好的气氛中离了婚。杨联陞1947年给胡适之先生的信中曾提到此事:"1947年2月21日,这几个礼拜,联合国中文翻译组颇有新闻。一是吴保安和陈安励离婚。他们夫妇虽然结婚已经一年多,感情并不十分融洽,最近张隆延乘虚而入,自旧历年(一月二十一)以来,吴、陈大反目,终于离婚。吴已辞翻译职务,回到康桥,预备三月底到武汉大学去做历史系主任。张、陈是否能结婚,还很难说。多数朋友的意见,是两个人都不大靠得住,结婚也未必长得了。……保安也过分相信朋友,故至于此。"

以后,离了婚的陈安励见到吴的朋友,还常常问起他的情况。我1982年重访美国,在普林斯顿大学的饭馆中与陈安励不期而遇,她也过来与我寒暄,并了解吴的情况。杨联陞的信中推断陈安励跟吴的这个朋友不会善始善终,然而使人意想不到的是他们竟白头偕老,有了四个儿子,所以世界上的事是很难说的。

两位吴先生都离过婚,吴宓先生离婚以后多年未娶,晚年虽然再婚,不久又丧偶,晚境极为凄凉。吴于廑则恰恰相反,不但再结婚,而且异常美满。

第二位吴夫人刘年慧是英语教授,明丽端庄,雍容大雅,与吴公的翩翩风度极为般配。刘大姐的气度尤其使我叹服。1982年我与老伴由四川回京,经过武汉,吴于廑夫妇陪我们参观市容,顺道

271

周一良:毕竟是书生

去看一个燕京的老同学。这位同学年近八十,双目失明,因为多年不见有一肚子的话要对我们说,而主要内容似乎是家庭婆媳关系不好。他对四个湖北人的儿媳都有意见,滔滔不绝地诉起苦来,一再说什么"天上九头鸟,地下湖北佬"等等讽刺湖北人的话。当时湖北人的刘大姐就在身边,我如坐针毡,又无法劝阻这位老同学。偷眼看看刘大姐,她却很自然,没有任何不悦之色,有时对吴公做个鬼脸,我这才放下心。事后我们也无法向刘大姐解释或道歉,但是我们心里都觉得吴于廑有这样气度的夫人是莫大的幸运。

吴于廑的长子吴遇不愧为名父之子,世其家学,在约翰·霍普金斯大学学历史,1993年将取得博士学位。这年1月份我过八十生日,写信给吴于廑说,凡是年长于我的一律不惊动,但是要求他给我的纪念文集题签。他欣然同意,用毛笔给我题了字,并表示同意我的做法,不惊动年长的朋友。但到他过生日时,由于他在武汉地区的身份和地位,不得不有些铺张,应酬较多,同时又举行他的博士生答辩会。因为同行云集,于是又利用这个机会召开了他与齐世荣同志主编的《世界史》教材的讨论会。这样三件大事连在一起,大大加重了他久病之身的负担。武汉大学地处山区,道路崎岖,那天接他的汽车没有及时到达,他不愿让客人久等,于是步行赴会。他以久病之躯请大夫检查,本来以为他暑假可以远渡重洋参加儿子的毕业典礼。这天在讨论会上他首先发言,谈了他对这部教材的主题思想等意见,讲完以后在沙发上坐下,就奄然化去,像是一个老兵在战场上倒下去那样。

吴于廑同志将永远活在中国历史工作者的心中!

附记:关于吴于廑先生对于世界历史研究的贡献,可参见李植枬《无私奉献 开拓进取——深切怀念吴于廑老师》(《史学理论研究》1994 年第 1 期)、陈勇《吴于廑先生治学追忆》(《史学理论研究》2000 年第 3 期)。

杨联陞(1914—1990),字莲生,生于河北保定,原籍浙江绍兴。他过继给他伯父,伯父是盐务官员,退休后以吃瓦片为生。他在保定上初级中学,成绩优异。当时缪钺先生因家庭困难,考取北大而不能入学,在保定志存中学教课,杨联陞在他的班上,与缪钺之弟同班。缪钺听说杨成绩很好,为人忠厚,后就把妹妹缪钤(宛君)嫁给他。多年后,缪、杨两位在中国文史之学都出人头地,郎舅齐名,扬声中外,成为佳话。

杨联陞后到北京,考入师大附中,读高级中学。1933 年毕业,同时考取北京大学中文系和清华大学经济系。他个人

1976 年与杨联陞教授夫妇

志趣想入北大学文科,但由于其父的期望,去清华学了经济。然而,他对文史的爱好并未减少。在清华他受知于陈寅恪先生,毕业论文即由陈先生指导。在学生时代他已在《清华学报》《食货》杂志等刊物上发表文章。他关于汉代和唐代社会经济的文章,当时很

有影响。卢沟桥事变前夕,清华学生左右派分野鲜明,杨联陞因功课好,政治上又属于中间偏右,一时左右派学生都拥护他,被选为学生会主席。

1937年毕业后,抗日战争爆发。当时,尚未沦为汉奸的钱稻孙,组织人力编写一部《日华字典》,为谋生杨联陞参加了这个工作。关于此事我在1990年11月20日闻杨病逝噩耗后的日记这样记载:"论交五十余年,37年在钱稻孙家初识,即一见如故,意气相投……杨脑筋敏捷,博闻强记,治学多所创获,悟性记性都远胜自己,迥出侪辈之上。且多才多艺,能诗善画。可惜者,好胜之心过强,未免不少事想不开而自苦耳。哈佛三杰弱其一矣。"

到1939年前后,钱稻孙沦为汉奸,主持伪北大,呈送助教聘书给杨联陞,杨将它退回;次日,钱又送来副教授聘书,杨仍然婉言拒绝。他当时对人说:"八毛钱一斤的酒我不喝,一块二的酒我也不喝。"(当时助教月薪八十元,副教授一百二十元)他就是这样寓爱国正义于诙谐之中。后来,钱稻孙又推荐他到日本某商业大学教中文,同样被他拒绝。他家本不富裕,这时更渐渐紧张起来。

1938、1939两年间,我以洪煨莲先生之介绍,协助访问北京的哈佛大学中国史教授贾德纳,阅读日文杂志。1939年我获得哈佛燕京学社奖金,去美读书。贾德纳希望我推荐一人,我即考虑到杨联陞。在向钱稻孙了解了他的日文程度后,遂推荐他到贾德纳处工作。1940年秋后,贾德纳回到剑桥,计划仍请我帮他阅读日文杂志,而我那时已经领取哈佛燕京学社全时奖金,不得再兼工作,因此贾就自费邀请杨赴美一年,帮他工作。杨到美后,在贾家吃住,贾德纳在各方面予以照顾。以后,他又受知于赵元任先生,协助赵教汉语、编辞典,以后也领取了哈佛燕京学社奖金,成为哈佛研

究生。

现就三方面记述杨联陞的事迹：一、为人；二、为学；三、才艺。

杨为人忠厚老实，喜交朋友，与人来往坦诚相待，没有机心。他在哈佛教书三十年，交游的面极广，很好客，1948年秋夫人抵美，1949年在康桥购房后，每礼拜总有一两次有友人到他家吃饭。70年代末迁居阿令屯之后，由于地势较远，他本人健康情况日坏，家里招待客人的次数也就少得多了。新中国成立前的旧中国知识界中派系纷呈，彼此并无原则分歧而门户之见相当深。北大、清华、燕京等校彼此多少都有隔阂，北方的学者与南方的学者如柳诒徵、吕思勉、张其昀等互不相下。杨联陞虽出身清华，但对各派系学者都一视同仁。我读过他家来宾留言簿，其签名的学者，几十年中前后不下一百人。北大胡适先生很赏识他，两人论学谈诗二十年。史语所赵元任先生与他同编字典，研究汉语文法，他挽赵先生云："岂仅师生谊，真如父子缘。"傅斯年先生到美后，也与他有来往。清华校长梅贻琦与胡适之先生等来康桥时都曾在他家下榻。清华、北大、史语所的学者们凡到剑桥者无不在他家做客。燕京大学由教会主办，在当时北平虽与以上各校有所不同，但司徒雷登仍然是遵循蔡元培先生"兼容并包"的办学方针。洪煨莲(业)先生在几所教会大学的文史系中影响较大。杨联陞与洪先生及其门下诸弟子关系也都很密切。他曾为洪先生抄剑桥感暮八首(用秋兴韵)：

> 白发飘萧矍铄翁，老师洪姓最声洪。
> 朗吟新句追秋兴，细写长编注史通。
> 引得惠人功莫大，探研捉贼乐无穷。

兼下贯，何止夏商周。"赠诗自然是颂扬为主，但他的诗中表现出他的谦虚和对别人的尊重。在给胡适先生的信中提到刘子健教授："这几年不但在学问(尤其在宋史)上很努力，在办事方面也很出色。"1988年11月15日赠周一良诗云："才高四海推良史，学贯八书谁比肩。"1982年赠周一良诗云："劫后重逢迸泪珠，山山呼应有还无。遗山才学兼身世，《季木藏陶》待价沽。"《季木藏陶》是先叔周季木先生所藏陶片，40年代我的表兄孙师白请顾廷龙先生整理、精印成书，带给我若干部，在美国出售。我回国时，还有一部没有售出，就交给杨联陞代售，1982年我重到美国，谈到此书，他说，尚有一套没有售出，他愿出五美金收下。我当时因为孙师白这时已经不需要这几十块美金，便慷他人之慨，把这部书送给了杨联陞。因此有人讥笑杨联陞吝啬，其实，这是他节俭的美德。

　　杨联陞为人的另一个特点，就是持家以俭。一般在美国的华人教授住宅大多很高级，拥有花园洋房的不乏其人。而他的家(我只去过他在阿令屯的家)虽然很大，但并不华丽。他在美几十年始终不会开汽车。我想，这与他家庭出身有关。他的家庭本不富裕，养成了节俭的习惯，哈佛大学教授的薪金虽然不算少，但他和夫人都不会经营，如投资股票等等。不像有的教授，身后仍有上百万美金的遗产。这里，我想提到另外一位哈佛的老朋友于震寰先生。他是哈佛燕京图书馆的日文编目主任，月薪远不如教授之多，但他善于经营，工作几十年退休以后，拥有不少房产。他曾用这些房产支援从台湾去美国的有困难的留学生。他夫人晚年多病，长期住院，幸亏有这些房产，一所一所地充当了医药费。总而言之，杨联陞在美国几十年，我认为他并没有美国化，本质上还是一个中国旧式的读书人。

杨联陞最大的不幸，是自 1958 年起患精神病——抑郁症，犯病时不能读书思考，烦躁不安，夜不能寐，有时甚至想自杀，必须入院治疗，周期常常达一年，后两年就比较好，脑筋特别敏锐，学术上也多有创见，然后到第三年，病又会来，越来越重，如此直到去世为止。他有时显得心胸狭窄，多所疑虑，大概是病态之一。1982 年 9 月，他对我谈了很多学术上的新见解，同时表示哈佛在排挤压抑他，因此心情不愉快。我当时就问过哈佛了解情况的人，他们都说杨联陞绝没有受排挤压抑之事，如在退休之前，被授予哈佛—燕京讲座教授的称号；退休以后，仍保留他的研究室，这些都是受重视而不是受排挤的证据。

他晚年多病，最后几年又中风生活不能自理，一切全靠他笃信基督教的夫人照顾。1989 年冬天，我到他家，亲身体会到缪大姐对他无微不至的照顾，使他病中的生活仍很愉快。缪大姐现已八十五岁，一人独自住在阿令屯那所房子里，我想是宗教信仰支撑她的缘故吧！

在为学方面，杨联陞 1942 年获得哈佛大学硕士学位，1946 年获博士学位，1947 年任远东语文学系 (后改称为东亚语言文化系) 副教授，1958 年任教授，1959 年当选为台湾"中央研究院"院士，1962 年应法日两国之邀，先后分别赴法国法兰西学院及日本京都大学讲学，在巴黎曾用法文做公开讲演。1970—1976 年相继获得美国圣路易华盛顿大学与香港中文大学名誉文学博士。1974 年获法国铭刻与文学学院德卢恩奖。他多年来还担任过《哈佛亚洲学报》编委会编委及新竹《清华学报》主编。1965 年获哈佛燕京学社中国历史讲座教授称号，1980 年，以名誉教授退休。除数百篇论文与书评之外，他结集成书的英文论著有《中国史专题讲授提纲》

(1950)、《中国货币与信贷简史》(1952)、《中国制度史研究》(1962)、《汉学散策》(1969)、《国史探微》(中译本，台湾联经出版事业公司，1983)，与赵元任先生合编过《国语字典》(1947)。另外有18篇中文论文，由我编为《杨联陞论文集》(北京中国社会科学出版社，1992)。

美国哈佛大学为他发的讣告说："杨联陞教授在国际上以学术辨析能力与才思敏捷著称，是几代学生所亲切怀念的好老师，是协力培育与造就美国汉学的先驱学者之一。"法国汉学耆宿戴密微(Paul Demiéville，1894—1979)说："总之，杨联陞的学问继承了中国百科全书式学问的优良传统，发挥其个人天赋之才，在广阔范围的资料中，以细致严密的分析做出综合性结论。"这两段话准确而恰当地概括了杨联陞教授一生的学术和事业。严格地说，史学家或语言学家都不足以说明他的成就，他著作涉及的范围很广，只有西方人使用的"汉学"二字可以概括。

1946年3月15日他给胡适的信里说："假如我能到北大来，教的东西您可以随便(点)指定，大约中国史，秦汉到宋，断代史都可以来，通史也可以勉强。专史则除了社会经济史之外，美术史、文化史、史学史等也可以凑合。日本史也可以教，但明治以后不灵(得大预备)，西洋史很糟，必要时可以教英国史。如果国文系能开一门《国语文法研究》颇想试教一下，指导学生的事情当然很高兴做。(东西洋学者之汉学研究也可算一门)。"①我想，除去教英国史是一时兴到的话以外，其余的课相信他确能胜任。从他的论著可以看出来。

---

① 《论学谈诗二十年》，安徽教育出版社，2001年版，第64页。

作为他的主要著作之一的《中国货币与信贷简史》，是一部具有开创性的著作，对中国货币和银行历史上的约 300 个关键词语着重做了记述和分析，绘出了具有重要意义的细节。在有关货币的部分，首先介绍了各种形式混杂的货币，然后重点讨论了圆形硬币、金银以及纸币。在研究信贷的部分，则叙述了从当铺等传统信贷机构到现代银行的兴替，并对贷款和利率方面的几个特征进行了探讨。这部书的成功有三方面的原因：一、此书以类别为经，时间为纬，叙述历史上货币与信贷的演变，脉络分明；二、探讨经济问题时，很好地结合了时代的政治、军事、社会等方面的背景，这应与作者本人深厚的史学根基分不开；三、具有批判性的观点在书中随处可见，颇具启发性。对于贷款为何被普遍地用于消费支出而不是创造资本，他一方面指出传统中国歧视工商业，倾向于阻止经济规律充分地起作用，另一方面又从经济学的角度，指出投资土地虽然回报率低，但风险很小。此书是从历史的角度，运用经济学的原理和分析方法写出来的，它不仅是有关中国货币和信贷的关键词语研究的集大成之作，而且揭示出古代中国货币、信贷以及总的经济发展的传统模式。

杨联陞的《汉语否定词杂谈》体现了他在语言学方面的成就，也是汉语否定词研究领域有影响的论著之一。对于典籍文献中的否定词，古人的经籍训诂里面有零星的考证。以现代语言学的观念和方法，深入、系统地研究汉语否定词的，国内外语言学家中不乏其人：国外如瑞典高本汉 (B.Karlgren)，美国金守拙(C.A. Kennedy)、杜百胜(W.A.C.H.Dobson)等；国内有赵元任、吕叔湘、丁声树、黄景欣等。杨文后出，但他对于前人的研究成果能够融会贯通，不囿于旧说成见，加上能以系统的观念、史家的视野，对问题

周一良：毕竟是书生

做全面的、细致的考察,所以,《杂谈》有自己的特色和创见。首先,全文从发音基础及意义与用法两个方面揭示汉语否定词的内在关联以及功能区别,故在方法论方面具有承前启后的意义。其次,在研究范围上,《杂谈》对于以往只专注于一时、一地或仅对几种文献有关否定词的讨论进行考察的做法有所超越。它既利用汉藏语系比较研究的成果,又联系当代方言中的古语成分,同时还纵贯古今,注意书面语言与历代口语并重,因而立论宏通,能够见人所不察。在讨论否定定语与唇音的关系时,作者首先讨论汉语唇音否定词在历代的演变,然后论及其在现代汉语官话方言(如北京、济南、沈阳、西安、成都、昆明、昌黎等)和非官话方言(如苏州、温州、厦门、梅县、潮州、广州等)中分布的特点,进而利用汉藏语系语言的研究成果,依据藏语唇音否定词的语音特点,认为双唇音否定词是原始汉藏语遗留下来的。在否定词的意义与用法一部分中,作者首先强调要注意否定词在意义上有轻有重,用法上有虚有实。人们使用语文常"带有感情成分夸张意味","用否定式,多数为部分否定,特指否定",所以,在不同时期、不同地区、不同文体的语言中,否定词"不""没(有)""未""非""微与勿""毋"等在用法和声音演化上存在着区别,认为李方桂先生用轻读的观点来解释上古的 piuət(弗)演变为现代广州话和北京话的理论是正确的,这种理论较好地解决了"弗""不"等同源词分化的条件和规律。最后,《杂谈》在材料的收集、使用上亦颇独具慧眼。除了使用亲属语言、方言材料之外,魏晋以后具有口语特色的语料及中土佛经文献语言的旁证,也有相当的分量,使得《杂谈》的材料既丰富全面,又细致独到。总之,《杂谈》是一篇在方法论和研究成果方面有重要价值的论文。即使以今天的眼光来看,它依然具有很高的科学性和启发性。

刘子健先生曾说过："杨联陞学术的精华常常在他所作的书评里出现。"杨联陞自己也同意这个意见，说自己是汉学界的一只警犬，人们则称他是东方的伯希和。他总共写过五十多篇书评，书的性质涉及中国历史、文学、考古、经济、哲学、地理等等许多方面。除去洋人对于中国典籍理解错误以外，经常有罕见的名词术语，中国学者一般也不能解释，而他从另外不相干的资料中包括日本的资料对这些名词加以说明，使人涣然冰释。德罗土所译《新唐书·百官志》和《兵志》中"有籍有傍"和"以籍旁取"、鲁道夫及闻宥《华西的汉墓美术》中"诏所名捕"、波普所著《中国瓷器》中"撒孛尼"这几个词的解释皆是其例。他在香港钱宾四先生学术文化讲座上做的报告《中国文化中报、保、包之意义》也属此类性质。杨联生说自己这种做法是"训诂释史"，我想当年陈寅恪先生曾经赞扬沈兼士先生的一篇文章，说一个字的解释可以充当一部文化史，也就是这个意思吧！

杨联陞学问之所以这样杂而精，固然跟他自己的兴趣有关，我想同时也是势必如此。因为外国学生研究中国历史、文学的人常有一些奇奇怪怪的想法。他们的兴趣也是多方面的。杨联陞在美国几十年，受其沾溉的外国学生所要研究的问题亦复多种多样，老师为了指导学生不得不跟着走。这大约也是杨联陞学问方面之广的原因吧！到哈佛的美国学生莫不受教于杨联陞，得他亲炙的中国学生如高友工、余英时、张春树、陆惠风、张富美等也多卓有成就。

关于杨联陞的多才多艺，在美国的华裔学者中也是颇为突出的。他自小善动脑筋，过旧历新年时，喜欢用诗句制造灯谜。在师大附中,与由名票成为名伶的程派传人赵荣琛等几位喜欢京剧的同学,结成盟兄弟,演唱京剧。他很喜欢言菊朋,曾坐在第一排手持小笔记本,把言菊朋唱的《四郎探母》唱、念、做等细节一一记录下来,曾经引起台上的言菊朋的注意。他精于桥牌和麻将,曾著《桥经十三章》,蜚声剑桥。他喜欢写诗,与缪钺时相唱和,缪钺说他"作诗不多,但能发新意"。1983 年,缪钺八十岁,杨联陞画了一幅山水画并题诗致贺。他题缪钺《冰茧庵丛稿》:"考艺研经自妙年,文心史识两无前。灵溪灵处生冰茧,异代应知有此贤。"缪钺认为此诗着墨不多,但清逸宕折,殊有意趣。杨联陞不仅作诗,还曾写过一篇子弟书,自作自唱,在赵元任先生夫妇金婚纪念会上放一异彩。因为赵先生夫妇的《杂记赵家》中记有此事,并有子弟书的全文,这里不再赘述。

1941 年香港沦陷,杨联陞写了长诗《哀香港》,为中国同学所传诵。现在就以这首诗来结束他的传记。

哀香港

十九世纪矜樯橹,大英国旗日常午。已凭身毒攫南洋,更移罂粟销东土。能臣持正焚鸦片,庸臣误国迷和战。偿金开埠意不足,雄岛竟教图色变。

秀水明山照九龙,绿树长年浴暖风。星垂夜市千灯泻,云织朝帆万里通。豪权顿迹簇金窝,犀珠任载不谁何。层楼广厦连歌舞,钢琴声里影婆娑。

百年香港几兴止,曾看两粤起洪杨。中山倡义除专制,韶关誓众扫欃枪。睡狮欠伸甫欲视,强邻侧窥不能止。浿水卢沟

炮夜轰，汉儿宁有为奴死!

沪滨喋血连三月，天地鸣喑人奋发。大国不徒壁上观，翻输毒液供蛇蝎。海疆无寄终难保，从兹香港成孤岛。往来惟可御风行，纸醉金迷犹自好。

珍珠湾里击艨艟，遗患应知在养痈。东海南洋同日发，元戎坐困众汹汹。难攻不陷夸坚垒，支持才十数日耳。几度温柔歌故乡，遂令壮士不登埤。

转战于今已五年，岂见千人降阵前。悻入悻出何足道，覆巢群燕最堪怜。香脂碧血埋光彩，不蹈天禄蹈苍海。下看百姓皆虫沙，飞救公卿调鼎鼐。

群凶初势纵披猖，义战终教时日丧。何意三湘频报捷，大邦避敌尚仓皇。谊切同舟终不离，休轻亚陆是边陲。父老衔哀方仰望，几时重见汉旌旗?

以上叙述40年代哈佛文科中国留学生"三杰"已毕。有人说你个人当初的工作也不错，何不加入"三杰"变成"四灵"?答曰:爱因斯坦曾经说过，科学研究的发现百分之九十九靠努力工作，百分之一靠灵感。我自己觉得百分之九十九的努力还是有的，但百分之一的灵感却比这"三杰"大有逊色。我可以举这样一个例子:北大百年校庆时，出版了一本文科的论文集，我在1937年发表的《领民酋长与六州都督》一文入选，那是我二十四岁时写的，应该说是有一些灵感的，但是2000年兰州大学出版的《20世纪中华学术经典文库·中国古代史卷》中册所选我的论文仍然是这一篇，这时我已经八十七岁。其他很多同志入选的文章都是近年所写。这就说明，在灵感方面我没有什么进步，这种自知之明使我不敢与

"三杰"并列。"三杰"的事迹应当传之后世，我辈后死者责无旁贷也。这就是我写这篇文章的原因。

　　此文承三家家属及齐世荣、张世英、朱德生、李植坍、陈勇等先生审阅或提供情况，杨联陞长子杨道申先生提供资料尤多。武汉大学童云扬教授对吴于廑先生担任系主任工作的贡献，做了系统、细致、全面的介绍，现一并刊出。此文始于 20 世纪末年夏秋之交，曾由小学水平之保姆笔录，困难万端。后由阎步克教授安排，历史系研究生顾江龙、刘聪、陈凌、姚宏杰同志轮流笔录；文中《货币史》及《否定词杂谈》的评论分别由顾江龙及中文系博士生周守晋、王建喜提供，在此一并表示感谢。

2001 年 7 月 2 日

米寿老人周一良记于蓝旗营新居

纪念丁声树先生①

丁声树(字梧梓)先生我是在 1936 年到南京中央研究院史语所开始认识的,但他的名字四年前我已经知道。20 世纪 30 年代初天津《大公报》每星期发表一篇星期论文,由当时政界和文化学术界的著名人士撰写。记得 1932 年暑假,胡适之先生有一篇星期论文,提到当年毕业的两个学生,加以表扬和鼓励。一是清华大学历史系毕业的吴晗,另一位就是北京大学中文系毕业的丁声树。好像还提到他关于"不"和"弗"的论文,记得胡先生关于发明一个字的意义等于发现一颗恒星的说法,好像就是在这篇星期论文里提出的。

初见丁先生,留着平头,蓝布长衫,非常朴实,像一个老学究。但他却跟赵元任先生一起用外国仪器搞语音实验,是赵先生的得意弟子。我在南京这一年,跟他熟悉起来,知道他对于声音训诂之学修养很深,而对于方音和方言也很了解。听说抗战中南京撤退的时候,他随身只带了一部书,就是许慎的《说文解字》,说明他对这部书定有研究, 而这正是研究先秦两汉古典文献的最基本、最

---

① 本文收入 2009 年由商务印书馆出版的《学问人生 大家风范:丁声树先生百年诞生纪念文集》一书。

重要的参考书。

再碰到丁声树是40年代在美国，他由中央研究院派来哈佛大学和耶鲁大学研究。旧雨重逢，高兴自不待言。40年代末，我们先后回国，又都在北京工作，来往颇密。他常常带我的孩子们到街上去吃面茶，因此有"面茶丁伯伯"之外号。

临近解放，南京政府准备撤退，中央研究院各个所行动不一，各研究所的主要研究人员如陶孟和等一般走得很少，只有历史语言研究所在傅斯年的督促之下几乎全部人员连同图书资料一起运走，包括留在所里的私人图书在内。但是，当时在北京的丁声树却没有走，因为他的夫人关淑庄大姐从美国来电劝他留下，而他的全部图书跟所里一起走了。

新中国成立以后，丁公在语言研究所，抓了很多方面的工作，他参加过编字典、培训人员、自己讲课、到各省去调查方言等等，且事必躬亲，鞠躬尽瘁，受到大家的拥戴，但是他自己的研究工作却没有时间去搞。

丁公在新中国成立以后积极要求进步，最后入了党。他的夫人关大姐常常纳闷，曾经问过我："你与声树都是书呆子，为什么现在热心于政治？"她不理解。我回答她，自己解放后有两种感觉：恨与悔。恨就是自己出身剥削阶级，悔就是没有参加革命而是去读书搞研究。"文化大革命"以后，我又跟她谈过自己如何决心改造，又如何加入了造神运动的行列，碰得头破血流，最后才认识到自己"毕竟是书生"。关大姐关于我的问题，我是陆陆续续地才能解答，但关于丁声树同志，我却不能很好解答。他出身于河南农村，家庭成分我不太清楚，但他曾跟我说，儿童时吃早点一个咸鸭蛋要分几天吃，可见绝非剥削阶级。但他对自己政治上要求很严。

他是所里唯一的一个一级研究员，年岁已高，担负的工作也很重，但他对自己要求却特别严格，例如"文革"之后，所里分配给他比较宽敞的四居室住房，他坚决不要，并且说服家里人，一直住在经济所分配给她夫人的二楼两小间、三楼一小间的住房。日常生活中，他总以贫下中农标准要求自己，一直不肯喝牛奶、吃鸡蛋。当时所里有班车上下班，他家住得很远，但他觉得如果他坐班车，别人自然会让座给他，所以宁可放弃班车的便利，自己搭公共汽车，需要在站里等很久，车上也异常拥挤，耽误很多事情。因为他这样严格要求自己，社科院把他作为知识分子党员的榜样加以表扬。《北京晚报》上也曾经用图画故事的形式连载了他的事迹。丁公就是这样过于劳累，在七十岁时患脑溢血病倒了，很快就成了植物人。他初病时，我去看他，似乎还能认得人，眼眶含泪而不能说话，不久之后完全成为植物人，躺了十年就去世了。看起来，丁公是没有像我那样发现参加造神运动终于觉悟自己是书生。

丁夫人关淑庄大姐是满族，哈佛大学经济学博士，丁公回国时她因孩子还小，留在美国工作了几年。而她父亲关定保长期在张作霖部下辗转做过几个县的知县，公正清廉，颇得民心。"九一八"以后，他把妻子和儿女留在沈阳，假装预备定居，自己只身入关，后来才设法把家属带进关内。关淑庄1936年考入清华大学，1937年卢沟桥事变后，清华南迁，她转入燕京，因成绩优异，学校给她联系到哈佛读书。她在统计学上颇有成就，首创将数学中的"差分"方法(difference，是微积分的一部分)用来分析经济，被美国教授称赞，但没搞完就回国了。而她的美国师弟孙之类按此思路做下去，自成一家，取得了优异成绩。关大姐回国后在社科院经济所工作，却不断受到批判。1980年，其女从耶鲁大学经济系毕业并参加工作，关大姐重返美国，并照看她的女儿和孙女。前不久，她患舌癌，动了手术，经过顽强刻苦训练，在越洋电话中发音仍然清晰响亮，能谈到半个小时。我想她一定能够战胜这一顽症。

纪念邓先生

邓广铭先生去世已经半年多了，我在哀悼之余时时感到有些歉疚。因为在他弥留之际，我没有赶去和他诀别。他的噩耗和追悼会的日期，因我当时在病中也被瞒过了。当然我不良于行，也不一定能去参加他的追悼会，但心里总觉得有些不安。

在1997年的9月、10月间，我们两个人同住在友谊医院，病房在上下层，曾经彼此互相串联过，而且一同照了一张相。我想这张相恐怕就是邓先生最后的遗影了。

我和邓先生认识是在1946年，但是熟起来是在1952年院系调整，我调到新北大以后的事情。这四十多年来，我们两个人的交往并不密切，但是我觉得彼此相知还是很深的。

邓先生庆祝九十岁生日的时候，我曾经想写一篇文章，后来没有写成，这篇文章的主题我想就是"邓广铭是20世纪海内外宋史第一人"。我为什么这样说呢？因为首先，邓先生研究宋史，不像一般人那样只注重北宋，他是既研究北宋，又注意南宋。比如说他研究岳飞、辛弃疾、陈亮，都是南宋的人。再从研究范围来说，他研究政治史、经济史，研究战争，研究典章制度，也研究学术文化。特别难得可贵的是，他还笺注过辛弃疾的词，这在一般的历史学家

周一良：毕竟是书生

是很少见的。所以，他在史才、史学、史识这三方面都是很有特长的。他的考证是很精确的。早在学生时代，邓先生就受知于胡适之先生、陈寅恪先生和傅孟真先生。他的史识从议论到分析都是很宏通，容易接受的。另外，他与一般史学家不同的一点是，他不但研究历史，而且写历史。他的几本传记，像《王安石》《岳飞传》《辛弃疾传》等等，都是一流的史书，表现他的史才也是非凡的。所以我说他在史学、史才、史识三个方面都具有很高水平。这是当代研究断代史的人很难做到的一点。当代研究断代史的人，很少有人能够既研究这一段历史，又能写这一段历史。

邓先生之所以难能可贵，还在于他的勤奋。他的考证之学，在年轻的时候，就已经受到前辈学者的赏识。他到老勤奋，孜孜不倦，一直到他去世前半年，已经九十多岁了，还在研究《辨奸论》，写文章与人讨论，这一点也是非常宝贵的。他曾经说："我要活到老学到老，我要把有限的余年用来修改我的书，把它修改得更加完善一些。"这一点也非常难得。

粉碎"四人帮"之后，邓先生出任北京大学历史系主任。作为系主任，他首先抓的是人才。他注意发现人才，提拔人才，充分利用人才，来办好这个系。

首先是任用张广达先生的例子，张广达先生是研究隋唐史和中西交通史的，但是长期以来，他被错误地用作一个俄文翻译，不能发挥所长。邓先生当了主任之后，决定让他放弃被强迫压在身上的任务——俄文翻译，而去做他的本行——多年研究颇有心得的隋唐史和中西交通史。

同时，为了加强隋唐史的教学与研究，他又从山西请来了王永兴先生。王永兴先生因为右派夫人之累，被下放到山西农村，穷

292

愁潦倒,不为人所知,简直连研究工作都无法进行。邓先生把王先生聘到北京,让他和张广达先生一起来搞隋唐史和敦煌研究。王永兴先生开了隋唐史的课,也开了敦煌学的课,同时培养了大批对敦煌学有兴趣的学生,还主办了北京大学的《敦煌吐鲁番文献研究》的刊物,出了五期之多,在中国的敦煌、吐鲁番学方面立了很大的功劳。

还有关于吴小如先生的例子,吴小如先生想要离开中文系,离开北大,到中华书局去工作。当时我听到这个消息很着急,想挽留吴先生,邓先生更极力主张要把吴先生请到中古史中心来。因为我们觉得吴先生在中国文学史各个段都能挑得起来,同时他对文字、训诂各方面都有很深的功底,对于我们的青年教师和同学都会有很大的好处。所以我和邓先生都去见了校领导,反复陈词,要求把吴先生留下,作为中古史中心的一个教员,让他发挥作用。这也是邓先生很重要的一个贡献。

对我的任用,邓先生也尽了很大的心。我记得在1981年评博士生导师的时候,有人提出我应该做博导,也有人反对。邓先生知道这个事情以后,去找了领导,反复地陈说,一定让我参加第一批的博士生导师,这样我就当了博导。

作为历史系主任,在培养人才、选拔人才方面,邓先生还做了一件非常重要的事情,对历史系有很大的贡献,就是建立了中古史研究中心。在78级的毕业生中,中国古代史出现了不少非常优异的学生,但系里教员编制有限,不能都留下,邓先生感到非常可惜,于是想出一个办法为系里储备人才,建议设立中古史研究中心。邓先生当初是想仿照史语所的办法,用自由与强制相结合,就是在研究方面没有任何条条,没有任何拘束,自己愿意研究什么就研究什么，完全自由，但是又必须每天都到办公室来，大家一起坐下来研究，不能够自己藏在屋里，或者名义上搞研究，实际上是自由放任。当然后来没有能够照这个方法做下去。但是这个机构毕竟成立了，人才也留下了，而且也培养出来了。现在北大好几位破格提拔的教授，都是从中古史中心里出现的。

由中古史中心，我就想到，当初翦老也有同样想法。当时有不少留学东欧的学历史的学生回国，一时没有课可教，没有地方可去，翦老就说应该把这批人养起来，让他们从事研究，将来有用的时候再来使用，所以后来就成立了研究室。可惜的是，当时的研究室没有像邓先生这样的业务上有威信的人来主持；同时，这批学生也参差不齐，不像77级、78级学生水平那样高。所以，最后这个研究室没有能够做出什么成绩，人才逐渐流失了，没能完成当时翦老储备人才的想法。

邓先生担任系主任的时间虽然不长，但是他确实是做了几件重要的事件，对北大历史系的贡献是很大的，这一点我们是不能忘记的。

邓先生年登上寿，实至名归，他的小女儿小南同志在北大荒插队的时候，已经有"很有威信的理论教员"的称呼。后来恢复高考，她考进北京大学历史系的中国史专业，毕业以后又留在中古史研究中心，这是邓先生内举不避亲的表现。小南同志出了一本《宋代文官选任制度诸层面》的书，邓先生给她作了序。其中对于小南同志的工作有很高的评价。我们知道邓先生平常是不轻易夸奖别人的，他这样地对待他的女儿，说明他的女儿的水平确实是不错。邓先生虽然像他一千六百年前的本家那样"伯道无儿"，但是"中郎有女"，世其家学，而且显然能够发扬光大他的学术。在中

国学术史上,大学问家有这样福气的并不多。邓先生应该是含笑
九泉了吧。

1998 年 8 月 1 日口述于朗润园公寓(臧健笔录)

悼念王岷源同志

有六十年交情的王岷源同志悄悄地走了。说悄悄地,因为他并没有长期缠绵病榻,据说也没有得什么奇怪的病。然而没有几天,就和我们永别了,令人伤心,欲哭无泪。

我与他相识是在 1940 年。他清华毕业后,到美国耶鲁大学学语言学,1940 年夏天来哈佛暑期学校学法文。我们在大学对面的小饭馆相遇,攀谈起来,彼此觉得很亲切,于是订交。这一年秋后,我去纽约归途经过纽海文,去耶鲁大学访问了他。我还保存着当时在图书馆门前的合影,合影背面题字说:"图书馆门上,刊有世界诸古文字,吾中华文字与焉,惜非甲骨,而是楷书,所录文亦不知取自何处。"

后来,王公也来哈佛,在《汉文大辞典》处工作。抗战胜利后回国,同在北京。1952 年院系调整,又都分配到北大,直到今天。

胡适之先生曾有信给张菊生老先生介绍王公甚详:商人家庭出身,十九岁考入清华大学外文系,后公费留学美国。"人甚清秀,中英文都很好,写汉文甚秀雅,性情忠厚温文,现在我在美国观察此君,很喜欢他的为人敦厚。"①

还有一段很珍贵的材料,台湾所出的《傅斯年文物资料选辑》印有赵元任先生从美国致傅斯年的亲笔信,其中说:"我想推荐王岷源给总办事处,曾对 XX(名字不清)提过,日内写信给 XX(名字亦不清)时打算再提一下,他的中、英、法文都好,还会一点儿俄文。"据《赵元任年谱》记载,赵先生有好几篇文章都由王公翻译成中文,刊载在新中国的刊物上。

胡、赵两先生的评语,我可以用事实来证明完全正确。40 年代,哈佛大学的中国学生聚会中心是赵元任先生家,赵太太生性豪爽好客,每逢圣诞节必然邀请一些中国学生到家聚餐,非常热闹。我还记得有一次餐后,大家表演,梅祖雁教授(当时在美留学)自告奋勇唱个歌,说小学生放学回家"见了父母放个屁,父母骂我没出息",于是哄堂大笑。我们回国以后多年,每逢圣诞,就怀念当年赵家聚会的盛况。那时,岷源同志住在赵家,那天兴尽将要散会时,赵太太叫:"王先生,倒垃圾呦!"王公站起来,微笑着小声嘟囔两句英文:"Once a garbage man, always a garbage man."意思是:你倒了一次垃圾以后,你就永远倒垃圾。赵太太就是这样一个豪放不羁的老太太,做事随心所欲、颐指气使;大概王公曾经自动倒过垃圾,因而赵太太就形成惯例,而王公也就遵命了。这件小事将近六十年以后,我记忆犹新。它恰恰说明,王岷源同志为人长厚,又富于幽默,而且是用外文来幽默一下,同时,又证明了胡、赵两先生对王公的看法。

今年二月,我的老伴去世,岷源同志写四言短诗以寄哀思,情

① 见耿云志、欧阳哲生编《胡适书信集》的 1947 年 11 月书信。

真意切,存殁同感。岷源同志近一两年,腿脚很不便,走路蹒跚而行,异常吃力。但1998年我第二次骨折后,他还让他儿子陪着,老远地从中关园走到北大的极北边朗润园十二公寓来探望。今年夏天,他又来过一次。8月间,我听说他病了,于是远征中关园去看望他。想给他一个愉快的意外,没有先给他打电话,谁知竟扑个空,他刚刚因肠梗阻住院去了。又过了几天,听说医院认为不要紧,但也没有办法,认为他可以回家。于是我又去看他,他虽然躺在床上,脸色不坏,精神也好,只是双腿无力,不能站立行走。谁知又过几天,是8月24日,电话传来他的病竟然是晚期腰椎骨瘤,已经不治的噩耗。所幸的是,他没有像一般的肿瘤病那样长期迁延、多受痛苦。

因为不是同行,所以关于岷源同志的业务,我没有发言权,但听人说"他专做别人不愿做的事",此语大可玩味。清华大学李相崇教授(也是能兼教英、俄文的),似乎觉得岷源同志没有受到重用。我想,他教俄文那一段,肯定是给北大解决了很大问题,得到重用。回到英语系以后,情况就不知道了。如果他是自动地做别人不愿做的事,那是他的谦虚美德。如果是被动地,那希望了解岷源同志业务的朋友们能够多加介绍,以慰死者。

王岷源同志永远活在北大人的心中!

米寿老叟 周一良
2000年11月6日

学术自述

我于 1913 年 1 月 19 日生于青岛。原籍安徽东至县，在北京、天津生长。自八岁起在天津家塾读书，计十年之久。在这期间，我读了"四书""五经"《古文辞类纂》等，学习写作古文，对清儒考据著作也有所接触。塾师中受益最深的是二十四岁来周家、二十八岁即去世的南皮张潞雪先生(张曾敫次子)。在家塾里我还曾先后学习日语和英语。

1995 年 6 月 20 日，标准相，深建中摄

　　1930 年我考入北平燕京大学国文专修科。因专修科不算"正途"出身，1931 年秋进入创办不久的辅仁大学历史系。辅仁的历史大师们不担任一年级的课程，因而次年又转回燕京大学历史系，成为二年级的插班生。在燕京大学，我受知于邓之诚(文如)、洪业(煨莲)先生。邓先生学识渊博，口才极佳，他讲授魏晋南北朝断代

史,娓娓而谈,引人入胜。我对这段历史的兴趣,就是由邓先生这门课培养而成的。洪先生教授史学方法(初级和高级),给了我考证和处理史料的严格训练。作为邓先生课程的学年论文,我在三年级时写了《魏收之史学》。我毕业论文《大日本史之史学》,则是由洪先生出题并指导的,这是中国学人第一篇全面评价日本重要史学著作的文章。大学毕业时,我被推选为斐陶斐荣誉学会会员。毕业后我在燕京大学研究院肄业一年,此时曾去清华大学旁听陈寅恪先生的魏晋南北朝史课,感到眼前放一异彩,由衷佩服。后由陈先生推荐,我进入了中央研究院历史语言研究所。

史语所的一年中,我尽情享受了自由自在无拘束地遨游书海的乐趣。在陈寅恪和傅斯年两先生的指导和熏陶之下,我水到渠成地写成了几篇文章。《南朝境内各种人及政府对待之政策》研究南人、北人等各社会阶层的政治地位及其消长,以及南朝少数民族问题,采用的视角在当时颇为新鲜。其中某些问题我曾写信请教陈寅恪先生,他的回信使人深感其思想的敏锐与活跃。《领民酋长与六州都督》一文解释了北朝史上这两个重要名词的含义,遂成定论。《论宇文周之种族》是根据傅斯年的启示写成的,以后也为学术界所承认。

1939年秋,母校燕京大学推荐我领取哈佛燕京学社奖学金,赴美国哈佛大学远东语言系(后改名东亚语言文化系)学习。燕京给我的任务是研究日本语言文学。我深深服膺陈寅恪先生,感到要走他的学术道路应先具备他的条件,亦以到哈佛有机会学习梵文而私喜。在哈佛大学,我主要受教于叶理绥先生和柯拉克先生。叶理绥先生为俄裔法籍,是明治年间日本东京帝国大学第一个在国文学科毕业的外国人,后来被誉为"西方日本之父"。柯拉克先生是哈佛第一代梵文教授兰门的弟子,兴趣在印度佛教,故而指导学生通读《佛所行赞》《妙法莲花经》等。1944年,我以论文《唐代印度来华密宗三僧考》获哈佛大学哲学博士学位。此文包括天竺密教三位大师汉文传记的英译,以及脚注和考据性的附录20则,因是第一手资料,对西方佛教史学界颇有裨益。论文发表后,当即有哥伦比亚大学汉学家富路特教授致书称道,一本英文佛教史论著索引也推荐介绍了此文。我在1982年访美时,几位青年佛教史学家得知我是"三僧考"一文的作者,便告知曾复印此文以供随时参考,颇致钦挹。在哈佛读书期间,我曾担任美国陆军特别训练班的日文助教约两年。1944年毕业后,又在哈佛大学任日文教员两年。

1946年夏归国后,我先在燕京大学国文系任副教授一年,讲授高级、初级日语及佛教翻译文学。1947年起任清华大学外文系教授,任课相同。1949年转任历史系教授。回忆初回国三四年间,意气风发,时时思如泉涌,研究精力颇为旺盛。这期间我在魏晋南北朝方面完成了《乞活考》《南齐书五灵鞠传试释》等,佛教史方面写了《〈牟子理惑论〉时代考》(胡适之先生曾致长函反驳此文观点)、《能仁与仁祠》等,敦煌学方面写了《杂抄考》,还参加了对"俗讲"的讨论。新中国成立前夕,我与北京大学的季羡林、马坚、金克木、王森,清华大学的邵循正,燕京大学的翁独健等发起组织了东方学会,轮流举行学术报告,并准备出版刊物。在学会中,我曾做过关于牟子的报告。此时北京高校无人教授日本史,燕京、清华、北大三校的日本史课程由我一人承乏包办。

新中国成立后,我在1951—1952年兼任清华大学历史系主任,1952年秋院系调整后,到北京大学历史系任教授。这期间,先后兼中国古代史教研室主任、亚洲史(后改亚非史)教研室主任、副系主任、系主任。历年在各校所教课程,有初级及高级日文、佛典翻译文学、中国通史(宋以前)、魏晋南北朝史、日本史、亚洲史、中国历史文选等。1986年离休。

新中国成立后一段时间中,和许多单纯而正派的知识分子一样,长期有一种负罪感,其来由不外剥削阶级家庭出身、留学美国、脱离政治等等;因而自我改造的要求严格而迫切,对历次政治运动,思想上始终感到要紧跟、要革命。50年代初,北大历史系学习苏联教学计划,准备开设亚洲史的必修课和建立亚洲史教研室。领导提出要我负责,我觉得责无旁贷,毅然放弃从事多年的中国古代史而承担下来,着手草拟亚洲史教学大纲,编写教材,培养青年教师。这时我自己的亚洲史研究重点仍在日本史,以一分为二、合二为一的辩证观点,对日本"明治维新"的各个方面进行了探讨,其成果有《日本"明治维新"前后的农民运动》(写于1956年号召"向科学进军"之时)、《关于"明治维新"的几个问题》(写于1962年所谓"回潮"之时),还有一篇《明治维新前夕的对外关系》,原为1968年纪念维新百年而作,但因"文革"灾难未能完稿。这些文章把明治维新的性质确定为未完成的资产阶级革命,这被中国学界接受为主流观点,《几个问题》一文还被日本左派史学家译成日文发表。80年代中期退休后,我得以把重点放在更感兴趣的江户时期。1990年我出版了《中日文化关系史论》,共收有论文18篇,除去两篇关于明治维新的论文外,其余各篇均为这些年中完成。近年来我致力研究新井白石,并翻译了他的自传。

新中国成立后,与亚非各国的友好往来日益频繁。我广泛搜集资料,先后写作了一系列中国与亚非国家关系的文章,并出版了《中朝人民友谊关系与文化交流》《中国与亚洲各国和平友好的历史》。这些工作不足以称研究,但很好地完成了当时的政治任务。

1958年"大跃进"时代曾兴起学生自编教材之风,60年代初周扬同志便采取纠偏措施,成立文科教材办公室,由武汉大学的吴于廑同志和我共同主编了四卷本的《世界通史》。此书力破"欧洲中心论"观点,材料具体丰富而确切,观点不求新奇,采用可信有据的公认结论;增加了大量亚非史及文化交流方面的内容。比起苏联的教材,这给人耳目一新之感,各大学历史系教师普遍认为相当合用。

80年代我还参与主持了两项工作。一是受周扬同志委托,主编了一部《中外文化交流史》。我发凡起例,邀约19位有关专家,分章撰写了中国与22个国家和地区的文化交流史。力求以原始史料为基础,尽量吸收前人成果,重点放在文化的相互交流与促进上,避免只谈单方面影响。这是一部对史学工作者和外事工作者都有裨益的参考书。另一项工作是在《中国大百科全书·中国历史卷》常务副主编孙毓棠逝世后,我接替了有关任务;同时兼任魏晋南北朝部分的主编,还参加撰写了"南朝"等条目。中国历史卷计430万字,是四十年来中国史研究成果的总检阅,也是第一部以中国历史为对象的百科全书。此外,联合国教科文组织主持编写的七卷本巨著《人类科学文明发展史》,我在1980年应邀担任其第三卷(公元前7世纪至公元7世纪)编委会的委员。与旧版相比,对我所写日本、朝鲜两节,国际学界有"事增于前,文省于旧"之誉。

新中国成立后我多次到亚、非、欧、美国家访问。80年代以前的访问,着重在文化学术交流名义下发展人民间的友谊;80年代

周一良：毕竟是书生

后则多以交流学术为中心，同时也自然增强了友好关系。1997年2月我应邀赴日，接受大阪府所赠的山片蟠桃奖。这个奖项，是日本方面为介绍和研究日本文化成绩卓著的外国学者而设，每年颁予一人，已有十几人获奖，但中国人获得此奖尚属首次。

在敦煌研究方面，我在新中国成立前的工作多是为发现的个别文献作跋；80年代进而接触了大量新材料，得以对敦煌书仪进行全面研究，这是"敦煌学"中极少有人耕耘的领域。我先后写作了《敦煌写本书仪考(之一与之二)》《敦煌写本书仪中所见的唐代婚丧礼俗》《书仪源流考》《唐代的书仪与中日文化关系》等，并与赵和平合作出版了《唐五代书仪研究》。这些论著，对于写本书仪的类型、其所反映的社会文化现象等做了系统论述，填补了"敦煌学"的研究空白。我在日本所做报告，被收入《讲座敦煌汉文文献编》等书中。

少年在家塾读书时，就最喜读王引之的《经义述闻》和王国维的《观堂集林》，佩服其分析推理之细密周到。后来遂打算继承郝懿行《晋宋书故》，着手对魏晋南北朝文献中的语词进行研究。在七八十年代之交，我完成了《魏晋南北朝史札记》。《札记》中对大量名物制度进行追根寻源，充分利用了史书、诗文、敦煌写本、考古报告以及金石等材料，时或引证西周金文铭文、《仪礼》一类史料与古籍。而且对日本文献的熟悉也给我颇多助益。例如在"相闻、相知"条中，我不但说明了"相闻"是"通知某某"之意，而且指出此种用法沿袭至唐代并传入日本，日本古歌集《万叶集》中专立"相闻"一门，即指相互酬答。

《札记》除疏通语词本义之外，也尽力"通古今之变"，对诸多历史表象背后的重大政治线索予以深究。例如"刘义庆传之'世路

艰难'与'不复跨马'"条,通过两段话语,揭示了宋文帝时身为宗室的临川王刘义庆在面临猜忌和诛杀时力图免祸之窘境,显示了"元嘉之治"的光晕之下统治阶级内部矛盾之尖锐。又如"曹氏司马氏之斗争""名教自然'将毋同'思想之演变""西晋王朝对待吴人""东晋南朝地理形势与政治""东晋以后政权嬗代之特征""王敦、恒温与南北民族矛盾""尔朱世隆传中所见官制"等条,都包括长篇综论,对当时政治、军事、文化、制度发展中的一些重大关节点深入剖析。

《札记》的这些工作,我认为还未能构筑巍峨大厦,而只起了加瓦添砖作用;但也扫除了不少研究魏晋南北朝史时的"拦路虎"。日本学者川胜义雄1981年1月7日曾来信说:"……诸条中该博之知识与精密之考证,至为叹服。要之,实痛感我辈外国人终难与本国学者相匹敌耳。"日本学者吉川忠夫称此书"是卓越见解与渊深广博知识的精彩结晶,堪以名著相称"。

80年代我针对魏晋南北朝史学做了一些探讨。新中国成立前我对魏收之史学的研究,虽然细密,但今天我感觉还未超出传统史学的史例、史法之类衡量标准,是比较死板的一种做法。例如对崔浩"国史狱"这个重大事件,以往未能提出新的看法,视野也比较狭窄。80年代重新思考这个问题,深度和广度都不相同了,进而提出,崔浩所修国史的"备而不典",如实记录了拓跋早期失国、乱伦等事,暴露了北魏统治者祖先的羞耻屈辱,是其罹祸的主要原因。我对拓跋氏早期历史和世系的有关辨析,被誉为"自来暖昧不明之北魏初期皇帝世系,可谓从此最后解决"。

在讨论史学史上的编年体和纪传体时,我指出最早的历史记载,大抵都是依年代顺序来叙述。中国最早的历史《春秋》是编年体，晋国、楚国的国史大约与鲁国史一样也是编年体，汲冢发现的魏国国史《纪年》也是编年体。编年体流行了约五百年后，才出现了纪传体的司马迁的《史记》。西方最早的历史著作，如公元前5世纪号称"历史之父"的希罗多德的《历史》和修昔底德的《伯罗奔尼撒战争史》，基本上是按年代顺序编写的。罗马著名史学家李维的《罗马史》，更是明确的编年体史书。约在希罗多德之后约六百年，才出现了普鲁塔克的列传体《希腊罗马名人合传》。这就显示，要从人类思想的脉络和中外史学的比较，认识中国古代史学发展的阶段和意义。

史学的变迁与社会文化政治密切相关，因而我对魏晋南北朝史学的研究，也不限于史学史本身。魏晋以来王朝更迭多用禅代，政权交接以及其间的政治斗争，就直接体现在"国史断限"这类纠葛之上。西晋编撰国史时，曾有人提出把晋朝历史断限上延到曹魏正始元年或嘉平元年，我指出其目的就在于使曹芳被黜、曹髦被害等大事的非正义性有所减轻，以掩饰冲淡禅代过程中的阴谋与暴力；西晋和东晋的史学家，在这个事件上各自显示了不同面目。

我对南朝、北朝之史学特点加以比较，认为各有异同。南朝史学注重议论的"精意深旨"，看重对历史发展的洞察能力。如范晔《后汉书》的《党锢传序》从春秋以后世风的变化谈起，《宦者传序》从古代寺人制度谈起，《儒林传序》论述了东汉二百学官发展，《西羌传论》纵论了东汉以来羌人活动及汉廷迁徙政策的失误，这都是通过贯通今古、思辨分析而得出的深刻看法。沈约《宋书》和萧子显《南齐书》也有同样风格。而北朝如魏收《魏书》的"序"或"论"，就给人以就事论事、拘泥具体功过得失的感觉，缺乏通观全

局的评论和对变化发展的把握。我进而从更高层次上,就南北文化的总体风貌来分析其南北史学异同的缘由。在文学上,"江左宫商发跃越,贵于清绮;河朔词意贞刚,重乎气质";在佛学上,南朝重佛理辨析,北朝重修持实践;在经学上,也有"南人约简,得其英华;北方深芜,穷其枝叶"的情况。南朝文化在玄学和佛学的推动促进下,偏重于分析思辨,故与北朝不同。用《论语》之言来概括,就是北方偏于"学而不思",南朝偏于"思而不学"。这样,就可以更深入地把握南北朝史学发展的不同趋势。

从南北朝史学异同入手,就可以体察到文化是既区分不同层次、类别的,又往往有一种共同的东西贯穿其中。由此我提出,文化可以分为三个层次:文学、艺术、思想等属于"狭义文化";这些之外再加上政治经济制度以及衣食住行、生产工具等,可算"广义文化";而在一个民族的各个文化分支中,还可能潜存着一种共同素质,贯穿于各个方面,我名之为"深义文化"。南北史学的异同,与文学、宗教、经学等等的异同密切相关,从而显示了南北朝文化在格调和风貌上的总体差异,这就证明了"深义文化"的存在。

与之相类,我感到日本与中国的文化差异,也同时体现在"狭义文化""广义文化"和"深义文化"诸多方面。日本文化对自然的亲近和敏感,衣食住行上朴素、纤细的特点,重视体现责任与义务的"义理",包括性、实用主义和善于模仿,以及蕴藏于日本文化深处的"苦涩""闲寂"情调等等,都构成了日本独有的文化特征。这就说明,文化是个整体,各个特点之间的联系是非常密切的,离开了哪一方面,都解释不了这个文化整体。这三个层次由狭而广、由表及里、由浅入深,共同组成一个立体的文化定义和文化类型的分析模式;而"深义文化",则最终构成了一个民族的灵魂。

周一良：毕竟是书生

在研究不同文化之间的文化交流现象时，我发现有些影响在对方国家和民族中生根、发芽、结果，交流的结果长期存在；但也有一些影响在较短期间风靡一时，却未能生根发芽，不久即成陈迹。为什么会出现这两种不同情况呢？通过对具体例证的研究，我认为这取决于：一、交流的内容本身是否属于某个国家或民族的文化中有长远价值、经得起考验的精华；二、这种影响是否适应对方国家或民族的政治、经济、社会变化发展的需要。例如日本从7到9世纪尽力仿效唐代典章制度，但进入10世纪后庄园制兴起，贵族控制了政权，幕府取代了皇室地位，唐制不再适用，就形成了另一套与经济基础相适应的上层建筑。而中国古代的考试制度，则不仅影响到了高丽王朝、越南李朝，还影响到了西方文官制度的诞生，这是中华文明对世界文明的一大贡献。中国与印度的文化交流，则显示了文化交流中存在着相互影响的不平衡现象。印度的佛教文化，影响了中国文化近两千年，在中国土地上结出了丰硕的果实；而印度接受中国文化的影响，殊不显著。这都值得深思和进一步研究。看来，狭义和广义的文化是比较容易相互学习、引进的，而深义

周一良さん

しゅう いちりょう

中国からは初めての受賞。第十一回受賞者。米国のマリウス・ジャンセン氏はハーバード時代の教え子でもある。「日本の文化研究ではいままで深みを深掘をあげていました。隣国同士、今回の私の受賞は日本文化研究の発展の光栄でもあります」

江戸時代の学者、新井白石の自伝「折たく柴の記」を翻訳、六十余年にわたり、歴史を研究してきた。日本の歴史を紹介した人で、その歴史に深くかかわりを持たれている。

かし、政治の流れに巻き込まれ、想像できないほどの辛酸をなめた。文化大革命のおめの文章作成グループに組み込まれ、今度は「特務（スパイ）」と罪四人組が失脚し。今度は反革命分子として拘留。無罪に縛られる理由もないとも。重労働にも従事した。

■第15回山片蟠桃賞を中国から初めて受賞

北京大学教授で中国日本史学会名誉会長。清華大教授を歴任。米国ハーバード大学で博士号を取得し46年帰国。1913年、山東省生まれ。燕京大卒業後。84歳。

その名もいえぬ天安門事件で揺れた。波乱の人生を記録した自伝は、米国で著し、出版は「つまりは書生」。そのタイトルは「な境地を乗り越え、研究者である姿勢を崩さず、自伝には波乱の中で研究を守り続けてきた日本文化をたたえ、「中国の人に少していの思い出から自由に研究できる「いま」戻るには三年はかかった。

「自由に研究できる「いま」

（社会部　杉浦美香）

报摘

文化,却不大容易被移植或引进。

　　培养研究生应是一个教授的职责，但我在这方面是有欠缺的。我的第一位研究生沈仁安同志是由助教转来,他识见敏锐,理论修养较好,研究的题目是日本现代工人运动,我不能赞一词。他后来转而研究日本古代史和德川时代,取得很好成绩,现在已是将要退休的博士生导师。1963 年又通过考试招了两名日本史研究生——叶昌纲、周启乾。由于1964 年至 1965 年的"四清"运动和1966 年"文革"开始,既没有课程考试也没有作论文。其中,周启乾根据当时中央文件规定的 "在职调干研究生原则上一律回原单位"的精神,于 1968 年回到天津市历史博物馆,次年又随天津市万名干部 "转" 为工人,1972 年入天津市历史研究所日本史研究室,1981 年赴日本一桥大学进修,1987 年任天津社会科学院日本研究所副所长,1989 年至 1995 年任所长,1999 年退休,著有《明治的经济发展与中国》(日本)、《日俄关系简史》等,译有信夫清三郎《日本政治史》第一、四卷等,以及论文多篇。叶昌纲考取研究生后开始接触日本史并学习日语约一年。"文革"开始后,号召研究生揭发导师,叶昌纲农民出身,为人淳朴,积极追随"老佛爷"把我打倒,后分配至山西大学,未再见过面。

　　1987 年"梁效"审查结束回系之后,曾招魏晋南北朝史研究生。其中一人被派出国后主持百科全书出版社事务;一人原喜音乐,辗转数年以后终于归队成为音乐编辑;另一人出国,除取得历史学博士学位外,还攻读商业贸易获硕士学位,在公司中工作。三人可谓皆得其用,然与魏晋南北朝史无关。另有胡宝国在历史研究所,郭熹微被分配至宗教研究所,皆喜爱专业,努力奋斗,成绩卓著。

周一良：毕竟是书生

　　1998 年秋，辽宁教育出版社出版了《周一良集》五卷，包括：
一、魏晋南北朝史论；二、魏晋南北朝史札记；三、佛教史与敦煌
学；四、日本史及中外文化交流史；五、杂论与杂记。

　　我以往的研究工作主要在史学方面。早年进学，受的是乾嘉
朴学教育；在新中国成立前的大学阶段和研究所中，又受到了西
方近代史学的训练；新中国成立以后，进而逐渐树立了另外两个
观点：唯物的与辩证的，进入了学习、运用马克思主义史学理论阶
段。我今天的看法是，这三种类型的训练有一共同之点，即要求历
史必须真实或尽量接近于真实，不可弄虚作假，编造窜改。只有真
实的历史，才能成为"后事之师"，起参考、借鉴以至教育的作用。
而研究历史最根本的态度和方法只有四个字：实事求是。如何才
能实事求是呢？一个合格的历史学家应当具备鲜明的辩证观点，
既见树木，又见森林；能由此而及彼，因小以见大；看到政治、经
济、社会、文化等等不同领域之间的关联；看到纷纭错杂历史现象
之间的内在联系；看到历史是辩证地发展。如果说五十年来我的
学问多少有些进步的话，那就是由于初步建立了这些观点。

　　　　　　1999 年 1 月 12 日，由本人口授，阎步克执笔

我和魏晋南北朝史

　　两年前,张世林兄编辑学者自序的《学林春秋》,邀我写文,当时因病无法应命,勉强写了三首韵都押得不正确的小诗。现在世林兄又准备把上次未及收入的文章重新编入,作为再版,又来邀我。我深为世林兄的决心和热心所感动,这次一定应命,虽然我的学术成就是没有太多可说的。

　　我最初接触魏晋南北朝史,是在燕京大学听邓之诚先生讲断代史的时候。邓先生学问渊博,口才也好,讲课每每引人入胜,而魏晋南北朝史讲得尤其令人神往。听说他年轻时,关于魏晋南北朝的社会写过专书,名为《南北朝风俗志》。燕京规定学期末不考试,写一篇学年论文。我在这课就写了一篇《魏收之史学》。魏收的《魏书》受人诽谤,我从几个方面论证了《魏书》并非"秽史",实际上是替他平了反,做了一篇反面文章。后来这篇文章登在《燕京学报》,那时我二十一岁。这就是魏晋南北朝史著作的开始。四十七年以后,我为《中国大百科全书·中国历史卷》写"魏书"这一条,重翻旧文,发现其中颇有余季豫先生《四库提要辩证》所未及道者,因记以自勉。

　　但是,我以魏晋南北朝史为终身研究对象的决定,却是在听

311

了陈寅恪先生的课以后的事。1935年毕业后，在燕京做了一年研究生，这时同学俞大纲兄盛赞他的表兄陈寅恪先生学问如何精湛。他正在清华讲魏晋南北朝史，我于是就去偷听。我听的第一课是讲石勒，从羯胡讲到唐代昭武九姓，讲到石国，旁征博引，非常精彩。对我而言，真是大开眼界，闻所未闻，犹如眼前放一异彩。那时听课的还有余逊、劳干两兄。我们几个青年都喜欢听戏，大家共同欢喜赞叹，说听了陈先生这一堂课，就好像看了杨小楼的一场精彩表演。我由此暗下决心，决定以魏晋南北朝史为终身的研究对象，定要走陈寅恪先生的道路。

大概俞大纲先生把我的情况介绍给了陈寅恪先生，陈先生为了吸引人才，就推荐我去史语所工作。当时的史语所真是一个做学问的好地方。图书资料丰富，没有任何条条框框，完全自由研究；更没有什么升级、评工资等等的干扰，一心一意只是读书。从1936年秋天到1937年的6月间，我把"八书""二史"读了一遍。我还是用旧的笨法子，遇到人名就查列传，遇到地名就查《地理志》，遇到官名就查《职官志》，这样互相比勘，同时参考钱大昕的《廿二史考异》、赵翼的《廿二史札记》和王鸣盛的《十七史商榷》等等。

我注意到南朝境内汉族的侨人和旧人的区别。南朝境内少数民族很多，也注意到宋齐梁陈政府对于侨人和旧人的政策的前后不同，如此等等。同时也注意到社会上对于"婚"和"宦"两方面的重视。顺着这些思路，水到渠成，完成了第一篇论文《南朝境内之各种人和政府对待之政策》。北朝方面，我首先注意了北朝自始至终存在着"领民酋长"这个称号和晚期出现的"六州都督"。据我研究的结果，北魏除了像高车这样大的部落没有解散以外，还有一些属于鲜卑或者附属于鲜卑的匈奴、敕勒等等较小的部落也并没

有解散,依然未成编户。而这些小的部落,他们的酋长就称为"领民酋长"。"领民酋长"最初是领有部落,逐渐演化成为没有部落但依然领民,所以称为"领民督将"或者"领民都督"。所谓"六州",最初是指恒、云、燕、朔、蔚、显六州的流民,这些流民由北部南迁到冀、定、瀛三州,当时统率这六州流民的官,就称为"六州都督",而"六州"这两个字,逐渐由实指地名,变成北方流民的代号,所以"六州都督"的"六州"已经不是指这六州地方的人了。这些名词的变化,实际是表示着历史发展的轨迹,要从历史发展变化来理解各个名词的真正含义。我又根据傅斯年先生的启发写了一篇文章,论证宇文氏是匈奴而不是鲜卑,这个说法后来也得到承认。我还研究了北魏的镇戍制度。在这篇文章里面,我指出,研究一种制度,不能仅从静止的方面来考虑,还要从"动"的方面,就是它的运行方面来研究,这种说法也是对头的。我还写了两篇书评,一篇是评美国魏楷英译《魏书·释老志》,还有一篇是评日本冈崎文夫的《魏晋南北朝通史》。做了这样一些工作,可以算是我魏晋南北朝史研究的第一阶段。

1937 年抗战爆发,我回到天津家里,准备结婚以后再到南方去。而这期间,燕京大学的洪煨莲老师准备送我到哈佛大学去读书,改变了我的计划。在哈佛大学,燕京大学给我的任务是学习日本的语言文学,但我同时用了相当多的时间去学习梵文,目的也是准备将来走陈寅恪先生的道路。在哈佛又教了两年日本语后,1946 年回国。在这期间,就没有做关于魏晋南北朝史方面的研究了。

我研究魏晋南北朝史的第二阶段,是从 1946 年回国一直到新中国成立初期。在这期间,我的教课任务主要是日语,不需要太

周一良：毕竟是书生

多准备,因此有充分的时间来搞研究。我写了一篇《乞活考》,考证西晋东晋之间的流民。没想到在"文化大革命"当中,这篇文章招来了灾难。但是这场灾难,三十年之后终于得到圆满的解决(请参看1998年8月号《读书》杂志)。我写了《北朝的民族问题和民族政策》,又研究了南朝的官制和清浊问题,等等。同时还做了关于佛教史的研究,写了一篇《〈牟子理惑论〉时代考》。根据我的考证,《牟子理惑论》"序言"和本文一部分大概是公元2世纪末或3世纪初牟广的著作;而许多关于佛教的话,都比较迟,大约是3世纪末或4世纪初加入的。佛教史之外,还就敦煌文献写了一些文章。总之,这几年自己感到意气风发,有时候思如泉涌,觉得研究的潜力很强,可以涉猎许多方面。在哈佛时,老友杨联陞勉励我说将来可以继承陈寅老的衣钵。我觉得自己的聪明才智、悟性和记性都远远比不上陈先生,而陈先生的中国古典、外国语文各方面同样非我所能及;但是当时觉得,如果锲而不舍,努力用功,以后在某些问题、以至个别方面,接近陈先生的水平也不无可能。80年代与联陞兄在剑桥重晤时,他听说我有《札记》之作,便又赋诗勉励我说:"谁道沧桑荒旧业,犹能健笔作龙蟠。"岂知五十年来时移事异,我当年的幻想早已破灭,良友的期望也已成为泡影了。噫兮!

我在燕京教过一段魏晋南北朝史,当时就用陈先生的方法,讲课内容主要是自己的研究结果,颇受学生欢迎。在清华1949年以后才转到历史系,也讲过一段时间的魏晋南北朝史。院系调整以后,魏晋南北朝这一段断代史,由我的前辈魏晋南北朝专家余逊先生担任,我服从需要,改搞亚洲史。再加上各种政治运动不断,一直到"文化大革命",这几十年魏晋南北朝史完全束之高阁了。

我研究魏晋南北朝史的第三个段落，是从粉碎"四人帮"以后开始的。我受审查期间，每天三段时间都要到工人师傅所在的办公室去。开始是写材料，很快就没的可写了。于是我就读《二十四史》。一部《二十四史》从头读起，读到《三国志》，如睹故人，坠欢重拾。于是我就开始写点札记，积累资料。我想先把史料复习一遍，然后再来从事研究。这就是《魏晋南北朝史札记》的由来。《札记》一共三百四十几条，三十五万字。《三国志》和《晋书》有卢弼、吴士鉴两家的注解，而"八书""二史"，前人都没有笺注过，今天为它们做全面注解，也缺乏足够的材料。我于是乎仿照清代郝懿行《晋宋书故》的办法，就自己的理解所及，对史料做一点类似注解的工作，特别是词语方面，以供认真阅读这部分史书的同志参考。《札记》里面考证比较多，也有些议论讨论一些问题，类似《廿二史札记》。记得陈援庵先生逝世之后，邵循正兄有挽联说："校雠捃故佚，不为乾嘉作殿军"，当时传诵。我现在这部《札记》，可以说是"愧为乾嘉作殿军"了，但是自信对今后读这些史书的同志，还是会有些帮助的。

1981年《札记》交稿以后，我又陆续写了十五六篇关于魏晋南北朝史的文章和书评，这些论文涉及的以文化、典制、语言、文字为多，这和早年文史传统的熏习，以及由此养成的兴趣有关。这些文章虽不无一得之见，但殊乏突破之功，它们在有关领域中未能构筑巍峨大厦，而只起了添砖加瓦的作用。"史无前例"的十年之后，体力脑力犹堪驱使，贡献区区余热，对学术言，对个人言，都属大幸了。1989年，我在美国与老友王伊同教授共同写了一篇书评——《马瑞志教授英译〈世说新语〉商兑》。从此以后，我的主要精力就转移到敦煌写本书仪的研究和日本史料的翻译上来了。

周一良：毕竟是书生

　　我致力于魏晋南北朝史研究前后二十几年，这些研究总体来讲，有什么特点呢？我想，我的研究工作的特点和别人比较之后，才能看得出来。就拿我们系里中国古代史方面的几位先生来说吧，我认为邓广铭先生的宋史研究可以说是面面俱精。他不但研究北宋，而且研究南宋；不但研究政治、经济，而且研究文化；不但研究而且能够注释文学作品，像《辛稼轩词》；特别是他除了研究考证之外，还能够自己写历史。这是非常难得的。再看王永兴先生的唐史研究，他在同一类型的题目上几十年步步深入，进步的轨迹可以说班班可考。田余庆先生研究秦汉魏晋南北朝史，好学深思。我自从 1997 年右手不能握管，每天用左手简单写几句日记。记得 1998 年 4 月 20 日的日记里边，只有这样一句话："看田文，苦心冥索，难怪得心脏病也。"盖指其考求北魏立太子后杀其母之制也。祝总斌先生研究秦汉魏晋南北朝史能够观其会通，诚如司马迁说的"通古今之变"，他的宰相制度的研究是其一例。用别位史学家的研究特点来照一照自己，似乎看得更清楚一些。我对魏晋南北朝史没有总体的看法，也没有计划一个一个问题地突破。但是，我觉得在"通古今之变"这方面，还是做了一些工作，因此也有逐步深入的倾向。比如说对魏晋南北朝史学的研究，从《魏收之史学》到《论崔浩国史之狱》，一直到最后《论南北朝史学的异同》，这中间就在逐步融会贯通。陈琳国兄评我《魏晋南北朝史论集续编》的文章题为"融会贯通　渐臻化境"，虽然提得太高，我不敢当，但我觉得却也不是完全不着边际。我学术研究的另一个不同于诸家的特点，就是像西方谚语所说，自己是各个行业的小伙计，没有一行是老师傅。这是自谦的话，同时又不无自豪，可以说是未盖棺而定论了吧。

关于我三部著作的题签问题，想谈一点掌故。我的《魏晋南北朝史札记》是由我父亲九十老人所题，老人的书法初学"蝯叟中年字"，后来又受唐人写经的影响。他的书法，直到九十多岁还写得既飘逸有致，又遒劲有力。但是老人非常谦虚，给我的家信里说，写了几条都不满意，都寄给我，由我自己选择吧。老人的谦虚可敬如此。《论集续编》的书名，是由远在大洋彼岸的堂叔志辅先生所题，他活到九十九岁，平生研究戏曲，有关于京剧历史的著作多种。编《中国大百科全书·戏曲卷》时，协助张庚同志主持实际工作的俞琳同志，曾经提出要为他立一个条目，但是因为他侨居美国而放弃了这个意见。以后再编《中国大百科全书·戏曲卷》，恐怕就该有他一席之地吧。60年代中华书局出版的《魏晋南北朝史论集》，是由亡弟珏良题签。珏良研究英美文学，有五十万字的文集，同时他非常喜欢书法，学习号称陈朝智永所写的《千字文》，同时受唐人写经的影响也很深。所以我挽他的联语中有"诗精中外，书追晋唐"之语。可惜的是，当时书名题签还没有署自己名字的习惯，所以这本书的题签就成了无名氏了。

关于我的魏晋南北朝史研究，还有一个非常重要、非常关键的问题，需要在这里讲一下。根据陆键东同志的书，我似乎是被陈寅老处以"破门"之罚，但是我始终对这件事毫无怨怼之情，因为我深深了解陈先生的心情。还有一点我以前没有讲过，就是我自己心里始终很坦然，在我的魏晋南北朝史研究工作中，自信没有受到政治干扰，是没有违背陈先生的主张的。当然我也写过"奉命"文章，如论柳宗元的《封建论》和论诸葛亮的法家思想，同时在报刊上发表过一些中国与某些国家友好历史的文章，这些都是为当时政治服务的。我不认为这些是研究工作，把它们和研究论文严格分开。我认为属于研究工作性质的，是 1976 年以后出版的那两本书，与这些文章迥然不同，我认为是没有违背陈先生的宗旨的。在"梁效"时所写的《论九世纪前半期的唐朝政治》，是为了说明唐代某些诗人的政治背景，所以我才敢于拿它来为季羡林先生祝寿。总而言之，我自信我的魏晋南北朝史研究，从来没有由于为"办得食"而"遂负如来"也。

此文由阎步克同志笔录，谨致感谢。

1999 年 5 月 7 日记。

1999 年 11 月 9 日，86 岁生日仍以毕竟是书生自居

北京大学
PEKING UNIVERSITY

此梅泉诗人今觉盦诗卷四题自志严堪勘书图

诗三末首。佶盦全称为佶盦乱庵，楚文Karosthi

为印度西北部古语文，我国新疆亦曾发现佶盦

文书。清代著名藏书家贵荒圆名望烈自号佶

宋主人，绘澤书圆，又绘祭书圆，名人题者甚繁。

珠翁曾倩胡蔗园祥麟先生绘祭书圆，即诗中

所云，今犹存津富也。东坡子由皆日以檀香观音

为寿诗云：东坡持是寿卯君，子由生于己卯

年，故云。珠翁亲属兔，故梅泉诗人以此称之，

今觉盦引苏氏兄弟典故以颂其弟，今予又

为杲良五弟录此诗，三兄兄弟关系，亦趣事也。

一九九一年六月，杲良归国参加北京图书馆举办

之纪念周叔弢先生诞辰一百周年展览，良写赠

1991 年 6 月,杲良回国参加周叔弢诞辰 100 年展览时一良写赠

论语被孔子之道忠恕而已，尽己之谓忠，

推己之谓恕。由性慧作原则之下，凡事忠恕是花武，

求得心之所安。世界事物都是物皆有一性意，

既第二层，事物却在发展，而且是不记得到，

隆之名处，自己而一，利他人张忠恕之道，处事

尚平正待物，而辈待表人人，对求

铁宏尺为私的事。顾念论他之识

这人，因此写一短此之语，供

铁兄参改

二千年七月朱章旧人

周一良
〔印章〕

《论语说》原文